陕西师范大学中国语言文学"世界一流学科建设"成果

夜茫茫

刘国欣 著

天津出版传媒集团

百花文艺出版社

图书在版编目（CIP）数据

夜茫茫 / 刘国欣著. -- 天津：百花文艺出版社，
2019.11
ISBN 978-7-5306-7859-6

Ⅰ. ①夜… Ⅱ. ①刘… Ⅲ. ①中篇小说–小说集–中国–当代②短篇小说–小说集–中国–当代 Ⅳ.①I247.7

中国版本图书馆 CIP 数据核字(2019)第 293381 号

夜茫茫
YE MANGMANG

刘国欣 著

选题策划：韩新枝　　　　　装帧设计：蔡露滋
责任编辑：刘佩莲
出版发行：百花文艺出版社
地址：天津市和平区西康路 35 号　　邮编：300051
电话传真：+86-22-23332651（发行部）
　　　　　+86-22-23332656（总编室）
　　　　　+86-22-23332478（邮购部）
主页：http://www.baihuawenyi.com
印刷：山东临沂新华印刷物流集团有限责任公司
开本：787×1092 毫米　　1/16
字数：222 千字
印张：17.25
版次：2019 年 11 月第 1 版
印次：2019 年 11 月第 1 次印刷
定价：38.00元
如有印装质量问题，请与山东临沂新华印刷物流集团有限责任公司联系调换
地址：山东省临沂市高新技术产业开发区新华路 1 号
电话：(0539)2925659　邮编：276017

总　序

　　陕西师范大学中国语言文学学科至今已经走过了七十多年的发展历程。数代学人培桃育李、滋兰树蕙，在学科建设、人才培养、科学研究以及社会服务等方面取得了令人瞩目的成就，涌现出了一批蜚声海内外的硕学鸿儒，形成了"守正创新、严谨求实、尊重个性、兼容并包"的学术传统和"重基础训练、重理论素质、重学术规范、重人文教养、重社会实践、重能力提高"的人才培养特色，铸就了"扬葩振藻、绣虎雕龙"的学院精神。数十年来，全体师生筚路蓝缕、弦歌不辍，获得中国语言文学一级学科博士授予权，中国语言文学一级学科博士后科研流动站，中国古代文学学科也跻身于国家重点学科；建成"国家文科（中文）基础学科人才培养和科学研究基地"，教育部、国家外国专家局"长安与丝路文化传播学科创新引智基地"，教育部"2019年全国普通高校中华优秀传统文化传承基地""陕西师范大学语言资源开发研究中心""陕西文化资源开发协同创新中心"等多个省部级科学研究平台；汉语言文学专业为教育部特色建设专业、陕西省名牌专业、入选陕西省"一流专业"建设项目，秘书学专业和汉语国际教育专业也入选陕西省"一流专业"培育项目；形成了从本科、硕士、博士到博士后完整的人才培养和科学研究体系，中国语言文学学科走上了稳健、持续发展的道路。

2017年，中国语言文学学科被教育部列入"世界一流学科"建设学科，迎来了难得的发展机遇。中国语言文学学科全体师生深知"一流学科"建设不仅决定着我校中国语言文学学科能否在新时代开创新局面、取得新成就、达到新高度，更关乎陕西师范大学的整体发展。在学校的正确领导下，各有关部门同心协力，兄弟院校及合作机构鼎力支持，文学院同仁更是呕心沥血、发愤图强，学科建设取得了显著成效。为了及时汇总建设成果，展示学术力量，扩大学术影响，更为了请益于大方之家，与学界同仁加强交流，实现自我提高，我们汇集本学科师生的学术著作（译作）、教材等，策划出版"陕西师范大学中国语言文学世界一流学科建设成果"丛书和"长安与丝路文化研究"丛书，从不同的方面体现我们的研究特色。

丛书的出版得到了陕西师范大学学科建设处、社会科学处以及有关出版机构的大力支持，在此一并致谢！

作为陆路丝绸之路的起点与丝路文化中心城市高校，我们既承载着历史文化的传统与重托，又承担着新时代的使命与责任。作为新时代的中国语言文学学科，既古老又年轻，既传统又现代，包容广博，涵盖古今中外的语言与文学之学。即使是传统的学术学科，也是一个当下命题，始终要融入时代的内涵。用一种人人参与、人人分享的形式，借助于具体可感的学术载体，传播中华优秀传统文化，发扬中华优秀传统文化，彰显中华现代文明，这是新时代人文社会科学工作者的重要使命。"士不可以不弘毅，任重而道远。""一流学科"建设永远在路上，中华优秀文化的发扬光大永远在路上。我们将不忘初心，不辱使命，努力前行！

陕西师范大学文学院院长　张新科

2019年10月30日

目 录

无 影 月

一

事情其实很简单，郝拉失业了，搞丢了大学的教职工作。郝拉点背，合同到期考核，清算到最后，明明看着可以糊弄过关，但是在一位老先生问她有没有项目，为什么还差一篇论文的时候，出了问题。在大学里做教师，现代社会，无非就是三方面，项目、论文、会议。这三方面郝拉都不在行，自然就出局了。郝拉才毕业，立即就入职当了教师，混了三年，按理也该懂得时势了，但她不识时务，自然出局，也怨不得谁。

三十多岁，也不再是豆蔻年华，再找一份工作太难了。初离职还雄心万丈，觉得有才华总困不死人，何况一份工作从一而终，就如一嫁定终身，直到生命终结，把一张脸从年轻看到白头，太过骇人。然而，一个人如果没有后援，又连着三个月找不到工作，在租来的房子里坐吃山空，还是会感到害怕的。三十年河东三十年河西，其实不需要三十年，三个月就河西河东见分晓了。对于郝拉，再没有那样的锐气。

学校工作没有了，自然住房补贴也没有了。没有办法，郝拉连大房子都不敢租了，临时租在郊区一个拆迁大楼里，大楼以前叫作茅坡村，现在叫茅坡区，茅坡村居住的是村民，茅坡区居住的则是原来的村民和租客（还有那样特殊的租客，比如一个骨灰盒，毕竟墓地贵，郊区的房子不贵）。茅坡小区的房子不贵但也算不上便宜，因为时代在发展，进城的租户越来越多，但也因为小区的条件太差，房屋太拥挤，设施不完善，经常停水停电，主要租户都是小商小贩，或者做那种非法小生意的，物业条件跟不上，安全就难……不过，楼层生活倒是热闹，即使半夜三点叫外卖，楼上就有小店专门送，做的就是楼客生意，算是便捷。最不好的一点，就是不隔音。夜里隔壁关台灯，也可以听得见；早上谁家闹钟响，就像在自己的枕头边响一样；经常有狗叫猫叫，此起彼伏，尤其早晚之间；如果听得见鸡叫，也不要觉得吃惊，因为有人家里买了一只鸡……叫茅坡小区，实际上人的素质和生活方式，还停在农耕时代，鸡鸣狗吠，鸡犬相闻。另外，不要开门，否则对门的隔壁的楼上或楼下的大妈、大婶、大姐、大爷、大兄弟就会进来，对你笑着，说你住的是谁谁家的房子，这样你房东的小名甚至他爷爷的小名你也都知道了。接着如果你单身，人家就会给你介绍对象；如果你已婚，人家会给你介绍朋友；如果你已婚有小孩，人家可能给你家娃娃介绍玩乐的小伙伴……反正总有热心人，一来半天，坐着不走。

在被辞退之前，作为一名中国近现代史的历史学博士，郝拉的收入，有一部分是来自于为某一社会杂志写历史专栏。所谓专栏，不外乎就是掏近现代名人的八卦。以前她总和人笑称这笔收入至多够喂只猫，不过现在，这算一笔大收入，能喂养她整个人。她本人并不清楚今后以何为生，总不能将工作了几年的老本儿吃尽，因此步步紧缩，节衣缩食。然而，她又坚决地用精神胜利法来安慰自己，告诉自己这一切都只是暂时的，绝不会回到赤贫的童年时代。她甚至将被辞退后搬进这与猫、与狗、与骨灰盒同住的拆迁楼里的生活，看作是一种体验。有时，她饶有兴致地将这一切写出来,认为这是一种主动选择,毕竟自由高于一切。但是当她半夜梦醒或者被隔壁的做爱声惊醒之时,就不这样认为了。因为工作的事情定不下来,甚至可能换个城市,所以考虑搬家也只能是每天被吵醒时的一个念头。不管怎样,这都是她自己的错。三十而立,分居多年的父母都觉得她应该负担起他们的生活了,没想到她居然被人给辞退,简直太丢人了。但是,他们其实也不懂得她掌握了什么,以为她学了那么多年,总不至于没个工作。然而,他们对自己的基因又不自信,总觉得她会一事无成,因此也并不过多责难她。

　　大学里的这份教职,怎么来说面子上也还过得去,她不清楚自己,为什么当初不好好努力,居然不切实际地想逃离论文和项目生活,这太幼稚了。发表了论文可以评副教授和教授,评上职称就更容易获得国家项目、省级项目、市级项目、教育部项目等各种有钱好事,反正也无非写写。这样循环下去,至少还可以分得上学校的员工福利房,哪怕自己花一笔钱,也比这样租住在别人的拆迁房里听民工夫妻做爱、鸡鸣狗吠,或者和骨灰盒为邻好多了吧。高校里,三年或八年签一签有好处的合同,可以挣一笔还不错的薪水,还可以因为发表论文不断开会声名远扬,为什么就意气用事抗拒着不写论文把一切搞砸了呢? 她对自己从头到脚都觉得失望,说实话,如果可以重新开始,她绝对不会去试图推倒论文这座不倒翁。母亲说她心瞎了没办法,是个明眼瞎子,而那种摸索的真失明的瞎子,也不会办出这种事。父母分居多年,在这件事上却前所未有地看法一致,他们言语中那种认为她注定人生要失败的语气已经从故意找碴儿变成了同情。她一直认为每一种劳动都能带来愉悦,但黄土地上劳作的父母并不这么认为。

　　她其实早就给他们打了预防针,甚至提前了一年多。她告诉他们,如果完不成合同上的要求,很可能被辞退。然而父母却认为既然你可以找得到一份高校的工作,就应该保得住这份工作,否则就是倒退。他们实在理解不了她被辞退的艰难，认为是她太过意气用事，不去好好工作。在高中阶段就有这苗头了，那时候语文老师喜欢按"总—分—总"三个段落写文章，她则不按这个规矩来，害得老师不得不找了家长，认为这是学生故意与他作对。高考成绩简直是她人生的滑铁卢，父母认为她命运里缺斤短两，不好好学习。

现在，她失业了，不敢回自己的县城，母亲却经常打电话来，说想来和她住一段时间。她仔仔细细耐耐心心地给她安心："等我工作稳定，就回去接你。"这只是缓解母女关系的一个策略，省得母亲来教育她。如果母亲知道她在这样的房子里住着，除了每天哭她命不好，还会怎样呢？一定会劝告她利用自己的博士文凭，回到小县城去好歹找一份工作，哪怕当个历史老师。她完全相信，读过高中的母亲会如此替她打算，因为早在读博士的时候她就这样念叨过了，说是毕业留在大城市不如回中小城市舒服，回到中小城市就能买得起房子，开得起车子。现在还没有人找得到她住的地方，而且她也不打算告诉任何人。毕竟，电视上已经报道过了，她住的这栋楼是有名的骨灰盒寄存楼，吓到亲朋好友不是什么积德的事。在这样的房子里，搞点风流韵事，带个男人上门，似乎也不会顺利。这样说好像有点过分。不过，工作三年，郝拉也算什么事情都经历过了，已经习惯了用让人起鸡皮疙瘩的词语来陈述一些客观事实，以显得俏皮幽默，毕竟整个社会都在"穷开心"，一切都可以"娱乐至死"。

郝拉呢，在失业的前一段时间，在网络上云养了一个情人，他也许是共享单车，但聊胜于无，对郝拉这种人来说，有一个男人总比没有强。他们其实学生时代就认识了，但只见过一面，她途经他的城市。不过真正开始恋情却是在郝拉工作后，也许他看上她，也无非是因为几年不见，再次听说，她居然进了高校，所以从别人处要了她的微信，顺便发展。互相刚加上的时候，重逢的喜悦难以言语，但很快就知道不过是岁月蹉跎，没有更好的选择罢了。彼此在不联系的这些年，都已经翻山越岭了，没有办法，才退而求其次,收拾残羹剩饭。难得的是他没有结婚,也就不必担心他老婆来打,因此理所当然地暧昧起来。从三十岁开始,郝拉就和已婚男保持着不近不远的距离,因为那时候嘛,初入职高校当老师,年轻女老师,没有结婚,实在怕传出什么绯闻在学生面前过不去。这习惯保持到郝拉被辞退。这时候已经不是形象问题,而是现实问题,与有妇之夫有染,难免不会被人家老婆打上门。如果二十多岁,反正青春嘛,玩玩也是玩玩,只要不被毁容,还可以说是真爱,怎么也算有魅力,毕竟青春也轰轰烈烈了一把,刷了一回存在感。但三十多岁,被有夫之妇找上门,揍一顿,彼此里子面子都过不去,女人何苦为难女人。其实说白了,是因为三十多岁的女人,不好翻盘,总不能把生活全部砸了,为了这个或那个男人。没有哪个值得。因此,她很注重这方面的交往,就是基于这个缘由,她才在网上云养起这个男人。

他们经常聊天,视频。使她吃惊不小的是,那个男人每次不是躺在沙发上就是躺在床上,而且半裸着身子,他说这是坦诚相见。郝拉与他认识的时候,他才二十多岁,现在则已经三十多岁,那时候脸还算英俊的,而现在他的状态太萎靡了。他姓陈,因此郝拉叫他陈世美,完全是因他的姓的原因,先给他安个负心汉的名,让他记着,省得他真负了她。陈世美与郝拉聊天,也并不是念旧,仅仅是因为"君未成名我未嫁,可怜俱是不如人"的感叹,大龄剩男剩女,废物利用惺惺相惜。

被辞退的日子,不用朝九晚五地上班,不必考虑会议与论文,教学自然也不需要考虑,每天,郝拉都躺在床上好长时间养精蓄锐,试图让自己的内心平静下来,重新去找一份工作。不管多么悲伤,毕竟还有个陈世美,无聊了,可以把他从网络里叫出来,说说废话。陈世美是个县城的下乡干部,郝拉认识他的时候,他还是一个不断到田野进行调查的社会学学生,毕业后所找的工作也如他所愿,经常成年累月下乡调研,这两年,索性在乡村做起了挂职干部。郝拉调戏他,说:"回来升个一官半职,我就不必再工作,专门到你的城市做全职太太。"陈世美说:"不必等回来,现在就可以。"于是，他们经常说见面，却一直没有见。他们都知道，对彼此来说，这不外乎是对生活的一种妥协，还不到必选项的时候，能拖就拖，生米煮成熟饭，没有人负得起责。何况，喂养一个网络情人比现实情人来得实在一些，性价比高。也许，就如郝拉怕看见陈世美的已经快要走向四十岁的啤酒肚身体，陈世美也怕看到郝拉逐渐肥胖的身材，他们都已经失去了初次见面时候的健美。虽然在网络上可以假装不以为意，可"见光死"三个字不是轻而易举就可以破坏掉的。尤其，陈世美还经常有意无意地在视频里说郝拉脸上左右眼下面的两个小黑点，他问："你那是滴泪痣？"第一次问的时候郝拉说不知道，后来两次三次地问，郝拉就会直接挂断视频，但她心里其实想说："这是克夫痣，就等着谁娶谁死我当风流寡妇呢！"她说话向来刻毒，但终究没有说。因为她知道，在她平衡这段关系的时候，陈世美也在平衡自己需要付出多少。谁都不是谁的必选项，只是参考项而已，不必那么刀刃相见。

对郝拉来说，陈世美的存在是对庸常生活的调剂，另一方面，她渴望爱一个人，或有一个人爱她。可当日子在深夜里趋于平静，她就会慢慢审视工作之后陈世美的态度变了多少。这不是她过于敏感，而是她从他乡间发来的视频里听到裹挟着黄河的水流声、犬吠鸡鸣声、车子的鸣笛声、村人的打趣声里，感受着一种关系的合理化和庄严，或者可以说——调味。他不久前还要来见她，告知她，他想与她一起去爬终南山。那时候他甚至是可触可摸的。而现在，倒有点像她倒着求他。

在此之前，郝拉还有过一些似是而非的故事。工作未辞之前，住在那间一室两厅的房子里，有时会有一个男人来做饭。郝拉自然对来给自己做饭的男人不错。郝拉一个人租住在一间大房子里。那层楼的房子，就像公寓一样一间间铺开，一楼有很多户，有时半夜都会有人敲门，不知道是走错了房间还是故意的。尤其过年那些天，有那么一次，郝拉到厨房抓起菜刀就往门前走，透过猫眼，却发现是一个中年妇女和两个四五十岁的男人，三个人都长得横。郝拉之所以拿刀是因为知道自己的住处，单位的同事或者朋友不会半夜来，但看见门两边立着两个彪形大汉，中间站着一个妇女，还是有点害怕，于是就躲在门后没有作声。不过，很快他们就去敲下一户了。那不久，就听过年回来的一户住家说被盗了。郝拉一直怀疑是那三个敲门人。也有这样的事情，有时是物业，他们会来查天然气和水表。但是，谁知道半夜敲门的是人是鬼呢？有个女孩子还大白天拿着钥匙开过门，害得郝拉一手拿着菜刀，一手扶着门把手，喊："你是谁？"因为确实不知道她后面有没有跟着别的人。所以，才有了后来的随遇而安。一个男人不定期来做一两顿饭，就像为自己没有实现的梦想树立的一块丰碑，努力贴近那种床上有个男人不怕有鬼敲门的成功女人的生活。她在寻求人群的帮助，简言之，男人的帮助，哪怕他只是来做一顿饭。说出来肯定会遭到"成功人士"们傲慢的嘲笑和恶意的揣测，但又能有什么办法呢，失败者也需要喘气，也有害怕和恐惧。那个做饭的男人却一天天不由自主地引起郝拉的痛苦。开始是因为他想搬过来住，将自己的部分东西放进郝拉的卧室，比如一个箱子、几本书、好几套衣服，他已经占据了阳台（那本来是郝拉养猫的地方。云养男人云养猫，是郝拉来到这座城市的生活习惯。朋友的母亲不让朋友养猫，因此，朋友出门的时候，郝拉就负责那只猫的吃喝拉撒。所以，在阳台摆了一张床，猫来的时候躺在上面陪它玩）；接着他退而求其次，要求留下来过夜。再接着，他说郝拉不尊重他，希望郝拉每次将蔬菜、肉类买好切好，他来了直接炒就是。这几样郝拉自然一样都做不到。她不想每天起床发现一个男人和自己一起睡着，因为她总是失眠，而且，夜里也不想因为一个男人精力旺盛搞得自己痛苦不堪，她不想结婚就是因为不想找一个人合居，自然前两样就达不到。至于做饭，郝拉喜欢吃肉，但绝对不会买肉，她无法想象一块动物的尸身在冰箱里搁着与自己同眠的感觉。一旦想明白这点，两个人的路就走到了尽头。只是到最后，郝拉也不知道自己期待的两性关系最好的状态是什么样子，但绝对不会是一顿饭吃到两只蜗牛的状态。以往，即使他做饭再不好吃，可是因为郝拉只会炒鸡蛋，各种蔬菜炒鸡蛋，所以对于别人做的饭从来不挑，就觉得肯做饭就已经算不错了。就因为这些吧，很快就发生了不愉快的事情。一次见面，他做了青椒炒肉和青菜蛋汤，虽然郝拉因为身体的原因，吃不得辣子，却还是努力配合他这个楚地人不计较地吃着。但喝汤的时候，牙齿居然磕了一下，吐出来，发现是一只蜗牛，也无所谓，毕竟菜叶自己洗也有不干净的时候，接着，又继续喝汤，发现随之而出的是另一只蜗牛。郝拉简直无可忍受，房子是她租的，一切费用是她花的，即便买个菜，男人也至多就是买一两斤肉，她觉得不愿意做饭可以不做，但不必这么唬她。继而越想越怕，一些男人对女人抱有怨心，在食物或饮水机里下毒，致其不孕不育，或者其他疾病，她简直不愿意多想。这个男人不付出，难道就希望收获？她的找过年轻男人做情人的朋友曾经对她说过："和男人交往，你不要，他就问你要。"她以前以为说的是性，至此才似乎若有所悟。她身上的独立性和意志力一般体现在保护自己，但还不想分担一个男人的未来，和一个男人同居在自己租来的拥挤的房子里，即使享受他的做饭烹调，却还得忍受他不高兴了时不时喂几只蜗牛给她吃，到底图什么？最主要的，其实两个人并不彼此欣赏，她只是因为一个人在城市待久了，寂寞害怕，而他这时候贴上来，无非如此。

　　然而并没有吵架，想明白这些，男女之欲不是最强烈的渴求，她就变得冷静克制，何况她是个害羞的人，怕自己害羞和替别人害羞，她连指出来都害怕彼此尴尬。隔了几日，他打电话来，郝拉说自己相亲谈了对象，准备见双方父母。这理由当然是编的，他自然懂，但他也算是有较强自尊心的人，便没有什么联系了。那之后出现了陈世美，他通过相互的朋友加她微信，像是一种补救，让她觉得自己和世界上其他生物差不多，尤其是和其他男人女人差不多，毕竟作为异类是可怕的，没有多少人敢那么做。世界当然没有因为有了陈世美而变得更宽阔一些，还是平平静静的，尤其是她的孤独感。失业之后，那种感受更强烈，让她对陈世美也更依恋，每天都和他视频一下，这才让她觉得活得正常。

世界一切井然有序，郝拉也不过失了个业，她的生活除了搬了一次家，和以前没有什么两样，表面上至少还是如此。郝拉决定，暂时封闭一段时间。在一个美好的没有工作的日子里一个人待着，也不能不说是浪漫的事情。郝拉渴望在沉默里找到出路，努力把对金钱的追求变成对无欲无求的生活方式的追求，尽管不想承认这种方式是健康的，但这种方式确实能去除焦虑。每一天，当她醒来的那一刻，她的大脑就在急速运转，但很快就暗示自己，要无所住而生其心，要无挂无碍无有挂碍。

<h1 style="text-align:center">二</h1>

那只老鼠是怎么进来的，郝拉一点儿也不知道。总之，它成了她的朋友，与她在这间房子里共同呼吸，像一个情人，她甚至有时给它留一些食物。它呢，也会给她留一些痕迹，表示回应或感谢。因此，陈世美是不能来的，他会对它造成侵犯，甚至会危及它的生命。

在曾经读硕士的那座城市，也有过一只老鼠。它死掉了。朽烂的味道从阳台边的桌子前传出来。是因为寂寞吗？这样悲惨的故事不可以重复。

虽然是拆迁楼，可算得上新房子，毕竟建起来没几年，但是住的多是外来务工人员和原来的村民，以及小商小贩，因此环境并不干净。到处都可以看见蟑螂和蚂蚁，老鼠算是干净一点儿的动物了，一些人家养狗养猫，完全是为了派得上用场。楼道里也有那种做生意的，饭馆、瑜伽馆、小理发店等，应有尽有。穷人多的地方，就有这种特色，脏乱又热闹。有几户人家收购的可回收垃圾，在楼道里放得到处都是，破碎的木板，还有一些烂纸箱，另外各种易拉罐和矿泉水瓶子也搁置在楼道里，啤酒瓶里爬进爬出的蟑螂……简直不忍目睹。可是已经住进来了呀，签的房子一年到期，半年是不退押金的,虽然押金不多,但此时属于困难时期。有一个老妇,捡垃圾的,就住在郝拉斜对面,她每天都可以看见老妇那张凄苦的劳动人民的脸,她的脸即使笑着看起来也像哭的。郝拉每次看见她都恨不得给她点钱让她走远一些,但她没有这勇气。郝拉不知道自己对这妇女是什么心态,她勾起了她对贫穷的记忆和想象力。不过这些记忆和想象并不美好,甚至让人觉得想吐,但她同时也激发了她的善意,让她经常祈祷这些人生活得好一些,祈祷不存在的神,祈祷神明,因为那些人的皱纹和泪水让她难过。

　　那只老鼠也许就是从老太婆的房间跑到这里来的,先是在浴室藏着,接着去过阳台,后来躲在床底下、衣柜里,最后到厨房的管道内住了下来。就是这样,因为夜里睡不着的时候,经常可以听见厨房里轻轻响动的声音。它有时会丧失警惕性,很安静的夜晚,会走到屋子的中央,甚至跳上床……然而,这些并不能让郝拉感觉不安,相反,她觉得自己豢养了一只老鼠。在很久之前,读硕士期间,她曾经打死过一只老鼠呢。那时候她刚失恋不久,对于人生的唯一一次恋爱,她是很认真的,想吃、想爱、想结婚生孩子,但人家却选择了别人。不过人家最后并没有对她痛下杀心抛弃,反而还拽着她。在她不舍的时光里,他则老僧入定;在她想离开的时光里,他则撕心裂肺地表达自己的不舍。也就是在那段时间,她因为对人生感到绝望,碰到了那只倒霉的老鼠。而它,因为突然亮起的灯不敢动,与她在空荡的居室狭路相逢,之前它还骚扰过她的睡眠和食物。看见它的时候,一下子激发了怒火,连一只老鼠都欺负她,都看不上她。于是,她迅速地扔了一件衣服盖住它的头,然后不等它销声匿迹,就瞅着它的身子踩了上去。那是她第一次与一只老鼠对打,以致跳上去踩到鲜血溅出来落在衣服上,她都还担心它没有死,不敢松开。脚下踩着的肉,明显感觉软绵绵的,衣服外露出一截它的长尾巴。不祥的感觉那么强烈,她号叫着,独自一人号叫着,好像它咬住了她的嘴唇和耳朵,咬着她的手指头……童年在山间和祖父母生活在一起的镜头不断出现在她的脑海——那天，整整几个小时，她都不敢揭开衣服看下面被压成一团的老鼠。它曾经蠕动了几下，像一只庞大的虫子，最后当然咽气了。直到日落时分，她才连着衣服拿了一个大垃圾袋将老鼠铲进垃圾桶扔出去。太可怕了，那是她第一次打死一只老鼠。夜里颤颤抖抖地给妈妈打电话，把这件事告诉了她，妈妈嫌弃地说，不就一只老鼠嘛，大惊小怪。她曾经当着女儿的面，打死过一条进入院落的蛇。

而现在，这只老鼠如同那只进入房间的老鼠一样，经常以各种声响提醒她它的存在，夜晚簌簌作响，白日也会嗞嗞，睡眠时也会被它吱吱叫醒。它在厨房的那些管子和胶合板围拢的缝隙间攀爬。曾经，与她照过面，因为夜里醒来，它可能实在饿极了，居然匍匐在垃圾桶边上。那垃圾桶不是正常的垃圾桶，是超市卖的盛放东西的桶，她习惯性将垃圾扔里面。被它的吞咽声吵醒，开了灯，发现它就在卧室中央的垃圾桶上爬着，眼神贼亮，像一道直射的光，鼻尖清晰可辨地摇动着。它似乎觉得住久了自己就是主人，也或者是饿晕了，没有立即跑开，而是像一只鸟儿一样继续低头吃了一口，忽然，亮出了牙齿。

如果迅速起来，像第一次，扔一件衣服过去，将它罩在里面，没准可以灭了它。忽然的狠心不是没有出现，但是，她没有挪动自己，只是看着它。因为是拆迁农村修的高楼，住的收破烂的、做小买卖的以及外来务工人员太多，这里的楼层几乎都归它们掌管了。她知道打死一只还会有另一只来作威作福，在饥饿的威胁下，它们早就训练出了敌进我退敌退我进的共存模式。就这样，相互看了一会儿，它四脚如飞地腆着肚子跑进了厨房。第一次，人生第一次，她发现它是只母鼠，因为她在一瞥之间，看见了它粉色的乳头，好几个，小小的。应该是一只怀孕的母鼠，以她童年时代在山村生活的经验，她得出了这个结论。

她害怕老鼠，如果只是单纯欣赏几只没问题，可是她无法承受一窝又一窝。中学和大学年代，宿舍里的人放着奶粉和面包在架子床上，开学回去发现一窝又一窝的小老鼠，在被子里，或在纸箱子里。婴儿粉的白，团团的，还没有睁开眼睛，一只只小小的，手指那么长。可是，有好几只呀，一窝会有七八只。它们在屋子里爬来爬去。像是受了一种诅咒，必须祈祷，不可以停下来。

它似乎已经适应了这里，有时一晚上出来两三次，也不太关心她的呵斥，朝它扔过去的铅笔也从来没有打到它，似乎所有的墙壁和楼板都被它咬通了。唯有床上还算禁区，它不敢随意横冲直撞。老鼠药和捕鼠器，是可以保护她的。然而鼠药放在房间，似乎不合适。那么，捕鼠器和黏鼠板，这种靠弹簧和黏性的武器，强劲有力，注定会是它的宿命。然而，郝拉还是愤愤不平地忍了下来。对一只怀孕的母老鼠，她只想赶走它，并不想让它流产或死掉。这不是善心。罪孽也是有诱惑的，杀死一个怀孕的母亲，似乎不应该。她无法想象一个无依无靠的母亲或孕妇瘫倒在自己面前，这源于她早年生活里的一些悲伤。作为留守儿童，她曾经长久地和祖母这个老妇生活，那时候祖母已经七十多快八十岁了，一个悲伤的老女人，常常哭哭啼啼，从那以后她就再也无法伤害女性，哪怕是一只老鼠。而这种感伤，也许更具体地，来自祖母的母亲，那个爬水瓮去世的女人，她把她的绝望悲伤传给了自己的女儿。祖母过早地失去了自己的母亲，所以对鸟儿、老鼠一视同仁，不忍心它们遭受太多人世的惨事。因此，想到祖母对她在山间好几年的养育，她决定放过这只母鼠。但是，当真正找它的时候，它却消失不见了，连尸体都没有，既不在阳台，也不在衣柜内，卫生间也仔细打扫过，书架上的书也一本一本翻过了，都没有，厨房自然也查过了。不知道哪一天夜里，它突然走掉了。也或者是在她开门的某一个瞬间，它通过缝隙跑走了，去寻找一个理想的孕育之所。

没有老鼠的探视，她终于可以放心平静地睡觉了。可是，有好多天，她都在想它到底到哪里去了。她甚至有点想念它，就如想念那个不再来做饭的男人。从来如此，一直都是这样，流云一样行过去的人或物，会让她在某一时突然想念，包括那份因为自己做作最后被辞掉的工作。

夏天来了，苍蝇嗡嗡，蚊子嘤嘤，蜘蛛也在角落里织网，但是还是没有见到那只母鼠。有时，她在出门的时候会在案板上放一块面包，或者将本应该放进冰箱的几把蔬菜搁置在厨房。它在水管附近爬过，说不定会出来。

在这期间，她出门应聘了一次，留着那只老鼠独自统治这里。她甚至连饭桌上的一些饼干等食物都没有收进冰箱。就这样吧，留一只老鼠照管，似乎房间里有生之气息，有人在等她，替她照看这间房子，免于独自孤寂。她甚至能听得见它轻轻地呼吸。

温度一日日高起来，房间里的腐臭味一日日大起来。从厨房到冰箱，她都已经收拾过了，扔掉了一切食物，尤其是肉类，甚至未开封的香肠，也直接扔掉了。但还是可以闻得见一股异味，这种异味改变了房子的整个味道。

经过一个晚上的苦思冥想，郝拉得出结论，就是那只母老鼠死掉了。作为一个搬迁户与作为一个租客，她与它之间按理毫无联系，但是，在一个房间里住了这么久，她得找到它。不然，也得找到它的孩子们。

她越来越坚信房间里的母老鼠发了霉，所以，又一次大动干戈，将衣物全部扔出来放在床上，把厨房里的东西都搬出来放卫生间……为了寻找一只可能死去的老鼠，她给所有的手电筒和能发光的手机充足了电，一个角落一个角度地探视。郝拉相信，关键在于耐心，这是院长辞退她时对她说的话，她当时也表示，工作三年，还是没有训练好耐心，论文没有发到所要求的量。对，要找到这只老鼠，就如坚持找一份工作一样，不然还会面临被辞退的危险。一想到这几个月过的是人不人鬼不鬼的生活，朋友越来越少，离人群越来越远，该举行的讲座也因为不好填报她的职称被取消了，邀请方说不方便报销。没有办法，不把自己活成一个国家工人、国家老师、国家公务员，干什么都会有风险。郝拉已经计划好了将做什么新的工作，具体不是哪种职业，而是怎样的恒心，她已经是准备好了的。当务之急，就是要找到这只老鼠，把生命的虚无落实在一具实在的尸体上。

郝拉莫名地恨起这只老鼠，她觉得自己完全有打死它的能力，却一步步放任它，最后造成了这样的结局。活要见身死要见尸，不达目的不罢休。

直到有一天晚上，一只蟑螂在屋子里穿梭，她盯着它跟它走，在电视柜下面的缝隙里发现了它——那具已经发臭的尸体。电视柜从来不开的，虽然绑定着移动的手机，交了很久的费用，但是，入住的时候就和房东说了，她不喜欢听见声响，所以不必安装电视，房主为了省钱，自然开心地答应。郝拉从来没有想到，就是怎么也不会想到，它就在她床对面电视柜下面的缝隙里钻着。

就像第一次打死那只老鼠一样，她在这只老鼠面前坐了好久。现在，它不会跑，她也不用追了。它连最基本的颤抖也没有，更别说恐惧，它的肚子却还是鼓鼓的。只有根据飞动的小蝇子，她才看出它毫无生命的迹象。

心非铁石。她只觉得难过，因此忘记了去打死那只穿行而过的蟑螂。

她搬开电视柜，忍着恶心和难过，将它铲进铲子里，扔到一个鞋盒子里，盖上……然后就抛进垃圾桶了。再然后，洗洗手，把房间重新打扫一遍，买了消毒剂和喷雾剂来洒了一下。日子还是要过下去的，那天晚上她鼓励自己去吃了晚饭。"不就一只老鼠嘛。"许多年前打死一只老鼠的母亲是这样说的。晚饭之后散了会儿步，然后就上床休息了。那天她出其不意地睡了一个好觉，半夜醒来完全是因为隔壁的叫床声，不过很快又睡了过去。日子越是杂乱无章，越是要过出气象，像是和自己赌气，她并没有多愁善感。不过，她有时会想，这只老鼠是因为饥饿而死还是恐惧而死，也或者，孤独而死。一想到最后一种可能，她就觉得喘不上气来。它躺在那儿，挺着球一样的大肚子，两侧是枯干的缩进去的细细的腿。难道还在渴望生育，所以把肚子撑起来？鞋盒是它的坟墓，她有一瞬后悔自己没有火化它，而是把它扔进了垃圾桶。有好几天，她都坐立不安，看不下书，也没有心情找工作,在房间里不断踱步,拿起东西又放下,有时甚至把一杯水碰翻好几次。

郝拉开始每天很认真地收拾房子。视频里,陈世美说从来没有见过她把被子叠得这么整齐,书摆得这么规整。她自然不会对他说为什么。一只老鼠教育了她,如果说了,他懂吗?

三

工作一直没有进展,倒是百约网打了几次电话,说是相亲活动,请郝拉去参加。郝拉并没有注册相亲网,她不知道是谁在上面发了她的信息。

将一只老鼠埋进垃圾堆,郝拉并不觉得自己心理上应该背上十字架,但她意识到此前长久对生活的思考必须放弃,又得重新思索。她知道自己应该坚强起来,像篱笆一样在内心筑一道栅栏,一旦越界赶快警示自己,以免堕入一片黑暗。她自己都觉得相当愚蠢,因为说实话,这种体会没有多少人能理解和认同。一个壮实的青年人,在走进中年时,姿态应该硬朗,只要这样想,她就觉得自己应该模仿那些积极乐观生活的人,而事实上,她也在对他们做出尊敬的样子,因为她很怕自己活不下去。被排挤在人群之外,不只是一份工作,至少不仅仅是一份工作。尽管她坚决不承认有这种心理,但实际情况就是如此,她近乎在逐渐自我边缘化。

郝拉知道,就如对一只老鼠所形成的腐尸展开的迷恋,有一些不甚清晰的路径一直在操控着她的兴趣,召唤着她去行动,却又一次次阻碍她去承受相应的后果。这次,被辞退看起来是一种被动,实则完全是咎由自取,她让自己在自我放逐中走向边缘。如果事情长久如此下去,就会出现她一直期待的,就会改弦更张,去完成很多事,在别人看来是灾难的事情。但是,对她来说未必不是一种轻松。然而,她故意不如此,强迫自己不要去追求死亡,绕过它,不要面对。是的,我们有理由说这是一个对自己的生命不负责任的人。可是，一生里，我们多少次被这样的意念驱使过？我们多少次暗暗咒骂父母为什么把我们带到这个世界上来？

陈世美在视频里一次次约郝拉去游玩几天，甚至说了两个人一起去东北，不行，就去看龙门石窟和云冈石窟，他知道郝拉喜欢这些。然而，郝拉总拖着。她已经孤独难熬，但内心却对这种绝望的孤独充满了迷恋。她不想去见他，不想看他起床去上班，不想听见他早上起床的闹钟，而且，也不想和他一起起床。她不想和任何人一起上床或起床。可是，不管愿意不愿意，她去找他，肯定和他睡在一起的人是她，或者他来找她，和他睡在一起的人也是她。她无法想象两个人在一起的哼哼唧唧、呼哧呼哧，以及在盥洗室擤鼻涕、上厕所；无法想象一个男人当着她的面用剃须刀刮脸；无法想象他脱光衣服……这些事情，可能会有那么几分钟新鲜。然而，突然之间心情改变了呢？进行不下去呢？这样的事情不是没有过。她已经习惯了骤然而至的厌恶。

那个做饭的人，销声匿迹一段时间之后，又在微信里现身了。他告诉她他出国了一段时间，到中亚，开一个历史学方面的翻译会议，顺便做了两个月文化考察研究，因此没有来找她，说是有时还想她，还说去以前的地方敲过门……电话里他的声音那么遥远，她都不想想起他是谁。

不过，她的那根敏感的触觉还是觉得感动了，从他说第一句话的时候，其实就已经抓到了某种矫揉造作和空虚无聊的东西。但是，这么长时间以来，她一直期待某种可靠的确实的感觉，毕竟大家都是熟识的，不如见见。往日的友情确实是了不起的东西，她的那种奇怪的依赖感总是在这时候浮上来，对轻佻朋友的依赖、对日子的得过且过、对孤独的迷恋寻求……两个人之间，似乎缺了那么一点儿什么，但是保持这样的联系倒可以体验到一种轻松。

他约她去省博一日游。停止，不要。她在心里想着，却还是答应了。就因为两只蜗牛终结一段还没有成形的感情，似乎怪可惜的。长达几个月的不幸投射到她身上,她在想是不是自己的人际交往出了问题,以致步步后退。明明一个不合适的人,不该当作一回事。但是,还是要交往,美其名曰,体验一下生活。改天,反正是改天。郝拉对生活毫无骄傲,却不懂得如何拒绝,凡事总是拖。

如果不见面,似乎就显得冷酷僵硬,可是当初分手,却也是没有明说的,只是觉得两只蜗牛太过可恨,生活就像在一堆老鼠和蜗牛之间辗转。

她记得他第一次来自己的家,是个下雨的傍晚。下午的时候,她去医院,迎面与他碰上了,他觉得一个女孩子独自去医院,太孤单了,就去陪她。接着她为表示感谢,请他吃饭。他说要送她回家,就如此了。

第一次认识,则是在一次边疆城市的会议上,她受邀出席的是考古活动,他受邀出席的是民族文化研究活动。会议占了一个周末,他们在会议室旁边的图书馆,谈了一些事情。在此之前,他们在会议开始前的旋转门前见过面。边疆开会,总会有一些人,借着工作的名义旅游,所以来的人多。男男女女行色匆匆一个跟着一个冲进酒店大堂,男的张开双臂,女的挥舞丝巾,一些人早就认识了,一些人却还是新相识,或者只在文章和微信朋友圈的图片上见过。大多数人为抵达目的地欢欣鼓舞,一边排队领取会务手册,签字交钱,办理入住;一边在大厅里彼此招呼,喧哗。他看见她一个人略带踟蹰地站在旋转门入口不远的沙发旁边,于是迎了上去。他算半个主人,因为家在本地,但其实却是以外省身份的名义出席的,因为当时在那里做访问学者。用他的话说:"希望人们对我的家乡有个美好的印象。"他把她迎了过去,亲切友善。他的穿着很得体,和后来来家里做饭一样,他生怕弄脏自己,与此相应地,他对自己研究领域的重要性深信不疑。

那天,他还给她介绍了这座边疆宾馆的历史,他说这里是这座城市名副其实的胜地。浅白色的大理石铺在地面上,不留神的人很容易滑倒。颜色各异的巨型吊灯辉煌夺目,射出各种不同色彩的光线,日光倒显得暗淡了。琳琅满目的镜子,以及各式各样的乐器张挂在墙上,鲜花的摆设也格外迷人，一些花瓶比人还高，口颈里却插着宽展的叶子，还有一些小花瓶，里面插满了百合和兰花，空气里还有香气，让人感觉到一种被禁锢的绝望之美。人人都知道这些花只有几天的新鲜，但看上去至少是艳丽的。他绘声绘色地向她讲述这座百年宾馆的历史，曾经作为好几部电视剧和电影的发生地，马路对面和宾馆里有巨额的钞票哗哗响和嗖嗖的子弹在空中飞，不言而喻，这里发生过很多命案，还有色情案，就是脚下踩着的大理石，也是别有历史的。他笑着，拿眼看着那些头戴帽子的异族人，叮嘱她在这里的时光要注意安全。后来，等排队的人几乎走光了，他领她到写着"会务组"三个字的桌旁，办理了入住手续，接着送她到电梯口。在此之前，他给她留了微信。

谈话里，她也交换了自己的一些信息，她对他略有了解，因为看过他一两篇描写中亚文化的论文，但没有见过人，他则称赞她的文笔，说在微信朋友圈看过她考证茅坡村由来的文章。他那种近乎谄媚的样子为他增加了不少魅力，因为他看起来虽然皮肤黝黑，但却显示了一种雄性的阳刚。他们之间的友好也许就是那时候存储下来的。所以，那次在去医院的路上碰到他，就开玩笑邀他陪她去抽血，她的表情里也许藏着苍白，也或许还藏着取悦。她有晕血症，不怕疼，却怕看见血液从管子里抽出时的流动，因此希望身边有个人。平素都是同学同事陪着，那天刚好没有人有时间。她一路胆战心惊，不断给自己打着气，却看见了他。她后来将这认为是好运气，虽然谈不上相爱，却也算是缘分。而这离第一次见面的那次会议，已经过了一年多。她与他不期而遇，似乎像老朋友一样相互问候，看着他王者一样无拘无束地笑着，大团云朵飘过他们的头顶，她动心了，才邀请他的。独自去医院，怎么也是伤感的，路上捡了个人，想想也真是好笑。那是一次例行体检，却抽了血又查了尿液，还躺在只有女性可以进去的拉着帘子的室内查了秘密部位。他一直好脾气地跟着，安慰她，说抽血并不疼。当时同样来抽血的还有一个三四岁的小姑娘，居然一点儿都没有哭，大人跟着,她自己按着棉签好一会儿,却不说话。他让她学习这个小孩。

那天的雨不算大,是个春天,空气却湿冷,两个人都淋了雨,他长得黑,身上更是有发霉的湿树叶的气息。孤男寡女在一间屋子,他说你不动火焰总是不行的,容易生病,以后要有时间我来做。"爱情"这个词在她心中突然唤起清晰的形象,一个男人在厨房里生起火,柴米油盐,絮絮叨叨……他们在屋门口拥抱,郝拉摘下了一向拒人于千里的面具,认认真真地,以为这就是爱情。——但很快就郁郁寡欢了,走到了南北两极。

"每个正常人都应该有自己的配偶,世界是成双成对的,我们应该见面。"他在电话里说。

"因此给我吃两只蜗牛?"她还是不想挑明,何况现在有了陈世美,因此只是默默低语了一下,连她自己都听不到。

过了四五分钟,他还在那里重复地说着,说得郝拉差不多要投降。她有很久不做饭了。楼下开了一家包子店,还有一家沙县小吃,便宜实惠,也不浪费,每顿饭不超过十元。她心念一闪,觉得不忍,就答应不再在家里见面了,并告诉他自己搬了家,他们可以到外面走走。于是他就说了前面说的省博一日游。

她挂上电话,有种感谢他的感觉升起,然而却没有告诉她已经被辞退了,工作还无着落。她不花他的钱,也就不要吓他。虽然说工作三年还是攒了一点儿工资,但因为家里盖房子也花了一部分,实在没有多少了,经济问题是一直困扰着她的。时不我待,她很担心自己落入那种堕落的令人羞耻的境地里,靠着某个男人生活,因此不得不跟他上床或和他结婚,不得不生孩子。国家计划生育已经出台了二胎政策。一切都不成熟,工作、钱、生活,绝对不能有孩子,她恨不得去办一张不孕不育证。也是留了心的,托了同样单身的大龄女性朋友,让她也留意着。这年代,养活自己都是问题,走投无路的女人才去生孩子。她不想落入这种为人熟知为自己所陌生的生活规则里,不想为煤气、暖气和水费操心……尤其这几个月失业期,她内心算是经历了好长一段受挫时期，她清醒地评价了自己在世界上的生存能力，收敛起了在学校读书和工作时期所养成的平庸傲气和无知。而在以前，她认为大学教师至少看起来是体面的，而且根本不必愁生活来源。然而社会发展日新月异，好日子一去不复返，新的人和事在成长起来，她知道自己并不能把握时代脉搏。小学和初高中时写作文，结尾不是"我们是接班人"，就是"我们是二十一世纪的新主人"。等到进入二十一世纪，衣食住行都还是难以解决，房子是租的，生活也像是租的，那样的幻景再也不期望了。生活嘛，苟且向前。

她答应他去博物馆，其实和忽然涌上心头的一幅朦胧画面有关系，她想念一枚玉器，女性用过的，玉玺。那枚玉玺郝拉以前也是见过的，在图片上。但第一次去的时候，竟然根本没有注意到中间玻璃柜里的这件文物，只沿着墙壁一劲儿参观，后来听了讲解员讲解才留意到。有十多年了，那时候她才十九岁，第一次进省博，是跟着一个男孩子去的，他们高中在一所学校就读。那个男孩子喜欢她，学生时代的喜欢。现在他已经是大二了，她也准备去读大学，两个人途经西安，一个走往长江头，一个走往长江尾。她明显地感觉他喜欢她，但是那时候他还没有吻过她，她并不知道他后来会做这件事，感觉到那个吻在渐渐向她靠近的时候，她就在那枚玉玺的后面。径自走在中庭的走廊。昏暗的廊道里，那枚玉玺就放置在玻璃橱窗里，泛着微茫的光。

他们还都是穷学生，请不起导游的，因此只能自己看。那天游客很少，似乎专门为那个吻做注脚。她没有想到他会吻她，她想到的是连续两年高考不及格，无法顺利走进大学，开始差四分，第二年差八分，第三年她觉得是不是要差十二分，最后勉强是过线了，但是那种阴影还是留了下来，即使已经要到读大学的城市去了，她仍然觉得不像是真的。她觉得自己的家族像是被诅咒过了，包括自己的父母，他们天资聪颖，雄心勃勃，但一直半途而废无法有始有终。也就是这对父母，给郝拉取的名字，算命先生都说了,恐怕她命里缺斤短两,关键时刻掉链子。起名郝拉,好啦好啦,完全是拖延与妥协。她很怕算命先生说的事情应验,因此才努力考一次又一次,实际父母早就不支持了,担心她精神出问题,让她上专科。

她当时并没有看到这枚玉玺,只是从身边走了过去。她满脑子想的是如何展开大学生活,会有怎样的快乐和艰难。然而,她回身的时候,这枚玉玺却引起了她的注意,因为有人径自走向这里,是馆内的讲解员。她说这里有一枚女性使用的玉玺,大家请来看看与一般的玉玺有什么不同。它引起了她的兴趣,所以她与这枚玉玺并没有擦肩而过。

"走廊中央的这枚玉玺,特点是凤在上,龙在下,是女性之玺,以新疆和田羊脂白玉雕成。通体为正方形,钮为高浮雕的匍匐之凤。形象凶猛,体态矫健,四肢强劲,双目却温和,眼球圆而凸出,隆鼻方唇,张口露齿,双耳后耸,尾部藏于云纹,背部阴刻出一条随体摆动的曲线,上齿以阴线雕琢。玺面阴刻篆书,字体结构严谨大方,笔画粗细均匀,深度一致。"讲解员一边指着一边说。这时候,他的手轻轻搭在她的肩膀上,博物馆总是那样氤氲柔和,她往后退了一步。除过学校里的打闹,和男孩子还没有这样近过。她心想:"难道大学里同学们就会如此,像电视上的?"她对他说:"不要。"然后接着退。然而,他整个人就像充满了整条走廊。他在后面喊等等的时候,她已经绕过人群走出去了。然而,晚上在火车站的进站口,他还是吻了她。

想不到,十二年后,郝拉与一个来给自己做饭但分别已经几个月的男朋友又一次来到了这座博物馆。经过十二年的时光,博物馆里面的东西变了很多,但还是碰见了那一枚汉代女性所用的玉玺,它是镇馆之宝。经过十几年的时光,它似乎一直都没有改变,还在玻璃器皿下躺着。这次的讲解员没有那么专业,明显看得出还在实习期,十八九岁,穿着干净的白衬衫,下面是西服裤,打着领带。他不甚熟悉却尽量装出的认真谨慎的表情唤起了她的同情,唤起了她对自己十八九岁时来这里的记忆。在别的场合,她是个喜欢揶揄和讽刺别人笨拙的人。但在这里，不甚熟悉的实习生却让她深深地想起自己苍白的十九岁，就像看到了另一个版本的自己。那一次，在这枚玉玺前，她表现出自己的忐忑，以及渴望。一枚小小的玉石子，却有那样的经历。这枚石子是被一个小孩在玩耍回家的路上找到的，它的光润吸引了他，于是，他捡了回去给自己当村长的父亲，结果，有点文化的父亲知道这是个宝物，连夜拿到省城去鉴定……近半个世纪后，国家对他进行了表彰，那时候他已经是个老人了。视频上他憨厚地说着捡到这枚玉玺的经历，仿佛说话间尘埃纷纷，一切都碎掉了，包括他那颗少年时代蹦蹦跳跳的心。一群孩子围着这个十八九岁的讲解员，孩子的面孔让她心动，她是没有这样的童年的。他们叽叽喳喳地问问题，像藤蔓一样黏着这个年轻的讲解员，似乎终于逮住了机会，满足他们心中对知识的渴望。她将身子伏在这枚玉玺的玻璃上，和孩子们一样认真地听着，他却压迫性地俯身对她说："那些人懂什么？"接着有板有眼地向她解释这枚玉玺的特别之处。不愧是学边疆史的，他很懂得这块玉的质地、形成，以及它的流浪。曾经在二十世纪六十年代入主京城，有二三十年时间下落不明。随着他的讲述，她留意到了这枚玉玺的名字——皇后之玺。她似乎看到了这枚玉玺的劫难，它的流转，而他在那里继续滔滔不绝，接着开始介绍其他文物了。然而，除了这枚玉玺外，似乎，此次的博物馆之行，再无其他意义了。一件小小的精美玉器，动物栩栩如生，似乎还在攀爬，透过玻璃的反射光，这件宝物显得那么不真实，似乎还在时光的沉睡中做着梦。她因自己再次注视到它而欢欣，她觉得自己整个人也浸润在这种氤氲懒散的光线和氛围之中，那是一种支离破碎之后不再有任何作为的光线，那是一种放弃一切的光线，愁云惨淡，却万事方休。在那样的光线里，她看见了她自己，看到了岁月如同这枚玉器一样，将她擦拭得光光净净，像包浆，难掩瑕疵，却又绝对孤立无援，随波逐流。

终于，他发现她只是专注于这枚玉玺，而不再观察其他，说："不要如此,你要懂得欣赏文物。"他硬拉着她往前走,不让她再在这块小小的玉器面前站着,他说还有很多,不要错过,他还说这里的一些器物已经是被换置过的,就如地方上的很多文物,也如"你关心的皮影",他是这样用词的。他说:"那些牛皮早就被仿制换过了,博物馆里的文物很多是假的,这群孙子……"从来都是如此,他在自说自话,会对她说:"你想的都是你自己,妇人之见。"他说她只迷恋于细节,而不懂得把握整体,是"鼠目寸光的人"。

他们这次一起游览博物馆并不欢快,但两个人还是履行了礼貌的义务,共同吃了晚饭。他虽然攻击她的性格,说她不懂得人际交往,不懂得欣赏文物,缺乏自己的审美,但是,实在不是一个坏人。她只要想到他还认认真真给自己做过饭,厨房收拾得干干净净,比起曾经那个动不动贬斥她希望她加入他的女性集邮单的恋人强多了,就会很感动,低头认错,忍着自己的委屈安抚好他。曾经经历过那样的地狱,所以任何一点儿的好感就可以成为天堂。她向他承认自己有时太情绪化,要么冷漠,要么侵入自己的世界。每当这时,他就不会攻击了。他喜欢这样,女性的顺从与温柔。总是陷入这样的循环。虽然这次他找她,其实是为了迁就她,修补两个人一段时间不见面的裂痕,但最后还是陷入了以前的相处模式,待在一起,从愠怒到暴跳如雷,再到安抚之后的平静如水,但两个人之间总缺那么一些东西,总是无法完美。即使性像是烈火,一个人把一个人钉在十字架上,热情地求爱,然而其实充满迷茫困惑。本质上,郝拉是个无意调情的女人,如何向一个男人赎罪补偿,只是为表面上赢得暂时的温存和相对,看似一切得到了原谅,风暴平息,实际早就恶意溃烂。如此的相处,只是对寂寞的妥协。生活呀,太寂寞了,所以毫不谨慎,发泄欲火,之后落入长长的寂寞,仅此而已。

一段旧日的感情让她落入深重的漂泊,从此不再停歇。所谓冷静对待,所谓温柔缱绻,早就不存在了,无有信任,无有羞愧。死去的爱情在死亡里腐烂,活着的人在生活里腐烂,没有什么可以安慰。这种方式倒成了渐渐愈合伤口的开始，心灵不再踏足任何地方，荒野无人，空空寂寂，节制又浓烈，隐忍又孤独，似乎在向什么东西、什么人复仇，似乎又像在等死。贫困简朴才是渴求，低贱无助才是向往，慷慨绝望，对于生活，还能有什么呢？没有想到，这次还是这样，一段关系走到尽头，两个不是恋人的人都无法承受单独待在一起，吃饭的时候，明显已经受不了了。他指责她什么都不干，自己像个保姆，说她给人的感觉太盛气凌人，如同第一次失恋的恋人那样，他说她像个废物，似乎，她做的事情就是等待他们的到来。难道因为这一点，才让他给她下了两只蜗牛吃？细节总是受欢迎的，但是再细就会更尴尬和不堪，只有简略叙述了。

那之后她独自去过这个博物馆三四次，主要是去看这枚玉玺，她顺便还看看其他的文物，比如那些从西域辗转来的各种怪兽雕塑。她其实非常喜欢画像石，最喜欢的就是这个博物馆的画像石，这些画像石仿佛连接着生与死。这个博物馆，首先不容错过的是这枚龙在下凤在上的玉玺，接着就是各种不同绘制的画像石了。她一个人，即使博物馆充满了人，也不会有人催促她看什么不看什么，她有的是时间，也有的是精力。

他们之间，经过这次博物馆一日游之后，不再通音信。然而离别总是伤感的，他说自己对她的印象其实很好的，有时只是为了激怒她，不希望她那种对人总是云淡风轻的样子，也不希望她把自己藏起来。他说他是可以看出来的，恋爱不是这样谈的，应该有所对等。他说他明白，只是现代社会太孤寂了。她又一次被说动了，去握他的手，想着妥协。可是他看着她，告诉她不要这样。他似乎说得有点伤感。在那之前，有几次，做完饭她开心地吃着的时候，他就已经说过了："郝拉，对我好一点儿。"像是哀求。这次又如此，完全是无可奈何，似乎在积攒离开的勇气。

然而，那间已经搬离的房子，那个厨房，几乎再也不会回去了。不是没有想过，甚至当时就希望过很多次，留下来，怎样都可以。当他端着豆角炒鸡丁和红烧茄子，或者端出她最喜欢的西红柿鸡蛋汤，很多次，汗珠顺着他侧脸往下流，她想天长地久也许就是如此的，她那时候觉得这样的日子已经是天长地久了。他那么近，亲切，神采奕奕。光辉岁月，对，就是这次。那些时刻，有血有肉，栩栩如生，回忆起来还充满它的体积和重量，似乎永远定在现在时。居家生活有个伴侣的美好，就是在这个人做饭时无意中散发出来的，能量和能力，闪闪发光，当时就已经是永恒了。结果其实理所当然，因为对于郝拉，似乎所有的温暖都是短暂的。一份还算不错的在大学里教书的工作，都被搞砸了，以前深爱的恋人，也搞到老死不相往来，似乎，这个不够爱的、愿意做饭给她吃的、几乎看起来已经进入柴米油盐让她觉得过往不过是她脑海里一场失败梦境的、让她以为生活可以重新翻新一切尽在掌握的人，认识和信任，却在两只蜗牛做成的汤里用尽了。她想挽留，却知道已经不能了。

她曾经为他写过一首诗："我在这里等你，等你生起火，等米下锅菜上桌……"

他终究再也没有来找她。给她做蜗牛菜汤的人就这样走掉了。反正还有陈世美，他太年轻了，年轻得容易激烈，经常吵是不好的。陈世美比他丑，比他老，比他要的少。两个人如果在网络世界相处，像恋人一样早晚说说话，似乎总可以过下去。日子就是如此，反正见光死，那就把陈世美在网络世界继续养起来，像云养猫。

四

本来说了去找陈世美，她一再拖着，定了时间说就那个星期，却因为做饭的人发出的约耽误了。其实，郝拉并不是一个开放的人。对于陈世美的好感，也仅限于他能在网络的世界彼此早晚互道吉祥，而真正见面，时间隔开长河已经好几年，其实不敢抱有期待的。

工作没有找到，房租涨了，家搬了，几乎算是恋人的做饭之人也分了，生活过成了失败者宣言。因为没有工作，也就几乎无社交，就像一个空巢老人。郝拉在租来的房里，有时计划着东山再起，有时则祈祷，有一份维持最低生活水平的工作就好了，毕竟需要面包。她清楚地感觉到，失去大学教职，简直是太不懂得珍惜了。郝拉并不觉得自己是个有骨气的人，年轻时靠本事吃饭的那点情怀，随着现实赤裸裸的打击消失殆尽了。博士毕业那年看过一本叫《斯通纳》的小说，里面一个郁郁不得志的青年，想做一个大学老师，做了，然后娶妻生子，再然后人到中年，却爱上了自己的女学生，世间没有不透风的墙，从此活在妻子的怨怼和女学生认为他毫无担当的维谷之中，直到精神崩溃。后来还看过一本书——《革命之路》，这本是陈世美推荐给她的，陈世美说人到中年看这些书，越看越心惊。说这话时陈世美三十七岁，离他们初次认识，前面说了，已经好几年了。郝拉并不欣赏这两本书，里面的内容都是平凡的主人公一路凯歌，但最后不得不落入充满泥淖的生活的陷阱，一地鸡毛却又不得不挣扎，孩子夹在中间像肉夹馍，太挤太伤感了。郝拉并不喜欢这两本书，陈世美一再说好，在这样的夜晚，想到这两本书里怯怯懦懦、忍气吞声的主人公，郝拉第一次感觉到艺术就是现实。《斯通纳》和《革命之路》，殊途同归，人们在常规、安全、乏味的生活里待着，待到越过轨道走出牢门之后，发现已经无法适应那种自由。

生活也许就是如此，百约网经常打电话，这次却发来了短信，内容是："您好，我是百约网婚恋顾问郑老师，给您去电不是有意打扰您的。因为您这个年龄段是我们的主要服务人群，在本城服务中心有几位男士很适合您。其中一位年龄大你三岁左右，在外企上班，是个工程师，为人正直，学历相当，阳光积极，喜欢运动，是个事业不错的男士。不知道您是否愿意给彼此一个接触的机会，男士真的很真诚，看到短信回复一下。我们也可以及时做个反馈哟。愿意沟通回复8，或者明天什么时候方便接电话，我会把男士的情况详细给您介绍。我微信号：byw520，祝您生活愉快。"与此同时，陈世美也来了微信:"郝拉,我说过我是渴望稳定家庭生活的人,但你说你不是,你受不了和男人朝夕相处。我其实想着你这也是气话,有那么一段时间,我说去你的城市找你,想着怎么跟你相处。可这些想法,待在黑屋子里安慰自己行,一旦真行动,又担心这儿担心那儿,包括你不来我的城市,想必也是差不多的原因。谢谢你在我最惶惶不可终日的一段时间给我幻想。你说我们三观不同,恐怕你说的是对的。我太自私,只考虑到自己。你保重。"被一个男人如此拒绝,郝拉也不觉得有什么失落,但有时夜里八九点到十一二点会觉得家里空荡荡的,如果还在网上云养着陈世美,可以随时拨通他微信与他视频,互相说一些话,从《斯通纳》到《革命之路》,从苍井空到观世音,从此城到彼岸。除了那次让她失恋的人,她还真没有这样在灵魂上如此渴望一个人。然而,现在也只能如此了,当务之急,必须走在寻找面包的路上。不行或许得回乡,母亲说小县城的公务员,博士学位,总还可以考。她觉得总不至于,但生活在赶着。

半夜里焦虑得睡不着,睁开眼,室内通明,起来站在落地窗前才发现没有拉窗帘。租住的房子的卧室没有阳台大,窗玻璃围成了半弧形。月亮照进来,看手机,是凌晨三点,她为那样皓洁又清明的月亮感动,亮得那么用力,横卧在天心,狐狸的模样,像可以抵达的街心,似乎走一走就到了,就可以摸一摸,柔和温煦,似乎都可以感觉到一种触摸。郝拉觉得还是不要去死好了,活着还可以看看月亮,光这样半夜独自站着,也觉得是抚慰。

双株情

一

　　过了这个晚上妹妹就要和丈夫带着孩子回老家了，此刻她陪妹妹在床上一起趴着说话，母亲在隔壁的卧室睡觉。也就是和妹妹说的这些话，让她知道，童年一直在妹妹身上，从来没有离开。那个多愁善感的小女孩，躺着，瘦瘦的，七八十斤，小小的手腕拖着细细的胳膊，脸长得也像是孩子，圆脸，盛着两只大眼睛，根本不像是两个孩子的母亲，她还是她的妹妹，一直生活在童年里，她们一起回到了小时候。门响第一声的时候，她没有听到，妹妹已经是竖着耳朵的兔子了，她一直有这能力，像确认一种不幸，太过敏感是脆弱的。就像好久没有进入常规生活，她想起了妹妹来之前发生的一些事情。

　　那天已经深夜，电话里，母亲哭着说："一个要离婚，一个不结婚，共两个女儿，都快四十岁了，我上辈子造了什么孽？"那声音让她不由自主按低了语音键，怕隔壁房间的人也听到。房子是租的，木板隔开，并不隔音，她怕邻居们听见笑话，虽然她和他们只是点头之交，并不知道名字，走在路上也不说话，只站在门口开门或者房间集体停电的时候问一声。母亲早就说过："我们家族的女性没有男人缘，都不会过上幸福的生活。"那时候妹妹还小，但她已经懂事了，虽然她只比妹妹大一岁。母亲说这话的依据是母亲的母亲是个疯子，母亲的母亲的母亲也是个疯子，再往上一代，婚姻也并不幸福。而母亲这一代，早早就守了寡。说这话的时候，母亲已经守寡几年了。姐妹俩在深夜里不睡觉，说悄悄话，母亲怒不可遏，说出这句话。婚姻就是精神病院，她那时候就有这感觉，外祖母在精神病院关了一辈子，外祖母的母亲在窑洞里关了一辈子，而母亲，正在吃着抗抑郁的药，喝下一碗又一碗的黑水，母亲的弟弟正关在精神病院呢，是精神病患者的产物。她觉得自己要避免这种结果，因此一直不愿意结婚。而现在，二十年过去了。妹妹坐在她租住的房间里，她想起这些。

她叫青云，妹妹叫青雨，爸妈云雨之欢的创造，似乎她们是因爱而生的，实际父亲死得早，什么都没有留下，除了一些书，连照片都被母亲撕掉和剪碎了，像是故意不给她们留下线索，故意让两个女儿忘记她们的出处。她们俩也实在没有办法，那时候太小，小到感觉不出母亲的冷酷和决绝，不知道这是对生活的绝望，还是某种坚贞。

她母亲给她取名叫青云，应该只是对第一个创造物赋名的新奇，觉得一个女孩子就该像云朵儿一样，温婉多姿，结果她出落得毫无可喜之处，脸长得就如一张地图，斑斑点点，脸形则长得像个马头，长脖子。仿佛为了修正，她母亲给她妹妹取名青雨。妹妹长得倒是骨骼匀称、嘴唇圆润，少女时代是一个圆脸女孩，胖嘟嘟的很可爱，和那个打乒乓球叫福原爱的女孩很像。人们只认为妹妹是福娃，而她却不是，她嘴唇上方有一粒黑痣，眼睛下方有两粒黑痣，鼻尖上蹲着一只瘊子，实在太丑了，尤其有个漂亮的妹妹陪衬，那丑就显得具体形象，父母的基因在她身上算是浪费了，因此他们从小就不喜欢她。不过这未必没有好处。父亲死的时候她九岁，妹妹八岁,在葬礼上妹妹哭得晕了过去,不让把爸爸埋下去。她那时候心里想:"你才是爸爸的女儿。"因为她除了渺茫地感觉到可能以后的日子会过得很穷之外,没有别的太多疼痛。

一直以来,除了长相丑陋外,她毫不自弃,认真读书好好学习,最终的结果就是上了大学读了硕士又读了博士,直接把自己读成第三种人,社会上叫"齐天大剩"。就连有时和妹妹视频的时候,妹妹的女儿都说:"大姨妈,我奶奶问你为什么还不结婚?"隔一会儿对她妈说:"妈妈妈妈,你说我大姨妈现在是齐天大剩还是斗战剩佛?"女孩儿十二岁,完全继承了妹妹的好基因,除了皮肤黑,脸圆圆的,又经常参加舞蹈班,生得一副美人坯子样,很得她父亲喜欢,因此这斗战剩佛还是齐天大剩的问话,许是她父亲教的,现在的女孩子明白生理学太早,在学校学的也说不定。她并不知道什么斗战剩佛这类称呼,因此特意查了查,才知道齐天大剩之前还有斗战剩佛。有事问百度,百度上对这类名称给出了"科学"解答:

> 25—27 岁为初级剩客,这些人还有勇气继续为寻找伴侣而奋斗,故称"剩斗士";28—30 岁为中级剩客,此时属于她们的机会已经不多,又因为事业而无暇寻觅,别号"必剩客";31—35 岁为高级剩客,在残酷的职场斗争中存活下来,依然单身,被尊称为"斗战剩佛";到了 35 岁往上,那就是特级剩客,当尊为"齐天大剩"。

在百度和谷歌的战斗中,百度胜出,看这关于女性分类的定义,也可以明白它胜出的理由。男权社会,女性的生育价值随时都在被估量。在婚恋和生育市场上,三十五岁以上的女人也许对社会来说差不多算是废人了,但废人也要活着嘛,总不能自挂东南枝。

事实上,她珍惜自己免于抚养孩子的自由,因为她没有男人,遑论一个孩子（未婚生个私生子，对于她是不可能的，首先是经济条件不达标，其次她不想让自己的孩子一出生就遭受世俗眼光），所以她身形无束，不必因为孩子的软肋听命于任何人。一直以来，她那远在八百里之外的妹妹，则婚姻美满，娃娃绕膝，不只前面所说的那一个。每当她幻想找到一个人在四十岁之前生个孩子的时候，视频里，妹妹都要大笑不止。"我不知道你还有没有可能，老大，我大学一毕业就结婚了。"每当这时，妹妹就恢复了她们青春期以来的称呼习惯，她叫妹妹老二，妹妹则叫她老大。妹妹的意思她懂，年轻就是好看，都没有把自己嫁出去，哪有以后。"我觉得你不会结婚，永远永远。"挂视频时妹妹经常说这句话，她说自己实现了有婚姻生活的愿望，作为同母同父的另一株胚胎，就应该过另一种生活。

也确实，她一直都在逃避，对那些可能让她嫁给他的男人，她总能抽身而退，所有的风流韵事都无法拴住她。而且，很久以来，她已经形成了一种习惯，判定一个男人值不值得交往的一点，就是好不好脱身。她不喜欢那些纠缠她的男人，不喜欢他们哭哭啼啼，更不喜欢他们威胁她不让她离开，也不喜欢他们自残让她愧疚。她曾经遇上最难缠的，是最后一种，至今犹记。但是她爱那个人，一直无法否认，她从这个人身上知道了那种煎心的渴望一个人的欲望。而现在，书写就是给往事烧纸，她的生活早就过成了那样的模式，给心爱的男人写情书，与不爱的男人做爱，无拘无束，无所隐蔽。这么多年，她只想过一次结婚，只渴望过一次，那之后才出现了前面所说的逃避，就是她唯一爱过的那个男人，而那个男人有妻子，她求着他让她嫁给他。那时候她失去了理智，后来才一而再再而三地想，是不是和一个有妇之夫结不了婚，所以才那么强烈地渴望，哭着求他娶她，肝肠寸断，说不这样会心碎而死。——她当然没有死。时隔五年后想起，她才觉得庆幸，幸亏他拒绝了她。他对她的爱是社交性的爱，她对他的爱则是宗教性的爱，他需要偷情而她想要爱情。因此，苦难最终结束了。是他提出分手的，她花了五年时间才明白，尤其是妹妹到她的城市住了一个月之后，她总算明白了，他做得对。否则，她无法想象自己三十多岁的时候与一个五十多岁的人睡在一起，闻着他日渐衰老的老人气，看各种衰老特征水草一样爬上他的身，她无法想象即使与他老婆的斗争胜利了拥抱着这样的战利品有何骄傲可言，何况中间隔着几火车一个男人为了平衡女人的嫉妒而说出的谎言。但她还是没有放下，几年之后，还一直在他的头顶盘旋，监视着他的命运。她就像一架观察仪一样毫无声息地观察着自己爱的男人如何活下去，如何进行一日三餐，当然也包括，如何与别的女人做爱，用他一日比一日衰朽腐化的身体。这不是造谣，他最后离开她的时候谎言就是他的一条腿因为相思为她在萎缩，但因为他老婆在以自杀威胁，他不得不离开她。最后一次隔着四年时间长河的时候，她观察过那腐坏下去的腿，相信这是他说过的唯一真话，只相信一半，腿在腐化是真的，是不是为她就不一定了，因为对别的女人也可以说："为了不离开你，我让一条腿都腐化了，也不去找她。"横竖都会是他的理，一个老男人在衰朽下去这是真的，对此她一面愧疚一面欣喜，那些日日夜夜的期盼，一次又一次一个城市又一个城市地找寻，等在他楼下却长达半月见不到他的绝望，终于有了报应。上苍有眼。

　　他的身体已经对她没有了诱惑力，如同一座坟墓，但有时会有那么一点儿痛感，未尽之欢，最初的爱，虚荣与虚妄结合的那种无名之悲。风雨相催，兔走鸟飞，她知道，他最终会成为彻底的过去。爱记忆里的人容易，难的是当他们出现在现实生活里，还爱着。最后一次，隔了四年时间流水的长河，他来找她，她只觉得肮脏不可忍，一切都变了，别人的液体还柔滑地黏在他的身体上，她无法承受那想象，太恶心了。"春来草色一万里，芍药牡丹相映红"，他做那样的梦，红玫瑰与白牡丹，她则无法。太脏了。对于她来说，爱情是肌肤已坏香囊犹在，爱情的味道还可以熏晕她，而爱人已经是一把灰尘。生活如同腐水，四年的时光，他足够腐化。——尽管青云还是经常有一种要去补偿他的隐隐自责，比如妹妹来了带着妹妹去看中医，想给他也问问方子,但是也仅仅是想想。生活自顾不暇,让他与怕失去他的妻子一起承担这条腿好了,祝他们夫妻恩爱到白头,共享花圈与坟墓。然后就是主动暗示自己他也有为难和不舍,也有过一些夜晚辗转反侧。不这样,又怎么放得过自己?

　　整体来说,青云是个性格活跃的三十多岁往四十岁走的中年女人,她的生活在竭力达到某种可以叫作"优雅"的境界。她在一所教育院校的图书馆工作,之所以找这样的工作,是因为博士毕业之后实在找不到像样的工作,在大城市只能当没有编制的编辑或者三本院校的老师,小城市虽然给的安家费多,但是一次定终身,以后没有什么前途,整天得填表格写论文、写论文填表格。研究生三年博士三年,她过够了那样的生活。毕业因着有个好导师和自己写过几篇核心论文的关系,曾不小心混进一所当地还算可以的师范院校里教书,但是不到三年就被辞退了,因为她进去之后就再也没有写过论文,所以尽管教书尽心尽责,但没有谁看那点教学成果,最主要的是要有项目,要经常参会,要发论文。她讨厌参加会议,对于和编辑打交道也很不在行,项目年年填表,年年算陪跑。就在那所师范院校要辞退她时,这所大学在网上发出通知可以考核录取一批人进入图书馆工作,她去考了,而且考上了,算是平稳过渡。虽然在图书馆工作,但是这所学校至少在签名或者交换名片的时候,不至于丢人,至于在学校里教书还是做行政或是跑腿,一般没有人会细问。那些走马观花的相亲对象说起来,还说找个大学老师做老婆是很多人的理想呢,虽然最后也没有结婚,但说出去,对于他们,也像是满足了一回虚荣心,至少是自己蹬掉了一个大学老师。不过青云也不去揭他们的虚荣心,就如他们不会去嘲笑青云不会化妆一样,说得好听一点儿叫彼此尊重,不好听就是一把年纪了谁还在乎这点事。因为不化妆,青云看起来比实际年龄老,而且眼神迷茫,很容易给人一种不知所措的无辜感。也许就是由于这个原因,那些相亲对象才总是一走了之,也不说什么过分话吧。她不想结婚,但她经常相亲,她喜欢这项活动,从三十岁开始就喜欢了,一年总相那么几个,有资源时就去相,当作参加社交活动。世界上除了男人就是女人,要想不落后于时代,大龄女青年,如果不生孩子不养个男人在床上,那么最好的保持两性关系的方式就是相亲,相亲可以在近距离很快看清一个人是君子还是小人,是龌龊还是荣光。而且,相亲会显出活络性,单位领导和其他人也会知道她的生活不是一潭死水,还有希望。单位领导,一个五十多岁离婚又娶了一个女人的佝偻男人,出差的时候,还对她进行过嫁人规划指导,同时当然也不忘记炫耀一下自己现在的理想婚姻。他说他老婆每天都把他的皮鞋擦得干干净净供起来,因为皮鞋是一个男人的脸面,比他的脸更需要尊重,至于他的袜子,终年都是白色,每天必洗,当然是老婆洗,因为老婆认为袜子是一个男人的眼睛,是脸上的主要部位。他对她进行了指导,意思是让她学着他老婆点,以后还是有希望的,毕竟工作还像个样子,但是要低得下身子才行。"现在男人有点钱有个职业的,多是独生子,抢手得很,不行就找个离婚的或残疾的,以前别人给你介绍的患小儿麻痹的那个人就不错,虽然腿残了点,但是不影响其他,人还本分,毕竟你也年龄大了,人家肯娶你已经是苍天给你机会了。"她领导的原话,就是这样的。因为是领导,掌控着自己的饭碗,所以她也不敢辩驳,只说下次相亲要好好表现,心里其实是明白的,这辈子不结婚也不至于如此。男人嘛,太容易自以为是,认识一个偶尔聊聊还可以,养一个每天贡着,还每天替他擦皮鞋洗袜子,太累了。

青云在这座城市的郊区有一处还没有拿到产权的房子,房子自然也没有装修,那是三十四岁那年,她拿出所有积蓄加贷款买的。在这座城市,有一间小小的房子可以让她在老来的时光里住进去,她就觉得已经不错了。她曾经到市中心去看过一些大房子,也心仪过一些小户型楼不高的房子,但是她买不起。她买得起的是一栋高楼最顶层的一套小房子,尽管把自己已经累得半死,但贷款还得还上二十年。她就像一头徘徊在城市的野兽,四处张望却无法形成自己的中心。

这么多年,她一直靠租房生活。这次租住的房子七月一号到期,六月三十号就得搬家,她在六月上旬就开始看房子了。妹妹打电话来说要住一段时间之后,她开始看两室一厅的房子。

单身女人找房子是一个令人崩溃的过程,从 58 同城到赶集网,从个人到中介,房子到期的半个月或一个月前她就开始打听房子,因为房东已经说了,得搬。涨房租是第一次的借口,那以后又续了半年;第二次的借口是因为孩子要上学了,她租的房子近,正好公婆可以来了接送带娃。反正总是有借口,不同的房东有不同的借口。有时当然她也有挑剔人家的地方,比如上一次住的房子,清明节发现左边是人家买的骨灰盒存放处,毕竟房子比墓地便宜。隔了不久发现,右边养了头藏獒,整夜低嚎。骨灰盒她还觉得是个惊骇的浪漫之物,藏獒就没那么好玩了,它经常在门口坐着,像一个大胖长毛黑娃娃。国家疫苗出问题之前,这座城市被狗咬急忙去打了疫苗的人,还是没有逃脱无妄之灾,死掉了。那是个三十多岁有孩子的女人,比她还小几岁。知道那只终日嚎叫的狗是藏獒之后,她想都没有想,直接搬家了,好在房东仁慈,那个月的房租倒是全扣了,但没有扣她的押金,谢天谢地。寻找房子是黑暗之旅,但一年里必经历那么一两次,青云越来越像是无所畏惧的士兵。也确实应该这样,三十六、三十七、三十八岁,是人生最好的年纪,要钱有钱要力气有力气,没有丈夫和儿女需要伺候,难得人生的黄金时代。

大城市的房子,一般都是小夫妻可以繁殖的小家庭户型,两室一厅,一间用来做爱,一间用来住宝宝。二胎政策出来后,三室一厅的房子才更吃香了,但很多人还是把两室一厅当作过度,因为毕竟得考虑手头钞票的厚度。在青云单位的四面八方,二十分钟以内步行可以抵达的只有三座一室一厅或一室零厅的楼,这是为了学校的恋爱男女(毕竟他们大多数人不敢在校生孩子)和像她这样的空巢男女准备的房子。一室的房子并不比两室便宜多少,但是单身女人如果住在两室的房子里,太过浪费和空旷了。然而一室零厅真是太令人羞耻了。进门就是卫生间,接着五步不到就是卧室,邀请女性朋友来坐会儿还可以,不过对于邀请男性朋友,太过逼仄的空间和布置,仿佛是一种对失败生活的无声嘲笑,要不就明显显示出一种轻佻和暗示,有过那么几次,她再也不如此了。

那段时间,她从各个角度分析着所看房子的缺点。好不容易看上八楼一套两室一厅的房子,窗户朝着北面,就这一个缺点,说定第二天一早签约,因为当时已经晚上九点多了,中介要回去吃饭。可是第二天打电话过去,房子已经被别的中介公司租走了。正逢六月快假期,毕业学生找房子,一些学生为放假找房子,一些情侣找房子……中介说粥少僧多,这么便宜也只此一家,房东在外地不了解房价。从这套房子开始,她也不得不加入了近乎绝望的哄抢队伍,最后不是将好房子输给那些愿出高价的(已签了合同还没有来得及搬),就是输给那些信息灵通的。租房子就如这座城市坐环城车抢座位抢空地,永远都满满当当,永远都人挤人。她的从这座城市搬到海边去工作的朋友,在电话里说除了可以每天看海外,最开心的是永远不用再挤公交车。她自己也很想去海边生活,但没有能力。

最后,在栀子花开的如火如荼的六月底,青云几乎要放弃看房子了,准备与家人挤在那间单身公寓里的时候,却在58同城的私人联系里找到一套二十世纪末的旧房子。去实地看了才知道,在一幢待拆迁建筑的后面,布局随意,两室一厅,比想象的小得多,房主在墙壁上漆了一棵棵绿叶子的树。一进屋子,青云就被树冠抓住了心。在此之前,她喜欢没有壁纸的白色的墙,但现在,不一样了。她立即认定这是她要租的房子,她需要那些树。可以说,青云立即爱上了这套房子。

这套房子倒也不算便宜,比原来租住的一室一厅多了一千元。但比起那套房子，这处破落的房子还有其他好处，比如房前屋后都是树和花，虽然主卧窗前不远是个走廊长亭，但是如果把这当作是精神追求的磨砺，其实也很好。青云想要的理想房子也是门前有花有狗有猫，门后有树。这套房子的狗虽然是白日里别人牵着遛的狗，但毕竟也是狗。那猫则是流浪猫，有时三三两两就来了，雨夜倒是叫声让人瘆得慌，但是它在花下草丛里酣然而眠的样子，分明制造了一种太平盛世，所以她能承受得了它的哀号。最主要还有鸟，似乎已经习惯青云在窗台的外平台撒一些小米、面包屑等食物，它们经常来青云卧室的两边平台上叫着，有时也飞下来吃食。差点忘记了，青云的房间里还有只壁虎，也不知道它是原住民还是从外地和她一起搬迁而来的，总之它经常在夜里爬在墙壁上"作壁上观"。青云发现了几次，索性夜里要么一直亮着灯，要么不开灯，怕吓着它。它是她此间唯一的朋友，共处一室，和平相待。也算住了个把月了，相安无事。

二

妹夫梁山伯的微信视频是青云在傍晚吃过饭准备买水果散步的路上接到的，当时正有楼下新开的瑜伽馆拦着她做宣传，已经递到她手里两张活动的单子，她不喜欢她们，但一天不见人了，得找个人说说话，就停下来装作了解情况。铃声响的那一刻，她很诧异要不要接，但平时也有过几次这样的经历，妹妹经常用妹夫的手机打给她，所以她接了起来。没有想到，当着几个发传单的小姑娘的面，她就听到梁山伯在那边说："你赶快打你妹妹电话，她说要去死！"她听了一惊，就连忙走过发传单的姑娘们身边，边走边问："为什么？"梁山伯说："你赶快打，反正才跳了车下去自己跑了。"她心里好奇，但听到妹妹说"死"，也是又怒又担心的。平时她向妹妹的宣扬说教，总有一句：生活不能经常无故表演死——死吓人，尤其不能为一个男人去死。

联系不到妹妹，她急忙给母亲打电话，得知母亲在妹妹新搬的房子里，照看着妹妹新生的孩子，母亲说妹妹电话来说晚上在外面吃饭。母亲的声音平平静静的，所以她没敢把妹妹跳车自己跑了的事情告诉母亲。夜里十二点多又接到妹夫梁山伯的电话，说他和妹妹爆发了一场短暂却毁灭性的争吵，因为出现了一个女人。

　　梁山伯当然不叫梁山伯，这件事之后，梁山伯也许可以改名为陈世美了。梁山伯在此之前之所以叫梁山伯，是因为他在认识青雨后，寸步不离地追青雨。那时候追青雨的有好几个人呢，小县城嘛，官二代和煤二代，对于漂亮的女孩子才敢下手。梁山伯家比起那几个来，算不上优越，但是结婚讲究门当户对，寡妇制下养起来的女孩子，自卑得很，太好的东西不敢选择，觉得不配，因此在几个里面选择了家境最差的梁山伯，当然这和梁山伯自身的表现也有关系，他经常嘘寒问暖，如同一个保温瓶。他这保温瓶在十几年后去给别人送温暖是另外的事情了，在那时不得不说温暖了青雨的心。青云知道这些，完全是寡妇母亲的话语传递。因为这么多年，她对这个女婿的满意度远高于对自己独自拉扯大的两个女儿。她觉得女儿情感冷漠，说话如刀子，而只有女婿为了讨好女儿，才真是孝顺她。因此，后来出了这件事，她的情感受到伤害的冲击力甚至比青雨都大。梁山伯的名字是母亲取的，因为她看这个男人每天黏着青雨，觉得像戏曲里的梁山伯。

　　妹妹和妹夫已经在一起十二年，已婚已育两个孩子，眼泪和啼哭应该会让他们在几天之后很快和解，毕竟有孩子。在接听妹夫电话的时候，她对妹妹在那县城郊区两室一厅主卧常年不进阳光的房子里一连生了两个娃的日子的担忧似乎终于落实，在此之前，她早就觉得那样的生活不可忍受。虽然妹妹在今年年初买了新房子并且搬了进去，但作为十几年的旁观者，她看着都觉得累。三角形并不具有稳定性，女人已经出现，分歧已经形成。所以，现在，妹妹在随后几天请求来她的城市散心，和她一起生活在她租住的房子里,她答应了。

妹妹青雨是在二〇〇八年结的婚,那年国家算得上大喜大悲,奥运会据说是举世瞩目的,但地震也是举世关注的。那年腊月她和当时谈的对象在年末赶了一班结婚的车。不过青云并没有参加。青云知道他们结婚是在过年回去之后。她有一种被背叛的感觉,但也没关系。其后几年更是渐行渐远,她忙着建设自己,读完了硕士,又读了博士,两三年换个城市,然后参加工作,不满三年,又换了个工作。祖母在青雨结婚两年后去世,青云和青雨都是她帮着母亲带大的,她爱青雨,也爱青云,但因为父母不爱青云,所以祖母表面上给青云的爱多一点儿,作为平衡和补偿。青云非常爱她的祖母,太爱了,不过是在她死去之后才感觉到那种深度。她终夜都无法安睡,总是梦到祖母,那之后她索性连年也不回去了,一两年才回一次,选择在夏天。与妹妹青雨的见面,也仅限在夏天回老家的半个月,——至多半个月,而这半个月她有的是事情做,由于学的是社会学专业,她经常顺便回家去做个社会调查,不是去敬老院住几天,就是去特殊学校与聋哑儿童们待几天,反正忙得很。以至于青雨有一次好不容易逮到她,却是在县城的一家肯德基,她正在和高中同学吃东西。青雨也认识她同学,谈话中,她对她同学说:“你们见她比我时间都长,即使去我家,早上我去上班她还没有起床,晚上回去就已经差不多到了入睡时间。”那天适逢周末,她下班之后打车去找她,想把她拐回去。确实,姐妹俩自从大学各奔东西,所见机会不多,尤其青雨嫁人后,一年见不了一次面。青云从来不恋家,第二个孩子是第一个的修正和补充,比第一个完美。妹妹一直都是父母的宝贝,即使父亲死了,她还是母亲的宝贝,后来嫁人了,她看起来是丈夫的宝贝。她不操心她,但听见她说见面时间不多,还是觉得难过。这么多年,自从上大学后,她把自己过成了马路的宝贝,常年人在离家几千里之外,却觉得如鱼得水。世界不过是一个大水缸,而她是条鱼,痛苦是有的,但快乐完全可以抵挡,至少比在家里强,母亲哭哭啼啼,永远没有晴朗的天。

青云本来是想瞒着母亲的,但半夜回去夫妻俩就闹了起来,母亲自然也知道了,青雨说要离婚,电话打给她。母亲也哭着打来电话,才知道更详细的情况。青雨十年生了五个孩子,留下两个。看来母亲也早就担心了,但这些家庭之事,她却从来不知道。青云计算,从二〇〇八年到二〇一八年,两年一个,婚后第二年夏天生了第一个孩子,从那时候算起。生第一个孩子的时候,青云在读硕士。从孩子的年龄算,夏白出生在二〇〇九年,夏晚是二〇一四年……简直不能想,中间哪几年在怀孕,哪几月知道性别打掉了。一个读过大学的女人,在生孩子,怀孕,怀孕,生孩子……一只母鼠。

青雨的公公婆婆一直盼望生个男孩子,从第一个孩子夏白在肚里时就盼望了,因此夏晚出生之后一家人很不喜,甚至想送出去,再抱一个男孩回来养,至于中间怀孕和夏晚出生之后再怀孕被检查出是女孩子的那几个,全部……

新近闹事,也是因为青雨怀孕之后又——

生两个已经够多了,现代社会,一个人的眼光还集中在繁殖上,居然还在为了继续生男孩努力,青云不是不暗暗生妹妹的气。

其实就连妹妹青雨第一次怀孕生孩子,也似乎令她不开心。如果说嫉妒,也谈不上,但她就是不喜欢她那么早就生孩子,大学毕业,小小的,闪婚,接着就怀上了。她是几年之后才放下心的,人家热热闹闹过日子,夫妻俩看起来恩爱,还能有什么,自然是祝福她。虽然隐隐有酸意,嫁出去的妹妹泼出去的水,距离分明是产生了。

三

就这样,妹妹来了,与她一起而来的还有妹夫,以及新生的妹夫家想送给别人但自己已经养了八个月的小婴儿夏晚,还有母亲。青雨发了自己所租房子附近的酒店链接给他们。青云对她妹夫从来没什么特别的感情，不过是妹妹的丈夫而已，既不亲近，也不厌恶，因此并不打算给他订房间。自己的房子是住不下的，肯定有人得住旅馆，何况在这样的事情上，她觉得离婚最合适。当今社会，真爱都该成全，如果不是真爱，那么没有必要这样鬼鬼祟祟偷偷摸摸。妻子和孩子不是寻求真爱的绊脚石。

晚上吃饭是在青云单位的对面，一排的酒肆茶坊，妹妹说想不到变化这么大，读大学的时候这里还是一片荒野。她心里想那时候你还是姑娘，但终究没有说出口，就如妹妹在视频里露出奶头给小孩子吃奶一样，她无法接受她说的什么"下奶量"。她只见过她一次大肚子，生夏晚的那个夏天，她是回去了之后才发现妹妹怀孕的，以往在视频里根本看不出来。妹妹又接着说："我上大学的时候还没有大学城，这里还属于县而不是属于区，最繁华的地方也只一条街。"——妹妹在青云现在工作的省会上的大学。她说："世界会变的。"她心里想的是你那样天长地久的爱情也说变就变了，梁山伯也是此一刻不同于彼一刻，为什么有这么多感叹？妹妹在老家的小县城里从毕业就一直生活着，十多年没有出来。时代日新月异，她也不是没有愧疚，也许鼓励妹妹早点出来在外面发展是好事。但是妹妹不喜繁华，第一份工作也是在省城找的。单位真不错，数一数二的一家文物单位，每天去都是和几百几千年前的文物打交道，可是她不喜欢文化人那副迂腐气，说是受不了，很快就辞职提了档案回去当了公务员。家乡桃源，可以做的了五柳先生。那时候她还不知道小县城衙门生涯的裙带关系比大城市尤甚，不过，那时候县城还稀罕大学生，是包分配的，妹妹至少守住了一个饭钵子。青云自己是本科没有考好，才又考的研究生，到研究生毕业时不分配了，自己也无意回县城，才继续读了博士。其实那时候已经算是把生活看透了，回到小县城，无非就是嫁个暴发户，比如煤老板的儿子；再不就是嫁个一路买到大学去的小地方官员的儿子，因为这样的人的儿子没有大志向，也没有才华和本事，最终毕业之后还会回到小县城继续接过老子的把子当王八的;再不行,就是嫁个同样通过奋斗考上大学回到小县城当公务员的凤凰男,就这三类,几乎没有了。而那时候,她已经二十七岁,属于"斗战剩佛"的年龄,在小县城想嫁个人,本来就丑,县城认为长脸的女人克夫,恐怕连个情人都找不到。毕竟一条街就几个人,大家谁都相互认识,不需要六个人,绕三个人就可以攀起关系,和别人共用丈夫,也未必有机会。一狠心,她才考的博士。居然考上了。妹妹在电话里说她是曲径通幽。也许妹妹和她有一样的想法,她长得丑,回到小地方嫁人也只会高不成低不就,不如索性就在外面吧。小县城人喜欢有亲戚在外面,在国外最好,还可以说是华侨,不在国外,北上广也很好,最好是北京。她没有本事,落了了省城,也算小小额外满足一下家人的心理需求,但过得怎样,只有自己知道。不过正是因为这种距离,家人和外人才可以有理由共同构建想象,即使觉得她是个可怜的大龄空巢老女人,但在一所大学里上着班,恢弘的建筑,管理着一堆写满知识的书,也是觉得有吹捧资格的,何况,还是个博士。这时代,洋博士和土博士都太多了,然而在小县城人眼里,博士的笑话还是愿意看的。客观程度上,她为家人和认识她的老乡们提供了一笺筐谈资,从她没男人到她子宫被空置,再到年华蹉跎无人问,她享受着认识的不认识的老家人一众的关心。这些人包括妹妹的同学和同事,也包括认识自己也认识妹妹的其他人,当然包括村人,读过小学和初高中的老师们,以及其他七大姑八大姨,堂哥堂姐堂妹堂弟……妹妹有时在电话里细细地一一描摹,和她说,想起一个说一个。那些人平日见到她说让她作为代表向青云问候。有一些拐弯抹角的亲戚和朋友甚至来说媒,谁家在医院有个亲戚上着班,也是没有结婚,才二十七岁,但人家说不嫌弃女方大,可以考虑;谁家在学校里有个大龄男亲戚,死了老婆,虽然有孩子,但是个女孩,何况二胎政策放开了,可以考虑,不然马上就得变相交单身税,大龄女中年在城市也是不安全的;谁家的儿子虽然开车,有点小儿麻痹,也抑郁过一阵子,但人家长相精神,在省城有三套房,如果结婚了,靠收房租就够两口子一起生活……

现在,妹妹来到她的城市,在房间里坐着或躺着。白天青云去上班,图书馆总是这样,每周都有新书来,她得浏览它们,然后写出梗概填入目录,贴上条码,上架。每天都是这些差不多一样的事情,把新书请上架,照看破损的旧书,时而回答来借书的人的各种问题。她去上班的时候,青雨就抱着孩子来她家,母亲和青云一起住,所以也在她家里。晚上回来一起吃。梁山伯有时待在宾馆里,有时也来青云租的房子。

她带着妹妹青雨吃中药,一剂又一剂,同时也在考虑两个孩子。如果妹妹想离婚,是不是应该支持? 如果妹妹不想离婚,是不是还应该鼓励离婚,而不是当鸵鸟,为着在妹夫和他家人面前装个好人? 十几年满可以是几分钟的事情,如果没有孩子,十几年的时间几乎可以忽略,只需要一个女人或一个男人加进来,只需要一些狗血的男女剧情,一对不再相爱或有点相爱但没有那么爱的男女就可以彻底分开。然而,孩子的哭声让一切变得破碎,妹夫梁山伯在不断解释,那只是个巧合,似乎看起来只是如此,她不得不忍受他这些相互矛盾的废话,因为对于别人的婚姻,她并不喜欢指手画脚。妹妹的悲剧并不等同于她的,只是有点相关,何况她认为并不是悲剧。和一个男人同床共枕一辈子,那也许才是悲剧。

几天下来,故事也算是听清楚了,没有想象得那么可耻激烈。在与妹妹的交谈中,她知道妹妹青雨早就得知丈夫出轨了,却能一直保持隐忍沉默的态度,他们依然相敬如宾。她以为丈夫不过是逢场作戏,过叶不沾身,等到他腻味的时候他依然会回到自己身边,只需要三个月,她依然是他的好妻子,他依然可以在她的家人和同学面前演他的梁山伯角色。没有想到婚外办公室恋情越演越烈,五月二十号更是短信红包不断,光五百二十元就不知道发了几十个。那天梁山伯也活该倒霉,夜路走多了。他下班之后,夏晚已经会看图了,抢着要玩手机,梁山伯急着去厕所,不小心未锁上手机,小孩抓过去掉在了地上,青雨捡起来,正是人家郎情妾意的画面,不小心看的那一眼里就五百二十元一分钟三次。还有他在加班时给那个女人每天的点餐,深夜十二点女人发来的睡不着求安慰求抱抱求摸摸的短信……

幸福已经恶化,汤药是在补救。妹妹一日日住下来,倒也逐渐神清气爽,只是瘦得很,圆脸变成了长脸,一米六的个子,八十斤不到。带的衣服不多,穿她的衣服,都是大号,如同戏服。姐妹俩相差一岁,小时候一直是互相换衣服穿的。她第一次发现妹妹穿不成自己的衣服,恨不得掴梁山伯一巴掌,不过梁山伯看过去,也是瘦干棍一条,让她觉得对他下手也没必要,何况她能理解生活的随遇而安或急不可耐。

她在大学和硕博士阶段,上海、南京、成都,都在大城市,社会学专业尤其思想解放,她也风流过一些日子。二十岁到三十岁,一年比一年轻浮放浪地生活在灯红酒绿的城市。城市的建筑太过拥挤了,一间又一间的房子,一张又一张床,太多躺下来的地方,不行,沙发也是可以的。在那几年,她惊诧地认识到性可以是那样自由随意,不像在农村,即使是夫妻之间,在孩子面前亲个嘴也会容易被孩子说成流氓。自从父亲去世后,家里连双男式鞋子都很少见到,到了城市才发现,世界上有那么多男人。城市到处都是酒店,尤其大学旁那种小旅馆多的是,还可以开钟点房,便宜、快捷、实惠,甚至还可以办卡。

生活虽然难以忍受,处处得苟且,但是回忆起这段浪荡自由的日子,也不是没有享受,即使失恋也不能让这十年被否定,何况失恋还是二十七岁之后的事情,那个人在心里不想要了之后已经挫骨扬灰。正因为有过这样的一些享受,她觉得没有什么理由去责怪梁山伯,两个无能的人,在不断制造孩子,这个过程中合作者叛变了,进行道义的责怪只能说自己无能。因此,青云觉得青雨把日子过得太随意了。这时代,猪可以上树,男人则靠不住,想在一个男人身上安身立命,抵上自己的肚皮和未来,老鼠一样地生孩子,未免太不自量力。

　　"他很体贴,对家人好。"和母亲的话差不多,妹妹青雨对丈夫的认识,也仅局限于此,"不要像个中央空调就好了"。青云想着,应该是照明灯才最准确,以为自己红彤彤,谁都可以关心照耀到。红太阳还升了又落。那个梁山伯给她打电话的晚上,也是这样解释的:"人家外地的,来这里上班,和我一个单位,经常得一起做事,所以有时给她点外卖。因为她中午自己开了个培训班,给县城的孩子做家教,大丫(父母叫夏白的昵称)也在里面上课的。现在普通话说得很好,才艺也上去了……"青云没有听下去后面的话,想着新闻上这样的事情很多,以前薄命女偏逢薄命郎,落难公子总能遇上达官显贵人家的小姐,女驸马就是这样的情节,陈世美的故事也不外乎此类套路,当然也有送京娘的戏曲,历史总也说不清。梁山伯这情节不算严重,不过就是嘘寒问暖送了几回饭,但电视节目和当下的时尚新闻总恶作剧,保姆和家庭女教师,如同《简·爱》,日久天长新鲜甚于旧爱,旧的毕竟不鲜了。她知道怪梁山伯不得,然而恶心,真恶心,尤其事发之后他还觉得这些没有什么,完全可以说得清,是青雨不讲道理,不给自己面子,将事情闹在人前。他觉得只是聊个天,发个红包,送点温暖,又没有做什么坏事,何况也没有抱回个孩子,他只是犯了大多数男人所犯的一点儿错误……

　　就像特写镜头,话语都能回录到十多年前。那年过年她回家,赫然发现青雨已经是妇人了,过年不在家里过,正月初二携了新婚来。在此之前她从来没有听过她讲这段恋爱。"他很体贴,很会照顾人。"妹妹垂着眼睑的样子至今想起来令她心酸。穷人家的孩子,眼光没有开启过,但凡有人对他好,就会觉得是真爱,实在是太缺乏所以弥补。她想起自己二十七岁那年爱的人,也是这样,才分开他又来,限制自己的行动,甚至和他朋友说一句话都可以吵半个月,但那甜蜜的新鲜呵……虽然他抛弃了她,但是有好几年她还想念那被需要感,一想到他数次下着大暴雨从巴山转火车又转汽车来看她，她就恨不得立即回头，那是她生命里第一次被人那样需要，她渴望那感觉，甚至难以区分是否为爱。

青雨很喜欢他，也许是因为他无微不至的殷勤，喝一口矿泉水都怕凉到她。他和她年龄相当，属相相同，他是正月生的，她七月，一个春天一个夏天。这些都是母亲告诉她的。

妹妹青雨给她留了一大包喜糖，让她带到学校去吃。这就是她结婚的交代了。那些糖果最后被带到学校，却忘记了吃，直到毕业。她当然没有告诉妹妹。

亲戚们都觉得婚礼挺好的，说是孤儿寡母有了依靠。青雨忽闪着眼睛，做梦一样靠在梁山伯的胳膊上。——梁山伯的外号是母亲取的，她在过年那次见他之后也认可了，母亲需要他像戏曲里的梁山伯一样，真心疼自己的女儿。读书不多的母亲，大约觉得戏曲里的梁山伯和祝英台的爱情就是世界上最美的爱情，她这样祝福女儿。

最初的几年，姐妹俩不再有什么话说，青雨新婚，新鲜得很；她拼命读书，不想回到小县城女人结婚嫁人生孩子的轮回里。她和妹妹有过几年很亲密的关系，除了小时候两个人躺一个被窝里的童年，读书时代，在不同的学校里，从高中到大学，还写过几年信。妹妹的字总显得有种孩子气，大大的，像她的脸，圆圆的，似乎每一个笔画都在长成一个圆形图案。记得大学里收到妹妹的信，同学中有人还笑笑地说："你妹妹有多小，还这么可爱。"她把信写在好闻的洒了香水的信纸上，那信纸也是非常有特色的，总是有一只卡通猫或老鼠，有时也会是夕阳下一只行走的骆驼。妹妹把信件叠成心形状。每次取出妹妹的信，她都很感动，觉得自己是被爱着的。她那时候太忙于学习了，忙着兼职，忙着考研，忙着在大城市谋取生存，根本来不及像妹妹这样，或者根本没有心思像妹妹这样。妹妹一直活得比她精致，衣服被褥整整齐齐干干净净，书包和鞋子也洗得干干净净，人更是清清爽爽。男孩子们总是喜欢她妹妹而不喜欢她，即使开始喜欢的是她。她不是没有嫉妒过妹妹，但是她也爱这样干干净净的妹妹。妹妹大约收到她偶尔的来信会失落吧，一色的方格信纸，规规整整写上几句努力加餐饭的话，与妹妹共勉。大约妹妹那时是绝望的。从小被父母很爱着的妹妹，早就养成了一颗敏感的心，需要有人回应。她看见妹妹贴在梁山伯臂弯里的头，才想起这些。梁山伯高而瘦，架着一副黑色边框的眼镜，眼往上翘，眼白多于黑眼珠的那种，再加上眼睛小，那种吊梢相，总让她觉得不舒服。她不喜欢看他的眼，但他已经是妹夫了，她也不好和妹妹说什么。这样说也不对，她不喜欢看他的眼睛，因为他的眼睛不是无神，而是无法捕捉到他的眼睛在看什么，忽闪忽闪的。第一面的印象就是这样的。

然而，最初的几年，实在是甜蜜呀。母亲都经常抑制不住向她炫耀妹妹找了个好人，催促她也尽快结婚。

妹妹结婚之后就跟随她丈夫和公公婆婆住一起，当然还有丈夫的哥哥和嫂嫂，以及他们的孩子。一大家子住在一个大院子里，她婆婆觉得孩子们上班走了，不够热闹，招了老家农村的亲戚来，不要钱，免费住着他们盖起的房子，就图个人气。

青云不喜欢太多的人，孤儿寡母的少年生活过出的气场就是永远自带一身卑弱的孤单气，不合群。但是妹妹从来没有表示过不开心。"谢公最小偏怜女，嫁与黔娄百事乖"，妹妹似乎深得公婆喜欢，就如小时候深得父母喜欢一样。公婆没有女儿，说是将她当女儿养着。

那年夏天，青云考上了博士，还是公费，就在青雨生了夏白的第二年。秋季入学，因此有一个漫长的暑假可度。前一年拿了国家奖学金，两万元，因此亦不必因为钱再打工，反正开学就有收入，一个月国家发一千多元，再加上稍微兼点职，养活自己没问题。妹妹青雨工作之后，尤其嫁人之后，青云就几乎不用负担母亲的生活了。因此，那个夏天她回了家。

"我真为你自豪，只要想一想，咱们家有一个读博士的人，就觉得开心。我也想去读书。"妹妹专门喊了几个母亲那边的亲戚还特意叫了两个父亲那边的亲戚来县城吃饭,说为她庆祝,当然是梁山伯张罗烟酒。她看了看梁山伯,并不敢接妹妹的话,如果鼓励妹妹考试,势必影响夫妻间的生育计划,甚至影响夫妻关系。她自己是自从考了博士就被人笑话说是第三种人,也知道自己家里其实一直弥漫着一种不健康的女性单独生活的孤寡味道,现在妹妹好不容易从这种家庭里面脱离出去过上了在一般人看来正常的家庭生活,她不想拉她进入自己的那种泥淖生活里,虽然可以自得其乐,但得付出一定的社会代价。妹妹从小遭遇了父亲的去世,在一些方面,她是渴望家庭的爱的,她知道妹妹比她需要爱,来自恋人的,来自亲人的,来自朋友的。如果鼓动妹妹深造读书,小县城的家庭,妹妹出去读书几年,变心未必,梁山伯自小锦衣玉食,在街镇生活,势必有一些变化,她想都不敢想……她不是对妹妹没有愧疚,小孩儿需要妈妈,丈夫需要妻子,所以只能闭着眼睛看妹妹自行发展。另一方面,即使鼓励妹妹读书,现在的工作是辞去还是保着,也是一方面的问题。其实最重要的原因,还是家庭,妹妹的婚姻。

青云是后来才知道的, 也是这一次妹妹闹婚变才听梁山伯说起:"你妹妹不信任我,以前就有这种。和她结婚前高中谈过的女朋友,还加了她QQ,经常给她留言,说我坏话,拉黑也不行,还会换着法子。当然也有别的女孩子,我大二时追的,也是咱们县城的,最后没有追上。人家要考研,后来加了你妹妹的微信,当时已经生了大丫,你妹妹还在月子里,人家告诉你妹妹,说我与她到她老家见过父母了。这完全是编的,她过得不顺利,我只与她吃过一顿饭……"微信里,几年以来梁山伯给她发照片,先是妹妹和大丫,这个男人说当两个女儿养,接着是妹妹和大丫、二丫,这个男人说自己有三个女儿,老婆也是当女儿养。即使出"520"事件的那段时间,他还在向她炫耀他的幸福,给她发照片。难道是为了让他自己安心?照片里,妹妹坐在床上,正在给大丫剪纸,而旁边的小丫坐着,一手抓着个发光的塑料铃铛,看着妈妈和姐姐。妹妹青雨穿着家居服,头发随意地扎起。——一幅家居生活图,那么幸福。旁边的墙上贴着大丫画着"幸福家庭"的图片,爸爸抱着妹妹,然后一手牵着她,她牵着妈妈,四个人在河滨公园散步……听过很多这样的案例,如果离婚,孩子只会责怪母亲拆散了家庭,却不知道父亲才是那个炸毁地基的人。

原来有这么多拐弯抹角的故事。妹妹从来没有说过,一次都没有。"你知道,我这样的人善,总是容易同情人,所以很多女孩子会误解。"这也是妹夫梁山伯絮絮叨叨的话,他似乎恨不得说自己是一个红灯笼,照到哪里哪里亮。后来对青云解释,之所以生下夏晚,是因为突然怀孕了。"你知道,我和你妹妹都是善良的人,不能杀生,何况是自己的孩子。"她那时候不知道,也就没有问:"那其他几个呢?"

好胜的妹妹,什么都要好的,要完美的,从小就如此。妹妹长得比她漂亮,妹妹会唱歌,妹妹有两个小酒窝,妹妹牙齿整整齐齐的,妹妹成绩好……在嫁人上,妹妹也要自己好好的。她后来给妹妹的同事打了电话,想旁敲侧击问一下妹妹的婚姻。这个妹妹的同事她以前见过,妹妹的单位曾经组织过一次旅行,到了她所在的城市,妹妹和这个女同事一起到她的学校去看过她,因此她有她的联系方式。在电话里,妹妹的同事很开心地说:"羡慕你妹妹,丈夫对她那么好,孩子又乖。你妹妹不开心了,人家就拉着你妹妹去买条金链子……"妹妹需要金链子的光,那代表太阳的温暖,小时候家里太穷了,只要有人对她好一点儿,妹妹就容易动心,一直如此,从来没有改变。她最怕妹妹这一点。小时候在家里照看着妹妹,妈妈也是对她训话多,让她留意着,不要让人把妹妹拐走,太过乖巧的一个孩子,害怕拒绝人,很容易就跟人走掉了。她们母女不是没有为妹妹操心过。那时候她还可以帮助妈妈照顾妹妹,没有在童年时代被拐走,现在呢? 她的同事什么都是不知道的。妹妹需要这层生活的包浆,不到最后一刻,她不会揭掉画皮。妹妹的同事是一个小县城里还没有结婚的女人,四十多岁了,她一直在等她的真爱,对妹妹的羡慕也是真心的,只是她不知道真实生活如一个华美袍子里裹着的烂棉絮。可怜的妹妹。挂掉电话之后她哭了一会儿。

背开人来,母亲自妹妹婚后第一次哭着对她说:"你考上博士在电话里和你妹妹说,你不知道你妹妹那天多么伤心。如果不是因为我,她本来想考研究生的,家里穷,她就结婚了。青雨很懂事,你以后要多照顾你妹妹。"她一直以为妹妹是嫁给爱情的,但母亲这样说,她还是觉得难过。妹妹小时候一直比她学得好,而且六岁就读书了,和她一起大学毕业。那一年她独自考研,也没有深入和妹妹商量,不知道她要不要考。"谢公自小偏怜女",母亲更爱妹妹,因此妹妹对母亲也心思更重,所以要赶快工作和结婚了孝顺她。

母亲一个人很辛苦,父亲死后,没有再嫁,东挪西借地供着她们姐妹上学,虽然亲戚们也帮衬着,但毕竟各有各的生活。妹妹也许比她更爱母亲。

自从妹妹出嫁后,几乎所有的时间都被她丈夫梁山伯霸占了。青云后来跟着她妈妈叫妹夫为梁山伯,也是因为几乎没有与妹妹单独相处的时间,即使她回去仅仅几天,妹夫也几乎寸步不离地跟着妹妹,下班了就接回家,上班时将她送到上班地点,再自己去上班,一条街也不远,妹妹在中街上班,他在后街上班,走路也就十多分钟。她愿意叫他梁山伯,也是祈愿他对妹妹好,自己在乎的人就是软肋,被人家握着。

似乎真没有什么记忆,自从妹妹结婚后,青云不记得和妹妹一起住过,再加上很快就有了大丫、二丫(夏白、夏晚),她不是在喂奶就是在陪睡、陪玩。

四

"就今年年初,总共也就几个月。前年开始,那姑娘总是发短信或微信,你知道我们在一个单位,我没有好意思直接拒绝。后来家里一堆事,工作上这几年也是一堆事,你妹妹和我妈妈又经常互相过不去,我妈妈就那老思想,为我们好,想要个男孩,青雨又只懂得哭,也不说两句顺心话。那时候家庭和工作都压力大,你知道小县城生两个女儿对一个男人的压力,朋友都说断子绝孙了,所以我也需要个说话的。"梁山伯对青云说。

"夏晚现在出生七个月,今年年初,青雨月子里?"她问,头脑里推算着事件。春天开始,夏晚出生一两个月。而往前,再前一年,属于暧昧期,夏晚是一个小胚胎或在成为一个小胚胎前。

所有孩子都会以为自己是父母相爱的产物,大多人都会如此认为。夏晚呢,她还只是一个孩子。她出生在二〇一七年的夏天。

"月子里冷冷清清,因为是女孩,我那段时间在村里,也没有去。老早就不对了,感觉不对。我去的时候还在月子里,冷锅冷灶的,也没有个人,你妹妹一个人奶着孩子,睡着,半夜十二点多他才回来。"这是母亲的话。青云不是没有感觉到不对劲。那时候她忙,学校里双一流建设考核,有材料需要写,妹妹对文字的处理比她小心,妹妹学历史出身,一字一句都要有逻辑,都需要有出处。她让妹妹检查自己的文字。微信发明的好处,让联系更方便,方便亲人更亲,也方便情人偷情。

妹妹有时好几天不回微信,她也不觉得难过,毕竟刚生了孩子,体力不好,也是要休息的。但有时也有担心,希望妹妹千万不要患产后抑郁症,因为母亲家族有精神病遗传。然而,结过婚的男女,难道就没有再次追寻爱情的权利?人们总是不断地结婚,二胎政策出台,生育像是成了大部分人心中永恒的希望。可是,电视剧和电影、文学作品,哪个不是在做婚姻的观察仪,在公共场合观察那些已婚夫妇也是一件有趣的事,偶数的故事比奇数更丰富。谁也没有许诺婚姻就是天堂,甚至一度有人赞同婚姻本是坟墓,子宫孕育一样孕育出死亡。当代中国的婚姻就是你必须或者你应该和一个异性睡在一张床上,即使你不想说话,你每天在婚姻的海洋里进行谈话式游泳、谈判、喘气、微笑或哭泣，继续谈判、喘气，继续在一张床上学习游泳，必须盯着对手，不然就得沉船。

母亲私下里说梁山伯："以前还以为是梁山伯，现在时间久了嫌弃人，要做陈世美。"她心里想着这不是以前的社会，戏曲里有包拯，眼下女性的苦只有自己受着。二胎政策出台，女性一方面受着压力要生育，另一方面却不得不承受丈夫的"出轨"和单位的施压。如果是一个对孩子责任心强的女性，就只能陷入被动。青云也不是个厌恶婚姻的人，她实在是被童年时期的挨冻受饿吓怕了。女子三从，未嫁从父，可是靠山山倒。现在妹妹倒是既嫁从夫，兴致勃勃往下生，夫还不是靠不住，这种时候，最坑人的不过枕边人。青云已经是私下骂过梁山伯的了，却又不得不说好话，毕竟这是人家做人的权利，人性的自由，只是龌龊了一点儿。想到自己曾有的恋情，亦觉得茫茫，不外乎这样的故事。深爱的人在舞台上演戏，一切信息都是不对称的，他说他为她得了重病，可能会死，后来说为她枯萎着一条腿，几年之后远远找来，腿确实一条细一条粗，但那已经是分开四五年的事情了，他还要她愧疚。她总是一遍一遍回想这一切，等到想明白一切，回头细细查，发现自己不过是他众多绣球里的一个，事情在几年之前就已经上演过一次，剧情一样，换了演员而已，一地狗血。可是能怎样呢？连一句话都无法再说出。未尽之欢，仍然时时在心上扎针，却又得替他想，他也有他的为难和不舍得，这才能在心上真正一别两宽。

然而，青雨不同，两个人只能隔着嗷嗷待哺的孩子。

"世界会变的。"青云对妹妹说。妹妹喝着苦药，为着怕领导责问，千里之外一天两次朋友圈，早晚拍照汇报，药是喝的，非是装病。那中药有一味叫独活，是一种开着白花的草，青云在大巴山上见过。青雨看着方子上这名字，说："缺的就是独活。"她专注地看着妹妹的脸，研究她是否有独自生活的决心。"好男人祸害女人一辈子,坏男人祸害女人一辈子",这是她常常和别人说的话。梁山伯谈不上坏,只是喜欢偷偷摸摸,但是也不可以说好,然而体贴,在人前对配偶热情备至,那种幸福生活的表象至少人人都认同,连青云这几年也承认了。大丫开学就上五年级了,这个叫夏白的女孩子,过几年就上初中和高中。几年来,青雨对她算是尽心的,胎儿时代就进行孕育辅导,她也最得父亲宠爱,比起那些没有来得及出生的孩子,她好很多,比起指望生一个男孩却被认为性别错误的夏晚,她是最早出生的,也最得祝福。父亲对她的待遇是小情人一般的待遇,滑板滑车数不清,还专门在院子里为她修建了小游泳池。夏晚的衣服则是旧的,有时连外人都笑称是充话费送的。

"这么多年了,他一直没有什么雄心,指望着工作之余做点小生意补贴家用。"青雨说。

她以前很好地掩藏着她的不幸,展示出来的都是幸福。她还不习惯批评自己的丈夫。

说着,青雨又走神了。

青云忍不住说:"一个工作从大学毕业干到现在,跟他岁数一样的人都提升了吧? 三十五岁是男人的分水岭,不上则下,以后也就科员一辈子,至多就是个副科长。我以前以为你们甘于淡泊,要宁静致远,没有想到妈妈给你们看着孩子,他倒弄出一地鸡毛。"青云又开口道:"这大概不关我的事情,可是有第一次就会有第二次。一个女人从三十岁开始斗小三,斗到五六十岁斗不动了,还在为此伤心,似乎斗小三成了她一辈子的事业,何况也许婚外恋比初恋都来得真挚,因为更能证明自身的存在感。无能男人的戏法,你越斗越显得深情,两女争一夫,古来不缺戏。要不你就离婚吧。他也就这样,一辈子不飞黄腾达就如此偷偷摸摸两下子,飞黄腾达你还不知道会受什么罪。从一个男人身上训练自己海纳百川还不如脱离男人让社会训练你。"

青雨摇起了头:"不,那不可能,我们不能真那样做,对孩子们不公平。她们很喜欢爸爸,你知道,她们至少现在还有个家。记得我们小时候有多糟糕吗?我不能再像妈妈一样独自带着两个女儿。"

"可是孩子们会长大的。"青云说。青雨停了汤药之后,开始喝起她去年冬天就泡制的酒。青云本来每晚就贪杯,对着青雨喝,一边说话一边喝多了,因此说话越来越尖刻,乘着梁山伯不在,她要给妹妹说清楚:"你一辈子不可能把自己的事业活成斗小三,哪个出了轨的男人最后不是和老婆如此?"

"那是另外一回事。"即使是这样的事情,青雨也不急不缓,和小时候一模一样,从来说话不紧不慢。"不管怎样,这次他说了以后会改,我也希望他不再做每个人的保温瓶,要看效果,也不能一棍子打死。"

这样争论下去总是回到原点。

"我永远也忘不了窑洞塌下来的情景,"青雨说,"你记得那次下了四十多天雨房子最后塌了吧,也许你心大,不记得了。那时候你在睡觉,妈妈在炉台前坐着,我在炕前方坐着。就是中午时分,外面的雨停了,咱们的房子却塌了下来。妈妈被吓坏了,也不敢行走,甚至不去叫醒你。你是被塌房子的声音吵醒的。妈妈害怕跑出去的时候被房子压住,也不让咱们跑出去,直到外面有人听见房子塌了跑来,在院子里叫咱们赶快跑出去,妈妈还待了一会儿。"青雨似乎流着泪,她不敢看她。一直以来,妹妹都比她多愁善感,旧事记得一清二楚。那天要是房子在夜半塌了,母女一个都不会活着了吧,当时真危险。

"我也不是不要离婚,你不知道,那天已经到了民政局。哎。咱妈妈昏了过去。"青雨似乎很难过。

青云知道,当时妈妈昏过去,叫了急救车去了医院,还打了点滴。第二天做了全身检查,她当时本来要回去的,但单位遇上了中央来检查,下了死命令不能请假。

"我只能说我得想一想,"青雨吸了一下鼻子,"孩子重要,妈妈的命重要,你只上有老,下没有小,这么多年妈妈和我在一起,你不知道妈妈经常夜里吼叫,我不得不醒来去看着她,我怕妈妈也和外婆一样疯了。"

"我也怕你疯了,才想让你离婚,我是怎样都愿意受的,我能承担得了你的生活费用,但是孩子不行,我负担不了。"这是青云想说的,但当时没有说。她怕吓着妹妹,妹妹已经有了轻度抑郁倾向,总是哭。

"已经那样了,妈妈被送去急救,人家一家子跟着,还不清楚妈妈的状况,我受不了的。"青雨吸了口气接着说,"妈妈一辈子守寡守怕了,她怕我也那样一辈子。这个男人不可靠,但至少是管孩子的。"

管孩子就在孩子还没有满月就出去勾搭人?青云内心嘀咕着,但不想刺激妹妹,只好把一句句涌上嘴巴的话再吞下去。

"两个家庭三观不同,他们家要繁殖,咱们小时候那样过着,其实对生男生女不重视的。你如果不得不和梁山伯生活,也要想好,二胎政策出台了,以后计划生育如果废除,你也日渐年龄大了,四十多岁时再顺着他怀孕指望生男孩,还是等着他从外面抱个男娃回来让你养,或者外面搞个私生子?夏晚出生的时候,他们家在外面已经打听好了一个男娃,一个司机的孩子,你也知道,最后没有抱回来,未必是顾忌你,而是还想着自己生。因为二胎政策出台了,说不定三胎也马上可以了,私下生了三孩四孩的也多。"关于梁山伯家里要抱养一个男娃,是母亲告诉她的,已经说定了。

"然而当时他没有什么行动,这是他妈妈和哥哥的意思,当然他爸爸也乐意。"青雨喝了一口药酒。

"逢到你的事情,我都觉得自己走错了世纪。"青云苦笑着说。她很担心了那么几年,从母亲透露出妹妹打掉第一个孩子开始,她没有找妹妹确定,但她就怕她遭受那样的罪。很多农村妇女,在老家的土地上,为了生儿子生儿子生儿子,不知道掐死了多少孩子,那些灵魂不知道哪里去了。她不想妹妹这样做。是不是这些年不喜欢回家,也有这样的阴影,她在心里问着自己。

"我知道你也会笑话我,觉得作为当代女性我不独立,大学白读了。"

整个傍晚,她们都在强忍泪水,不要哭出声来。有时候,青云想从床上起来抱一下妹妹,可是显然她安慰不了妹妹,谁也安慰不了,因为她总是在流泪。她们的妈妈在租住房子的另一个卧室,她们不能让妈妈知道她们在哭泣,她们最后醉醺醺地搂在一起,却还得在出门的时候,表现出自己很好。姐妹俩不约而同早就学会了这个招数,可怜的被生活打败了的妈妈,无法继续承受女儿们的悲哀。后来,她们感觉自己都好了一点儿,状况稳定了,才坐起来。

"我愿意摆脱这一切,将一切都埋了,如果我可以这样做——"妹妹说。

"难道不是你说了算?"

"舅舅在福利院,现在也在吃着药,妈妈这种情况……"

"是的,我们要一条一条都理顺,但是我们不要屈从于生活。"

"有时候我做噩梦,可怕的噩梦,各种各样的,我醒来会很害怕。如果我成了妈妈那样,我连自己都照顾不好。"

"妈妈也只是因为你的事情,受了刺激。以后就让她和我一起生活吧。"青云说。这么多年将妈妈扔给妹妹,她不是没有愧疚,以前她自私地想,爱谁谁就负担着。妈妈爱妹妹,可能也只是因为妹妹比她乖顺,又小,还多愁善感,不像她。

"福利院里来电话,说舅舅每天大喊大叫,所以人家给吃了药。那药吃了,正常人都会痴呆了,何况本就不正常,我连一点他的事都不敢和妈妈说。"青雨抓着衣襟说。

"我们终要告诉的。"

"再缓一缓,等我的事情妈妈不愁了。现在只能如此慢慢等着平稳。"

"那你的意思是不打算离婚?"

"看他改不改。"

对花心的男人寄托希望,还不如早点给他烧纸。

"你房间里有烟吗? 我记得以前有。"青雨说。

青云听了真是惊讶,夏天穿裙子都不允许自己露腿的妹妹,说是梁山伯会生气,居然要吸烟。坏女孩一直都是青云做着的,妹妹是那种人人都喜欢的女孩子。

"没有。年初生理期不对劲,医生建议戒烟酒,所以才连啤酒白酒都不喝了,泡起了药酒。"

"你不该老是喝酒,像爸爸那时候,让人担心。咱们家似乎也有嗜酒基因。妈妈那边有精神病基因,爸爸这边有嗜酒基因,也不知道他们怎么碰上的,生了咱们,让咱们担惊受怕。"青雨接着说,"哎,孩子都说,姨妈比妈妈洒脱。你是酒神文化养起来的,什么都要干净利落。"

"夏白都觉得这些了?"

"现在的孩子,上了二三年级就懂得很多了,还经常教育我,说她爸爸不该打我,再打我她会半夜磨刀子杀了他——"

"什么?"这是第一次,青云听见妹妹这样说。姐妹俩看起来近近的,但她第一次感觉到如此遥远。学校里和学生们经常要座谈,虽然做着图书管理员的工作,但也相当于一个心理老师,负责管理那些志愿服务图书馆的学生。当然也给他们发钱,但发了钱不代表就没有矛盾,有时一些学生失恋不想来了;有时一些学生父母闹离婚,在工作时就哭了,馆长看她是女性,平日里温和,就把这些事情都交给她,让她去处理。她和他们说的第一条就是:"安全最重要,首先是自己的安全,其次是家人的安全。学习是其次。"

青云说:"你得跟我说清楚,这种事情以前有过吗?"

她还是把床头抽屉里的烟拿给青雨了,顺便递上打火机。

看着青雨熟练地点起烟，青云知道她显然不是第一次了。

"一直，断断续续，有时一周几次。通常没有多么严重。"

"你一直没有告诉我。妈妈知道吗？"

"我早就想和你说了。妈妈不知道。她看见我总穿长衣长袖，以为我冷。你也问过我为什么总是不穿裙子穿裤子，还不露胳膊。——如果爸爸活着……"

她们很少提爸爸的，仿佛爸爸没有存在过，清明和过年也不给他烧纸。青雨最爱爸爸，甚至比爱妈妈更多一点儿。她知道。在小时候，每次问青雨最爱谁，大人们总是会玩这样的游戏，爸爸总是排第一位，妈妈第二位，青云在第三。爸爸去世后，青雨有一段时间总是离家远走，到村庄很远的地方才能找回来，青雨会说害怕妈妈也走掉了，姐姐也走掉了，不见了。现在青云不知道，排在青雨记录簿上的位置发生了什么样的变化，但她知道青雨怕提到爸爸。

"也许婚姻就是忍耐。爱是恒久忍耐，又有恩慈；爱是不嫉妒；爱是不自夸，不张狂。《圣经》里都说要忍耐，妈妈也常常劝告我。想要维持婚姻，就要忍受，也许我爱着这个人，这就是命。"

"爱怎么可以被这样对待？"青云听妹妹前面那样说，只觉得心底有深切的悲哀一股一股涌上来。这时她也要讲讲自己了，让妹妹知道自己身为女人虽然读了个博士，在省城知名大学的图书馆当着职员，其实并没有外面表现的光鲜。

正准备开头的时候，忽然听见一句话，"你不要说了——"青雨说，同时支起耳朵。接着青云听见了敲门声，她知道梁山伯抱着孩子来了，青雨得回宾馆去。孩子是他手上的令牌。紧接着就听见妈妈去开门，梁山伯进来了，孩子的哭声也进来了。

她用了很大的力，才忍着没有骂梁山伯。这样的男人，如果不是妹妹的丈夫，和她不会有任何关系。

梁山伯的父亲找了车子，过了晚上妹妹就要和孩子一起跟着丈夫回他们的"家"了。青雨虽然不愿意，可是也没有抗拒，大丫由婆婆照看着，她不放心。

夜里躺下，青云想了很多可能性，衡量了各种。如果青雨最后选择离开自己的丈夫，她愿意和妹妹一起住很久的——无论多久。小时候，父亲去世了，一家三口在一起，孤儿寡母，母亲和姐妹俩在一起，一切灾难也挺过来了。青雨以后可以结婚，也可以不结婚，不结婚就不结婚，没有什么可怕的，好好赚钱，带着母亲去旅游，她也会想清楚没有男人的日子彼此依靠也是很好的。何况，来年自己就可以装自己买的房子了，虽然不大，但两个卧室一个客厅，一个人占一隅，将客厅做个屏风挡起来，做卧室，也不是很差。她已经将这个计划告诉青雨了，妹妹也说"考虑一下"，希望她尽快可以回复——离婚。对于一个出轨还打人的丈夫，瞎了眼的女人才要，祈祷妹妹能想得清楚。至于孩子，哎，说到孩子依然是迷茫，现在首先得考虑大人，姐妹俩辛苦赚钱，孩子最终会走向成年。现在最困难的，就是破除青雨的心魔。青雨曾经说过："和姐姐你不一样，我结婚时是个处女，之后也一直就他一个人。"青云做心理咨询的朋友和青云说过："你也不要力挺你妹妹离婚，她和你不一样，她也许更需要家庭生活。"青云准备等这阵子单位的事情忙完了，回老家看看，她得让梁山伯知道，如果妹妹有什么安全问题，他……她不会吓唬他。但她总觉得，离婚了就好了，梁山伯有追逐真爱的理由，让他去寻欢作乐吧，世界天地广阔，妻子不是挡道石。

单程票

一

母亲失联二十二天之后,突然发来短信:"女儿,忙吗?妈妈星期六下午去你那里。"在此之前,他们只知道母亲去了一个叫作三原的地方。这里的"他们",是姐姐、弟弟,以及她。最初知道这个地方,还是姐姐问到的,在短信里。那些天,母亲不接电话不回短信,在发过她在三原那个短信之后,母亲像个离家出走的少女,终于获得了自由,对儿对女都不要理的。

联系不到母亲的那些时光,她已经决定了,不要再理这个女人。

三十岁那年,她终于开始了一个人的生活。其实比这更久,甚至可以追溯到高中时代,她独自租住在一月一百元的城郊地下室;接着是大学,四年集体宿舍;然后是硕士,又开始一个人一月五百元租住在学校附近的一条小巷子里;再接着博士,还是一个人,因为合住的女孩家在本市,有一个还在吃奶的婴儿。但是,真正彻底无拘无束既不受金钱也不受校规以及自身勇气的约束，是从三十岁开始。到了这个岁数，发现以前别人听到她租房子住时那种暧昧不清的眼神也看不到了，终于发现无法一个人生活的理由一个也没有了。所以，她算是彻底宣告了独立。

一些人一定荒唐地以为，她一个人生活，肯定故事多着呢。实际上，故事都在三十岁之前，那些单薄浓郁的情感，以及蓬勃的身体欲望，还有对世界无尽的绝望……因此，可以说，三十岁以前的独居生活，是至少脑海里还想着什么人的生活，而三十岁开始的独居生活，则是连一个鬼都不想的生活。自由自在，无拘无束，无边悲伤。爱也爱过了，恋也失过了。然而，说到母亲，还会觉得情感有震荡。会有很多人，如她，相信自己是从树上结出来的，垃圾堆里捡来的，也或者，父母带着不小心走丢的。有那么几年，他们会不断臆想，在世界的某个地方，生活着真正的父母，他们也许已经报案。这些孩子，会爱上树木，会喜欢上蒲公英的种子，会担心那些流浪的人、流浪的猫狗，会在感到绝望的时候，悄悄想象真正的爱着自己的父母。——这一切都是发生过了的，甚至有的还在发生着。对于很多小孩子，一直存在这样真实残酷的内在现实。

她叫艾吉，因为计划生育，加上重男轻女，她是母亲的第二个孩子，却也是要送出去的孩子。最后留了下来，但名义上还是过继出去了。她从小被说成是从枣树上结出来的孩子。那两棵枣树就在院子靠近茅厕的地方，同一条直线上，高大挺拔。孩提时代，每当她不吃饭，祖母就会这样说。

没错，她是被祖母收养的。祖母收养她给自己的小儿子做女儿，小儿子出门多年未归家，但也是户口本上的人。她，实际是祖母大儿子的小女儿，倒也都是祖母的孙女，这个性质没有变，但孙女和孙女不一样。她是父母不要许给别人的。出生即多余，骨瘦如柴，时常被忘记在炉台一角，从未享受过母亲的抚爱。

这个自称妈妈的人，在女儿的身上也许看到的仅仅是长相太丑陋，惨不忍睹，加上重男轻女，因此一直不喜欢她。小时候，她很少善意地解释女儿的行为，即使这个女儿最真挚的发自内心的言行，对她来说都是不可理解的，认为"丑人多作怪"。

大女儿和小女儿的待遇，从来不一样，也许她认为过继出去了，就是别人的。她会抱起大女儿放在膝盖上，亲亲抱抱，对小女儿则是："你真缠人。"她甚至无法俯下身耐心地对她说一句话。也许就是这样，艾吉从小就学会了压抑自己真实的想法和感情，把自己的渴望深深地埋起来。记得十三岁，她考了全乡第一名，平均分九十多，隔壁村的老师都来家里祝贺，夸她"聪明、朴实、招人喜欢"。可她母亲却酸不拉唧地反驳："丑人多作怪，看她那长脸长手以后有发展才怪。"后面还补了一句："祖上都没有出过秀才，哪有什么德行。"那些年，她母亲是民间宗教的真挚信仰者，经常看麻衣相，出门也要看风向，对她，照着卦象书，一眼就看到了头。——可惜她母亲似乎看错了。也许这跟她后来改了信仰有关系。母亲总希望自己可以与宇宙直接对话，在追寻终极真理这条道路上，她从来有着十二分的热情。

母亲是一个可思考的对象，不管是小学还是初中，即使读完硕士考博士的时候，甚至是现在，母亲首先是思考的对象，其次才是应该爱的对象。她思考母亲对她的不喜欢，思考母亲对信仰的热衷，思考母亲看过的《周易》和麻衣相，思考母亲的上帝。这一切思考支撑她考上了大学，接着考了硕士，再接着读了博士。她清楚地记得考博士的题目，其中一道名词解释是关于《周易》，她想到她的母亲，想到她如何算卦，如何用火柴棍和硬币搭建人生的命运舞台。轻而易举，实在是太轻而易举了。母亲从来是一个答案而不是一道命题，这些思考早就有了，在题目出现之前答案就已经写好了。不得不说，大学、硕士、博士，她越来越对答如流，以致现在，当她站在大学的讲台上，只要打开童年的口袋，她就会文思泉涌，滔滔不绝。没有什么可以困得住她,一切都在通向母亲,而母亲却是一个抗拒她解读的谜。

而现在,童年和少年时代的这些回忆,以及那些猝不及防的伤害和遭遇,由这个短信唤醒,那时候已经是夜里十一点多了。就着微弱的床前台灯的光线,思来想去,她觉得很委屈。活了这么多年,她从来没有得到过母亲的任何支持和引导,而母亲又那么缺乏逻辑,在她工作的第一年,就已经不管不顾带着傻舅舅来住过半个月。这次又是如此。她当然是无法拒绝的,不管她忙还是不忙,母亲总会找到她的住处。

她太伤心了。那一次,最初工作的那一年腊月,母亲带着舅舅来了,堂姐带着两个外甥来了,房间一下子多了五个人。那几天她又逢上年前刊物要做好两期,也就是说她开的专栏的六篇四万字文章必须赶完发过去。那十几天,她白天陪他们四处转悠,采购,晚上在阳台的一盏灯下缩着手脚赶稿子。那个月之后,生理期没有来。去看医生,老中医把着脉搏说操劳过度,她硬是连着吃了五服一个多月的汤药才调过来……她不是没有把这些告诉母亲。可是,母亲依然故我。这一次,以这样宣告的方式,来到了她城市的近郊,要求到她所在的地方。

她把童年都想过了,甚至连她是一个精子和卵子的具体结合也想过了。越是伤疤,越要揭。她简直觉得委屈。

母亲根本不理解她,毫不体谅她博士毕业还不到两年,也就是工作还不到两年,并没有任何资金闲下来。混在高校里,虽然一周只有四节课,但是四节课之外的生活,母亲是无法想见的。经常要开会,不开会就得去下乡,尤其这个月,被临时安排了负责读书活动,不算工作量,每次一个小时给一百五十元,一天要两个小时。实际上,读书沙龙对她的要求是必须请一些国内著名编辑和学者,一个学期五六次。而邀请这些人,从商谈开始,到确定讲座时间,再到布置会议室,联系学生来听讲,以及录制拷贝做成光盘上交宣传部（学校要求），最后到送这些学者、编辑上飞机，报销账目，都是由她一手来联络和协调的。给她倒是也安排了一个学生，但那个家在本市的学生早就懂得学校的运转规则，非常"行政化"，他很明确地知道钱不是她发的，所以他更多地听"有关领导"的安排，他电话和微信经常不接不回，她凡事得操劳，得催促他好几次，定一次讲座的时间在他这里得耗费很久，催促又催促。把这事也和相关的教学院长说了，他说："这事你全权负责。"教学院长告诉她要学会激发学生的积极性，说现在的学生有个性，最好哄着，网络时代，什么都接触，不似以前那样听话。她想讲她不需要听话，但需要基本的礼貌和效率，她甚至恨不得向他抱怨这个学生那种行政化口吻简直像无赖，但是她知道说了也是白说，因为她并没有什么权力。中西部地区，机关单位一切都差不多权力化了，学生见样学样，也怪不得年轻人。她说话向来是用商讨的语气，希望让学生有更多的选择权，让他们感觉到自己被尊重。这是她从自己的硕导和博导那里学到的，尤其是博导。他叫梁航，因材施教，对她进行了三年教育，她从他那里不光学到了做学问的方法，还学到了做人的方法，她希望如他那样尽量给学生更多的自主权，让他们觉得自己是被尊重和重视的，有发言权和选择权。而实际上，这种方法等她到了这所师范类院校之后才发现处处碰壁，因为他们已经习惯了"必须""不得""在……之前完成"的用词，他们已经习惯了被命令。对于她的那种商讨口吻，他们嗤之以鼻，开始就表示不客气。就是每次活动的具体时间，她没有按照教学院长的要求定具体的时间，希望和同学们协商，而协商的结果居然是，星期天晚上她准备进行一次讲座，邀请相关人员，却得到负责学生的领导通知："大家晚上有党课和团日活动。"其他时间，学生自然是忙碌的。也许这也不该怪学生，因为师范类院校，学校讲求全面培养，从写大字到田野调查，再到团日活动、政治教育，时间被安排到根本不想来进行文化沙龙活动。对于他们，这也许就是废话活动。实际上对于她，也只是配合学校完成一项任务而已，尽管她想负责一点儿，毕竟身为人师，领导和学生都付出过心血，自己既然也付出了时间，就该有所值。

那次讲座后来经过教学院长的协调，依旧安排在了星期天，请了对社会各种不公不平现象经常指点江山的罗安清来讲。他是性学研究的专家，也是中小学学生性心理研究的专家。他与著名女作家右岸有着千丝万缕的联系。艾吉本科毕业研究的是右岸小说的空间意识，所以邀请罗安清，表面上当然是冲着他的本事和名气，实则是作为研究案例观测。——尽管博士毕业，不需要再专门开辟战场写性学论文，但对性学和性现象的观察和研究她从来没有停下来。博士导师曾经说缺什么补什么，大家哄堂大笑，她对这方面的兴趣，也常常猜测是不是弗洛伊德所言的"性转移"。右岸的小说文如其名，是河岸而不是河床，作品的意识很注重边界。艾吉在公众号上翻过罗安清的作品，她觉得他是个挑战边界的社会学者，因此千方百计托了好几个中间人才请到他。时间从星期三协调到星期天，学生们才定下来。这期间，负责管事的学生，找了各种理由没有及时出海报，到开讲那天才挂出来，却明显已经迟了。管教学的副院长责怪她不负责任，对学校活动宣传不到位，这样请了人来讲座没有宣传是白花钱。"要出效果。"他这样说。分明是有责怪的，就会让人觉得自己做得不好。工作的事情，总是有这方面那方面的压力，好在工作环境也不是多么苛刻，领导们也是散漫而治，并不太批评。

但是，学生工作并不那么容易做，关于这样的事情，实在太多了。前一年年底下乡调查，学生甚至还录了她的音，要挟她给他们优秀名额，不然就把下乡调研她访谈当地人时当地一些官员滥骂政策的录音交上去。甚至过年时，好几个同事给她打电话，因为她自己"能力不够"，年终奖没有达到交税的要求，而他们，远远超过这标准。别人让她分担点，把账划在她卡上，避开国家政策。她向来不喜欢做这些事，因为讨厌和公职人员打交道，她不喜欢他们问询她时那种审犯人的嘴脸，所以，她拒绝了这些同事。

拒绝是什么，意思是一下子你惹了七八个同事，而一个单位总共能有几个同事呢？

　　不要犯错。她一直严肃认真地对待这些孩子。想到母校沈教授的案子，就觉得心惊。高校像个重灾区，网络文化普及，高校形象坍塌，社会大众对教育行业的"园丁"和"雕塑师"不再信任，高校教师的形象更容易坍塌，一夜"知名"。沈教授是母校社会学院一位知名的大河学者，只因为被海外的学生揪出了二十年前性侵一名女生致使该女生自杀的案件，变得臭名昭著。桃色事件向来市场广阔，一传百应。她喜欢活成一个隐藏于人群的符号，绝对没有想到把自己活成心理上亡命天涯的人，即使一些闪光的社会奖项或名誉追随她的时候，她也会觉得尴尬。在这一点上她觉得自己一直是个村娃，害怕被标出的那种难为情，不管是好是坏，她不希望有人在人群里认出她。也许这是继承了母亲的性格，母亲不要她拍照，不允许她发朋友圈，甚至连发在只有家人的家族群里她都变得愠怒。所以，这些年来，一些朋友想看看她和母亲的照片，她总是很难为情。其实这点上弟弟和姐姐也继承了这种性格，一起生活多年，居然从来没有一张全家照。

<h2 style="text-align:center">二</h2>

　　母亲还是来了，一如她短信的预告。

　　母亲来的时间，是她最忙的时候，有时甚至加班到九点。也有那么三四天是清闲的，每天下班之后如果还有精力，就会带母亲去吃饭和买衣服。最开始的时候，她甚至不喜欢和母亲面对面坐在餐厅里吃饭。母亲吃饭的样子让她难为情。母亲吃到喜欢的食物时，轻轻晃动脑袋，空间充满了密码和信息。这是她恋爱时的习惯，还是童年保留下来的文化遗产？母亲有积攒东西的习惯，保留一切东西用来留作纪念，仿佛要将自己拴在过去的生活方式上，这是她为适应不断变动的生活所采取的策略。毕竟，她失去的东西太多了，像是有一个人在不断窃取她的幸福。她将头偏向右边摇来摇去的那种陌生感，深深抓住了她。母亲的那张脸，确实是熟悉的，毫无疑问。但是，当女儿与母亲在饭店里单独吃饭，这么多年来第一次，接着是第二次、第三次，这十天的几乎每个傍晚，她还是把母亲当作了一个来自远方的人，她深深迷惑于那种表情——遥远、封闭，却又永恒、快乐，像是少女而不像是妇女的，那不像个母亲，至少不像她的母亲。令母亲感兴趣的，并不是她，除了食物之外，她还对很多东西感兴趣，比如大城市那样的付款方式，她觉得里面一定藏着什么怪物，甚至某种灾难。当母亲和她推着购物车走向超市付账柜台的时候，母亲一面假装全心全意地摸着购物车上那些包装鲜艳的货物，一面却小心翼翼地瞅着她如何付款。她不懂，也看不明白，看似参观了全程，却又什么都不懂。付款终端配备着全息扫描仪，毫无差错地给每件货物进行了代码解密，而她的手机连通着银行，人家用仪器一刷，钱就自动划过去了。这是波与辐射的语言，是沉默对沉默的语言。母亲不懂。她已经二十多年没有接触过银行，也没有银行卡了。她现在的唯一一张中国银行卡，还是女儿博士毕业那年，催促她办的，说给她打钱方便。第一次从银行取钱的时候，她甚至不知道如何输入密码。

母亲训练了她优盘化生存的能力，自带信息不装系统，随时插拔自由合作，却把自己活成了一个躲在时代后面的人。在三十五岁开始守寡的无尽孤独里，她为自己那些遥不可及几乎没有到来的希望吃尽了苦头。灵魂里的苍白建筑一直在她的血液里发抖，即使是现在，尽管岁月流逝，遭遇了那么多倒霉事情，她依然不敢对生活发出任何抱怨，她还在祈祷她的神灵满足她，而不是拒绝她。

母亲比她讲究。自从博士毕业后，她一直用大宝涂抹脸颊，衣服也多是宽大长裙和风衣，她不喜欢穿裤子，也不喜欢穿紧身衣，觉得太过束缚。

她需要那种无拘无束。人家说胸部会塌掉，一切往下塌。她心里想人还会死呢。除非扼住死亡，衰老并不可怕。她妈妈穿羊毛衫、阔腿裤，鞋子一定要带点跟的，不像她，舒适好换可以随时扔的平底鞋。母亲到她房间的第一天晚上，洗脸之后问她要水和乳，以及防晒霜。母亲会试着穿她的衣服，问她，好看不好看。独自一人来到她房间的母亲，像一只大猫，矜持而又好奇。她觉得比起母亲，自己更像个老年人。初工作，她把一些钱还花在购置衣物上，因为不需要担心房租和生活费，所以花得理所当然，也买一些鞋子、饰品和包包。但很快就感觉十分空虚。她觉得她已经买够一辈子穿的衣服了。因为大学里，没有什么工作服，不像中学老师需要循规蹈矩，她的衣服都很休闲，看不出具体年龄，十五岁到六十岁皆可以穿的那种，所以很快就有了够穿一辈子的感觉。不可思议的是，母亲却喜欢买衣服，她就像个少女，购物的乐趣从没有减少，不管是贵衣服还是便宜衣服，将胳膊伸进新衣服的袖子，她的脸上就激动得如同换了一个人，似获新生。那种不正常的接二连三对新衣服和新食物的渴望，倒激起了艾吉想满足她一切购衣欲望的想法。他人的欲望是自己的欲望的欲望，她第一次理解了书本上的这句话。

托母亲的福，平时不逛的商场也逛了不少，平时不吃的饭店也吃了十几天。纸包鱼、火锅店，还有买买提烧烤和海鲜馆，一个人去吃总显得有点孤单，就索性不去。多了一个人，倒可以转个遍。人与人之间关系密切的时候，会不由自主地喜欢看着他吃东西。好食量与对食物的热情，对于厌世的人是一种反面刺激。艾吉从来没有想到母亲有那样的胃口，她吃什么都是愉悦的，吃了会对比点评，但绝对不会否定哪一家饭店，只是在比较中产生好与最好。一直以来，母亲在食物方面有种不同于常人的热情，比如现在，即使吃了冒菜和火锅会拉肚子，母亲对川菜依然乐此不疲。带母亲吃臭鳜鱼，开始似乎嫌弃其臭，只浮皮挑了一挑，看她大口吃，母亲也去加大力度伸筷子……事后母亲感叹地说，这才是一条真正的鱼。她有时极度疲惫地在等母亲吃完,但有时却又会突然害怕,如果母亲连吃饭的好胃口都没有……她有点喜欢她,或者她一直喜欢母亲好吃的这一面,只是不太愿意去承认,母亲这种对食物的热情也许潜移默化地遗传到了血液里,让她对世界上一些东西也总是充满坚持。想到这点,她生怕母亲停下筷子,那是对生命的恐惧。要吃,一口一口吞下生活的灾难,活下去,难道是母亲的生存哲学?

母亲在艾吉脾气平和不需要去上班的那天,说起此次来的时候看到的一件危险事。一个朋友骑着车送岳母回老家,结果却翻到了水沟里,然后拖着岳母站在水里随水漂移。"你不知道呀,再顺水推两百多米,就是大坝了,深沟。现在的城郊都将水堵起来,用水泥修着栏杆,不像以前可以抓野草野树。"母亲说那个朋友见他们的时候还哭,腿瘸了一条。他在水里不断地喊:"要淹死人啦,救命呀。"——终究是离人群太远。最后得救,也是因为一户人家养了鹅,傍晚时分出去找鹅,听见了他们的喊叫,然后很快喊了人将他们从黑乎乎的浅水沟里捞出来。母亲最后说这全都是上苍的安排。她早就被生活的打击吓坏了,一切好事,花开结果,都属于上苍的恩典,她需要这样的安慰。母女之间如此温和地分享世界,这样面对面地打开自己的恐惧世界,却还是第一次。

然而,也有一个人的生活被打搅之后的愤怒。一个人的时候,即使因为一点点小事萎靡不振,终日啜泣,也不需要考虑谁的脸色。而母亲在,就得相互看脸色,因此有时会觉得演得特别卖力。人类世界应该如动物界,成年之后与父母住得远一些,如果有未成年儿女要抚养,养到成年赶快出窝。一个家里面容易息息相关,而呼吸与呼吸太近,都会有争吵。即使是母女,成年之后,也该相互不干涉。

值得谢天谢地,母亲这次来不再为她的不嫁哭哭啼啼。没结婚就不会有孩子,因此母亲也不必看管孩子,大约她觉得这是个安慰。

城里人充满了对世界的不信任,一切都觉得应该怀疑,并且以此为乐,认为这才是生活的哲学。即使父母爱子女,老师爱学生,他们也会将这种通过弗洛伊德等各种人的理论进行分析,认为这是性渴求的潜意识在作祟,而性对于他们,等同于一种无耻,最后难免落入下流。城市一直都是这个德行。所以,当过马路时母亲拉她的手,她的身体轻微抖动了一下。有好些年头了,她和母亲没有过身体接触。

母亲根本不能理解这些,她知道更多的是自己的恐惧,因为实在太可怕了,她就不要去想别人也有生活的苟且。她难道认为女儿是无所不能的?她也许认为博士毕业在大学里教书的日子是好混的,她根本就没有理解过她在人际交往方面的障碍,以及来自工作的各种有形无形的压力。她进入这所学校签订的是科研岗,合同里写着必须满足三年发表三篇核心论文,三篇重要论文,以及必须有省级或省级以上项目的条件。至于教学任务以及出书一本,那些都算是小事了,因为这些都是她已经在做并可以完成的。

社会学专业并不讨好,就业本就困难,而性学女博士,本身就是一个话题,必须教好书和写好文章,不然是很容易被解聘的,没有学校愿意有一个挂着性学女博士话题却不好好做科研的员工笑话。当时进这所大学教书,也无非是因为导师梁航的面子。进来之后,多个同事已经对她敲敲打打过了,一些甚至说她走了狗屎运,另一些,说她二十八线的乡村十八流的大学十五流的硕士,只因为博士土包子撞着好运气误打误撞考了一个名校名师,内里还是一样的。大家看似客气地调侃她,实则完全有心,就是要她安静地工作,不要瞎闹腾。

母亲的梦魇,在二十年前的那个春天;艾吉的梦魇,则差不多是父亲留给母亲的梦魇的重复。所以,当母亲来她的地方想找她的时候,她听从了心理医师的建议,将这当作是一个和生活妥协的机会。尽管她厌倦心理医生总说她人际交往的障碍,以及被一个男人抛弃之后的情感抑郁,完全来自小时候原生家庭的"悲惨遭遇",她一点儿也不认同,但还是接受了母亲的到来。

二十年前的那一年,父亲去世了,母亲不在家,回来的时候已经到了夏天。父亲的胳膊和腿都太长了,无法装进棺木。没有办法,他已经无法自由地蜷缩。人们敲碎了他的胳膊和膝盖,让他终于可以躺进那比他个头小的棺木。很多次,她梦见父亲伸展不开胳膊。后来她租房子住,一定要双人床,太逼仄的单人床,会让她梦到父亲。为了使父亲显得好看一些,舒服一点儿,人们垫高了他的头。但是眼珠在下葬的时候,已经从眼眶里凸出来,完全不像是父亲了。人们在他的身边垫了太多的碎布,使他看起来像个正常的"死人"。

艾吉一直记得这些。

上次母亲来,堂姐无话找话,说她都三十岁了还不结婚,这会令家长伤心的。那时候母亲趁机对着她哭,她就瞬间很疲惫,不想理她。她是忙到连恋爱都没有时间谈的。这是她的原话,算是辩解。母亲后来不再讨伐她,也许是因为看见了她的忙,知道弟弟和弟媳以及他们的孩子,还有自己,都是要花钱的,一家子花着她的工资,她又是手口松的人,加上后来买了房子,自然紧张到没有时间恋爱。

其实,这些都是借口,一切都是因为她已经没有了心力。艾吉二十几岁时有过一次恋爱的,那个人叫金沙。他们相好后,她才体会到一种来自生活的不同的味道,那时候她已经二十七岁了。他调教了她不谙云雨的身体,也唤起了她渴望深深去爱一个人的意识。他身体结实,对自己的床上功夫得意扬扬,甚至还经常拎出各种"老相好"来夸赞一番,仔细评点她们环如何肥燕如何瘦,瘦的分寸和肥的轮廓……他有时也会意识到自己出身农民的粗俗,开始归根结底,说还是艾吉最好,所以爱上了艾吉。他有计有划地调教了艾吉的身体,将她几乎驯化为一个性奴。他让跪下艾吉不会站起,他让等待十天艾吉不会等待八天,他让等待两小时艾吉会等待四小时,甚至更久。他为了训练艾吉对他绝对地服从,甚至经常取消已经定了时间的约会,而且毫不客气地拒绝及时通知艾吉。在那些等待不来的时光里,艾吉一次次地想象他死掉了,被车子撞死了,跌下了河里,不小心被人砍了,甚至是,被他老婆下了毒。那个叫作林华的女人,艾吉不止一次见过。

是的,开始她并不是不知道,金沙是有家室的人。但是,在那座城市的时日凄凄惨惨,一年到头阴雨不断,她一边考博,一边上班。下班之后又得独自一人回到寂静的室内,日复一日,分秒都是煎熬。正因为如此,她忘记了廉耻和道德,走入了这段灰色的关系。怪只怪金沙太会说了,还只能怪日子太寂寞了,后来,再加上一条,也无非是金沙太善于调教了,他几乎没有对她说过任何一句真话,却完全收服了她。

恋爱的那段时光,他一直有那神奇的能力,就像是祖母。她喊着他的名字,"金沙哎",就像喊着祖母,她能感觉到一种安慰,结结实实的。她头疼了,肚子痛了,或者睡不好觉得疲惫了,只要祖母知道,只要金沙知道,她就不知道为什么,忽然就好了。金沙说:"我把宝宝的痛接过来。"说着就抱她,就亲吻她,或者,就在短信里发一个吻的表情。过一会儿,那疼痛就被接走了。和祖母一样。祖母说:"揉一揉就不疼了。过一会儿,半个钟头。"祖母摸一摸她疼痛的小肚子,摸一摸她的头。确实如此,不痛了。如果继续痛,她就会又叫:"一会儿过去了吗?娘娘。"祖母说马上就到了。果然,疼痛消失了。祖母和他都有神奇的能力。祖母死了,他在祖母死去三年之后出现。她不愿意跟他提起祖母,因为他认为她祖母去世让她有过一段混乱的岁月,甚至以为她自那以后成了风尘女子。她不要对他有任何解释。无数次,后来,她伏在枕头上,叫着"娘娘"。死去的祖母一次又一次地安慰她。那两个字仍然有效。她是那么强大。包括他后来抛弃她的时候,她又捡回了那个有神奇力量的称呼,一个字的两个重复,一种回环,双胞胎姊妹互相如影随形——"娘娘"。她相信她,即使祖母死了仍然相信。五年之后,他不再是镇痛剂,也不再令人悲哀,魔力消失了,相爱变得虚妄。祖母又一次拥有了她神奇的力量,无可替代,在"娘娘"两个字的回旋下,她活了过来,重新确定了这种失去五年的信仰。

那些时光,电话不接,短信不回,邮件无消息。等在他楼下,怕他死掉,等了十天。网络上查找线索,哪里都可以去的。她只想问一句:见我难道会死?在自己心中说了又说,却也是明白的。以后的很多日子,安徽女孩在北京被人抛弃自杀,学校一位姓沈的老师,玩弄了自己教的本科女生,该女生自杀;写出《房思琪的初恋乐园》的台湾姑娘,终究受不了高中时代补习老师的性侵回忆,自杀了。她逐渐明白了,他是要她死的。那时候楼高水深,她等在他的楼旁。中国文化有太多嗜血的元素,即使是陆游与唐婉,也如此,他抛弃了她,却在她又嫁人之后,不放过,撩拨,要她命的;落花犹似坠楼人,也要的是命;燕子楼头的姑娘,一样是自戕……男人不光要女人的身体,还要女人的命。男人要女人活是他的人死是他的鬼。——她是逐渐想清楚的。

后来,几年之后,他来了,还追究她犯的错,说他左腿萎缩是她造成的,以及相思病,对她的相思。别的却闭口不提,突然的失联,一年又一年的毫无声息,以及说服自己不再爱她的正确邮件。是的,那时候他决定好好生活,并且通知了她,要她走开,却又犹犹豫豫,怕她过上好日子,怕她忘记他。他明知道自己是她生活中要改正的一个缺点,却还在间断性出现。他要她负责,要她愧疚,反反复复告诉她,钱花光了,也没有明确的工作,最主要的,左腿在萎缩,因她。他责怪她自私、脾气坏、心眼坏,埋怨她、诅咒她。他说要做个了断。和过去几年一样陈词滥调。——那些理由一个都没有变,她已经不要听。

爱过的心太过刺痛。虽然,她还不断在网络上打探他的生活,但并不想对分离的结果做任何改变。他的离开变成了她的需要。他用他的残腿想要在爱情破碎后进行藕断丝连的哄骗和满足,却已经不起作用。他最后的一次探视，像是忏悔又完全是谴责，让一切消失了。二十二层的落地阳台前，她看着他在楼下小区的门口一步一拐走过去，打到出租车时，扬起的脸，她并不想再见任何一面。

她不想要他时过境迁的情话，也不想有任何时过境迁的愧疚。不再需要他的安慰、他的祝福，不再把他想象成悲惨的样子，然后贡献虚妄的热情。五年里，没有他，也还是过去了。她不需要团聚。

在那些遍寻他不到的日子里，他与自己夜夜重逢，终于找到了力量。她希望这种重逢永恒不变。思念他，却不再要了。没有愤怒，亦不忧伤。一切都幻灭了，最后是解脱。那个宝宝已经死去，如同祖母，只有她才是爱她的，也只有他以爱情的名义爱过。

"我老婆""那个""人家"……不必再混为一谈。如何坚持都是错误。她不知道他如何谈论自己，她不想他对她有任何谈论。她不希望自己与别人混为一谈。他的这个那个的女人。她也不想因为她而让他去安慰另一个女人。一切，抹除就好了。

他们唇齿相依，他们唇亡齿寒。不是她，不是梦。

没有人知道，这场情事之后，她一直在为爱情守丧，这是个无奈的措辞，但不是诅咒，真实感觉就是这样的。

你看，这就是贫穷的好处。大多数人缺乏想象力，认为贫穷是一种苦难，他们厌恶贫穷，但在她这里，这么多年，她早就可以把贫穷戏剧化了。她的一切得益于贫穷，对于爱情最后的赤裸相见，也是因为贫穷，她在贫穷里体会了一切，包括富有、奢侈、优雅、矫揉造作。所以，她现在可以把自己的一切都给家人，花光卡上的每一分钱，提前预支掉信用卡上的份额。贫穷就如一种展览，她曾经非常害怕过，她逐渐克服了这一切，至少是表面，而一场失败的爱情之后，她把这一切当作了一种财富，展览给别人。她不怕任何嘲笑，没有人可以嘲笑到她。尘埃对于穷人是好玩的东西，穷人可以玩泥巴,富有的人不知道这种触摸的感觉,他们已经失去了体会的能力,他们才是灵魂上的赤贫者,可怜得需要别人来安慰的人。说实话,她并不羡慕那些有着"健康家庭儿女双全"的人。那种才是不完美的、残缺的。她也不羡慕那些成功者,对于那个终于将自己用一条生命挽留住自己爱的男人的女人,也充满了同情。她觉得他像生活中的一类人,像生活里那么多需要合作,需要体面,需要靠 2 这个偶数而不是 1 这个奇数建造成功基石的人,她对他们永远怀有隐隐的同情。

在艾吉身上,恐怕金沙最欣赏的,是她的百依百顺,而不是她的年轻或聪明。她在他那里,并不聪明。他从来没有想过对那些故意的失联,以及轻贱的调教,还有他对自己的自我吹捧,在艾吉心里曾经引起过怎样的反感,只不过她一直有那样的忍受能力,表面上不会露出来,她的母亲在她小时候很好地训练了她。她常常给她气受,为了不被打骂和羞辱,她早就练出了一套受了委屈能自我克制的本事。

可是,金沙最后还是抛弃了她。至少事实看起来是这样。虽然,实际上,自从艾吉考上博士开始研究性学,她就开始在暗暗积攒勇气。在那次金沙又一次使出他惯常的对她"凉调"处理的方式时,她走掉了,不要他了,从此开始了对他的诅咒,电子邮件、短信和微信,一切,只要看见他鬼一样地出现,她就发出恶毒的诅咒。她变成了他恐惧的样子。他一直试图弄明白究竟发生了什么,甚至,一次次地找来,用的还是那种理由。世界上有一个人在为他死掉,而他不得不表现出他的善良,而真正的他自己,却在对艾吉的相思里不断地萎缩着一条腿。——他无法给予她新的内容,但是他又喜欢制造这种惊怵的需要,感觉到一个人绝对需要他,否则他无法活下去的生活方式,也可以说是理由……魔法失效了,奴隶得到解脱。

在那之后,她有过随遇而安,有过主动发出邀请,也有过卖弄风骚,还有专门装出的端庄体面,偶尔也有过那么几次疯狂销魂,都是瞬间的,没有永恒,一切都不可以再永恒。只有他留了下来,萎缩干扁,逐渐成为一具干尸,收藏在心底,神秘长久地暗中相伴。就如此了。存在过的不可剥夺。

包括这次,母亲来的前几天,她正在心底暗暗求母亲的神,只因为一次不期而遇的性经历。未婚无房的女人,一次随遇而安的性生活,却中了奖,这多么可怕。她以为怀孕了,各种征兆也显示了,所以她暗暗地祷告。朋友将猫咪送来的第二天,她的月经到来却宣告了一种灾难在想象中的完结,她觉得是它带来了好运,因此特别爱它,不让母亲训斥它,同样,她也将母亲的到来看成了一种祝福。

"男人们",她用这样的词进行学术探讨,像一种调情,又像一种征服,抱有期待? 已经是不可能。

就这样,艾吉过着她的三十岁,接着是三十多岁,不结婚,经常开讲座,和大学生以及老百姓讲性学, 她的讲座主题是——"从苍井空到观世音"。很多人说她以形补形,不过她从没有想过改变,即使在自己工作的学校里,艾吉也并不避忌,连着对三个年级的学生做了这样的专题讲座。——很快就遭到了校领导的约谈。她对他们说:"我研究的是性学,讲的自然是性学,色即是空,空即是色,苍——井——空,你们说说,是不是色即是空? 我讲得没错,你们想多了。"领导没有为难她,却暂时取消了她在学校的讲座。今年,艾吉被要求负责读书沙龙,一学期邀请学者、编辑来讲座四到五次,她相当于班主任,每周跟读。难道是找不到人才找的她? 她做过这样的猜测,却并不想去问清楚,毕竟工作有工作的要求,一些事情即便不是教师的职责,学校下达了,也要配合的。

这种生活本就是一种典型的成功者的市民生活,充斥着名望和仪式,包括那些挂了横幅做了海报的会议,有着严格的学术秩序,同样体现了一种成功者的生活秩序。在这庞大的秩序中,一切工作都像是冻结起来了,但内里的一些东西在行进。不得不说,艾吉很孤独,有时甚至感觉到自己只是工作的一部分零件,而不是一具肉体,尤其是,当她一次又一次填表格然后打扮整齐梳妆得体地去参加一次工作会议，或员工活动，她就感觉自己内心住着一个孤独的人，在这种孤独中，她的灵魂完整地留在某种希望里，可是，外在的她，在人前的她，还得承受住生活，像一个建筑的巨大的柱子，必须承受住，才可以活下去。有时，她在这种"成功"里体会金沙的光灿，体会他如何一步步用这样的"光灿"靠近自己，征服自己，体会他那种表面看起来的无坚不摧，以及恬不知耻。———一种成功带来的踌躇满志和狂妄无知，他难道不觉得羞耻？

三

　　母亲这次来，完全变了一个人，还是母亲的样貌，但不是那个张牙舞爪的母亲了。也许是她的错觉，因为一个人久了，忽然，母亲挤入她的空间，她感觉到了一种陪伴生活的温暖，她感觉到自己在治愈而不是在撕裂。她不得不一次次约见心理医生，在于内心的碎裂，她怕自己有一天会出事。难道母亲亦如此，怕她自挂东南枝？她一次次做出这样的猜测。

　　她知道，很早就出问题了，也许在那次恋爱之前，但真正致命的，是那次恋爱。这样写似乎有点狡辩，三十岁研究性学却没有性经历的女博士，说出来会让人觉得可笑。因此，一段时间，为了增加论述的说服性，她会在作品里写"我的恋人"，或"我失恋后的葵花宝典"，这样的短语不一而足，宁愿别人认为她是个风流成性的人，也不要人到一把年纪了贫乏如苍白的一张老脸。

　　虽然，在看似失恋愈合之后的岁月里，她学了一些养生知识，定期锻炼和检查，但内心有什么东西确实是碎裂了。学校员工的福利，一年体检一次，心脏、肺、肾脏、肝脏，以及躺下来，仪器插入身体中央的管道，聚光灯温热地散发着光，照着生命的甬道，女医生说她不必进行这样的妇科检查的，还是个处女，她拿出的探头带着血迹……一切正常，非常满意，她笑着对她的心理医师说。那个四十多岁的女人，也笑着："难道插错了地方，或者自动愈合？"也真是难为了金沙，他那时候肯委屈自己，来应对她这副躯体，她第一次对他生出谅解。但是，她还是经常感到一种清凉的孤独，就像她的房间一样，弥漫着独住的忧伤，以致后来实在难以承受，朋友的母亲拒绝让朋友养猫，她将那只猫在朋友出门的时候邀请来住一段时间。母亲不喜欢猫，却还是允许它躺在床头以及脚边，有时还和它玩耍。她觉得恋爱的时候生活在赤道，以前和以后所有的岁月，相当于南北两极，灰蓝的天际线、灰蓝的海、冰冷的死亡、结冰的海。还有其他比喻吗？湛蓝的星球，没有人类，只有一个她……房间里弥漫着独居者的忧伤，孤单的枕头和被子，也吸饱了这种忧伤，就连那些没有生命的东西也散发着一种忧伤，一张床，一把椅子，阳台上永远挂着一个人的衣服，还有什么呢？一个人的，孤独高傲的清寂。爱的遗骸，柜子抽屉里不再有穿在那个人身上的一件衣服。生活就像凝固了。一所大学的老师，看起来似乎是庄严高贵的，对一些人来说，就像走动的珍贵文物，乡间人所重视的供桌或花瓶。而她，也竭力去当一个高贵而有文化的人，把宝贵的时间浪费在一堆简单的事物上，出席被安排的讲座，接受学校布置的额外的主持读书沙龙的任务，接受一些称号——青年学者、性学博士、某某社团的理事……所有这一切都是孤独的，就如一个又一个安置在表格里的内容，中规中矩得像没有历史，像从来如此，毫不多余，没有什么会溢出表格之外。

她知道她生着病，重大事件发生之后那种无声无息地摧毁力，一天又一天在表现，仿佛有一只怪物一直睡在内里，有一天终究会出来吃人。至少她觉得是这样。这种病不是立刻毙命，但是很难说清楚，你知道你在等待着什么。一个男人离开了她，而那种邀请却还潜伏在内心的情感里。他点燃了磷火，可燃物还整个储存在身体和灵魂里面，但他走掉了。留给她的是不解和惊愕，她不相信一个男人可以让她如此，但是这种微妙却发生了，一天又一天地感受到自己承受着痛苦和煎熬，没有任何虚荣心，没有任何不甘,也不想再对这场感情有任何作为。但是,她感觉到自己被冒犯了。

她知道自己一直在思念他,这才是最悲哀的一种感觉,是环顾四周无论跑到新疆,跑到西藏,还是跑到海南岛,跑到西双版纳都无法解释和明白的一种感觉。她有时会犹豫地去找寻叫作天涯海角的石碑;有时仅仅是翻阅房间里所有的书籍找寻书本里夹着的某张纸,纸上她随意写给他的某句话;有时只是找寻一个他用毛笔写下被她随意扔掉却总觉得没有扔掉的"城"字……与世界的关系,因为这个男人彻底改变了。

一次次出走,离开生活,主动申请到边疆去,就像一个勤奋的学生,手里拿着旅游地图,做着社会学的调查,虎视眈眈地掐着时间睡去,掐着时间醒来,准时而耐心地对实习生进行指导,按时去听他们的课,非常认真地记录听课笔记,这是一个带队教师的责任,她完全合格。没有人知道她在偷偷看心理医生,没有人知道她内心的狂号。

她思念他,但是能去找他吗? 又去哪里找他呢? 找到了他,能说些什么? 继续听那些永不更改的死亡理由? ——一个人在为他死, 他无法离开。但身体是有记忆的,海水拍打海岸,潮去潮回独自澎湃。这种回忆让一切否认都显得苍白,那场情感事件是值得的,连她自己都觉得吃惊,她无法恨他,即使她发现他一直在欺骗她,岁月静好却白骨森森,他抛弃过不止她一个女人,还让别人打过孩子。谢天谢地,没有幽灵小孩每晚坐在她床前哭泣,但是那种感觉仍然是吃惊的。他引领她穿过河岸,踩着的沙石随意漂流,柔软如棉花,海蓝色的星子,海的海,像一首田园诗,在肉体的维度里他引领她邀游,植树又栽花,仿佛原始森林里最早开始种植的人类。他了解所有的秘密,如何起承转合,是撕开喉咙还是颤声尖叫。

他搜集她就如搜集一种草药,这是农村出身的人的隐秘情结,他们需要来自泥土的东西,以为这是一种艺术。因为在城市道貌岸然的每次合作和背叛之后,是他们逐渐衰弱下去的心,他们也许觉得农村的方子可以派上用场,遥远乡村总是有蓬勃的生命力,就如画家高更跑到土著海岛画当地赤身裸体的原始族群一样。她也很不幸,成了他捕猎的一剂药物。他根本没有想过抛弃他的妻子和他原来的人生。他只是需要一剂汤药,喝下去救治灵魂的某种不甘。

她在想清楚这一切之后,不再给他煎制这来自偏远山村的草药,只想远远撤离。

去走所有的路,不再通向他的路,只为思念他。一场奸情最后的结果,一个痴恋者永恒的爱情,使你发现,你的内心萌生出一种遭遇过爱情的毁灭性的平静欲望,你不再想把任何东西包括你爱的人留给自己,你不再要任何东西,你也不再希望他再给你或者任何人再给你提供一种健康满足的爱情生活。你很清楚,你在残缺里完整,就如此了,灰飞烟灭做了代价。你不再羡慕任何人,也讨厌那些爱情说教,讨厌成功模范展示的爱情使用说明书,你不需要他们从自己的喜悦中抛给你任何废弃物,一点儿残羹冷炙都会让你觉得厌恶……合法性婚姻制造的合法性生活,合法性生活所展现的合法性愉悦,理所当然地在某个房间里,许诺着甜蜜的白色胸脯,还有硬勃勃的男性生殖器。合法性的生理需要,和游牧性生活不同,前者像是消过毒的、干净卫生的服务,一种制度给他们这种性交颁发了许可证。可是你不需要了。

现在的艾吉,既不寄希望于新的男人的安慰,也不寄希望于来自朋友和书本的智慧,一切抚慰都是苍白无力的,但母亲却凭空挤进来。她并不欢迎她,很怕她搞砸了自己的孤独,她需要那种孤独,独自一人,仿佛被世界抛弃了。对,就是这种孤独,无助无望。想明白一切之后,她不再等待某个男人的帮助,对金钱和苍老,以及成功,也不再索取。他让她用尽了所有的野心,这点不能不说该是感谢他的。她不需要任何陪伴,也无须物质的丰奢,只想一个人拥抱灵魂的河流两畔独自滋长的风景。孤独的癫狂早就过去,相思不再成疾,只要不是那种一发即毙命的疾病,完全可以承受。

是不是因为这样，母亲才不邀而来，受着她的冷落，硬在这间房子里与自己住了十多天？

"懒妈妈出去，勤快妈妈回来；坏妈妈出去，好妈妈回来。"视频里，艾吉对姐姐说这话。她希望母亲回去之后，他们对母亲好一点儿，所以才竭力说母亲的好话。她说完又重复了一遍，却发现姐姐哭了，在揉眼睛。她一边哭一边说："初中的时候，周末回家，看见她给你早上做豆子炒米饭，让六年级的你吃了去上学，第一次觉得妈妈居然可以这样做。"她只知道母亲爱姐姐，却想不到姐姐也有这样的委屈，一时间不知道说什么好，就把视频关了。

母亲对艾吉的恶劣在艾吉十岁的时候改变了一些，只因为艾吉的父亲去世了，也就是母亲的丈夫，酗酒死掉了。艾吉名义上过继给叔叔，母亲得仰仗叔叔抚养姐姐和弟弟。也就是从那时候开始，母亲对世界充满恐惧，成了慈善的义教徒，到处参加活动，甚至将街头被丢弃的婴儿抱回来，哭着要养。她的这种慈悲心一直没有变。艾吉大学毕业后，将衣服全部寄回家，因为考上了另一座城市的硕士，到那座城市无人接收，所以先暂时寄回家。结果是，过年回去，艾吉发现母亲将自己的衣服全部送了人。

母亲在她这里，第二天就学会了用煤气灶。开始的时候，母亲总会让她一次次去看关了煤气没有，她觉得煤气似乎是庞然大物，或者，她害怕爆炸。母亲每天早上做稀饭，让她吃了去上班。第一次，她让炒个鸡蛋，母亲炒了两个，却忘记了放盐，只是鸡蛋变成了鸡蛋饼，除了油，什么都没有，葱蒜都没有。从来都是这样，母亲像个陌生人，灵魂有时会游离到远方。她以前喜欢责备母亲，三十岁后，她开始体谅她，因为她觉得有一天也许自己也会活成母亲的样子，尽管这一点让她害怕。她有时竭力想象母女之间相似的地方，基因的雷同在哪里，性格有没有遗传……

她在头脑里确认，与母亲的相同或不同，甚至还列了一个清单。相似的部分:一致的悲哀,无限的冒险,没有保护,荒唐的究竟,透明的话语,轻微却沉痛的回忆,夜半的失眠,秘密的祈祷,质数的孤独,自由的来去,高喊的无助,无依无靠,黑暗的小径,手无寸铁,忧虑的恐惧,河流的停滞,绝望的温顺,珍贵的尘埃。而不同的部分,也仅仅在于程度和内容的不同,那种来自生活的诱惑和编织是一样的,对生活的期待,被拒绝之后的绝望,没有堡垒的咆哮,独自的逃离……

她想到初中时回到家,母亲爬了水瓮,才被救过来,在哭。她心里想不就是做了寡妇,有什么悲伤的,她甚至恨她,一直看不起她。但是妈妈毕竟是妈妈。母亲夜里经常做噩梦,她受不了。想象母亲爬入水瓮的景象,她就觉得根本无法入睡,对农耕年代的生活充满恐惧,尤其对瓮这种器皿,不管它们是埋在土地之下还是覆在雪花之下,一想到它们,她整个人就会变得冰凉。在因为疲惫紧追而至的梦里,她一次次起身,将它们扔出视野。母亲根本不知道这些,她曾经觉得就是不爱自己的妈妈,也要不在了,是多么恐惧。她希望她活着的。

现在母亲躺在身边,偶尔梦里呻吟,她只觉得一夜无法再继续入睡。她不知道母亲这么多年是如何过来的,一出生就得面对精神病的妈妈,接着来了两个傻弟弟,再接着妈妈死掉了,丈夫死掉了;也就是这两个傻弟弟,一个买了贵州媳妇,跑了,不久一个弟弟就死掉了,接着父亲死掉了,养的侄儿坐牢了,十九岁,成了强奸犯,另一个弟弟去了福利院。——母亲第一次来带了舅舅,就是不想送他去福利院,而儿女又不帮她负担他。她对他们也是失望的。

母亲对她失望,除了这些,还有其他。母亲三十五岁开始守贞,将自己守成了一截朽木,却还教育她:女人要保守自己的身体。

每晚,下班之后,带着母亲吃各种东西,母亲就会用各种各样的方式暗示她,要保守自己的身体,也要保守自己的嘴巴,不要每天张口闭口和学生谈性。她说这是她的职业,母亲说社会学不是性学;她说她的博士论文就是性学研究,母亲说性不该那样对待。

"我已经三十二岁了。你不懂三十二岁对一个女人意味着什么。再过三年,我就到了你带着三个孩子守寡的年龄了。我不做我可以说吧。"她站在阳台上,抱着朋友寄存的黄白两色的猫咪,说出这句话。前面是新建楼盘的黄色旋转塔吊,再前方是秦岭深处的雾霾,虽然看不到秦岭,但她心里总觉得有一座远山,她似乎听见山上大鸟的飞翔,甚至能感觉到翅膀扇动的气流。她知道她必须回应母亲,所以说了这句话。她再也没有听见母亲随后说了些什么,母亲只是挥舞着拖把在屋子里来来去去。那之后的几天,就她的婚嫁问题,母亲再也没有和她交谈过。

她并不觉得母亲是个坏人,只是她似乎从来没有经历什么好东西,她无法保持乐观,尽量去看事情好的一面。她也许早就被自己经历的东西吓住了,她的生活偏离她不乐意的方向太久。有谁能责怪她呢!她不知道人们为什么那么容易去苛责别人,尤其那些学有所成的孩子,去苛责父母,标榜自己的理性。她自己也这样做过。现在为此羞愧。也许经历了他们的生活才有发言权。只要她设身处地在母亲的位置上,换身为母亲,她就会被自己的想象吓到,心里对美好生活的希望就会破灭。所有的灾难,发生在许多年前,至少三四年前了,但她能一次次感受到那种悲凉。

她母亲也曾经试图保持乐观,想尽量做个好母亲,在她六年级的时候。结果并不理想。做饭像朝圣,努力去扮演一个慈祥妈妈的角色,那时候也就三十六七岁。

母亲有时也会和她说起她的工作。在此之前,母亲一直认为大学工作是洒脱的,可以到处游玩,无非一周就几节课,但同时却怀疑她应付工作的能力,在母亲那里,她能得到一份大学教职,也不过是碰了狗屎运。

她每个周去上四节课,都是后半晌去的。春天到夏天,天气越来越热,然后傍晚越来越迟。按照学校的要求,她必须全程站着。她的腰不好,经常疼,尤其生理期前后,她恨不得随时坐下来。但是,学校的要求,尤其是学校在进行双一流建设阶段,查得严格,除了随时可以调监控,还可能有人到教室门前来察看,也可能有教学督导随时推门坐进来听课。

　　每次课前和课后,她都怕感受到那种令人紧张的冷场。有时,她试图起个头随便聊聊,比如"你们如何过的年?""假期过得如何?""对'三八节'有什么看法?"(那天上课正是"三八节")"有没有什么建议给老师提供?""平时读些什么书呢?"……她瞅着房间中央,盯着那些看起来不是愤怒只是厌倦和躲闪的学生,问出这些问题,同时安慰自己要超然物外,要适应他们只是对这门功课不太热情,而不是说对她不太热情。她最怕听到他们拉长调子的那种怨气,那种怪言怪语。一个女生说:"还能读什么书,不过五三。"接着就是哄堂大笑,他们笑得那么恣肆,以至于她怀疑自己的能力,为什么连这样的书名都不知道。细问,才知道是《五年高考三年模拟》。然而,这样的回答,仍然让她深深感激。她走过去,站在那个学生身边,以显示自己对教学生活得心应手,像一个朋友一样,她试图与孩子们去分享一种共同的笑话,分享一种戏谑的氛围。她知道她正在冒险,可能丧失作为教师的某种尊严,但她又觉得,她应该这样做。她逐渐感觉到舒畅,甚至驾轻就熟,她对在繁花似锦的春日下午上课感到很抱歉,她也和同学们说了这种抱歉,她说春天不是读书天,应该去采风,应该走在原野上,年轻男女,应该恋爱,毕竟"三月三日天气新,长安水边多丽人"。古来就如此。

　　"你有多少学生?"母亲问。

　　"一百多个吧。"

　　"你能教得了他们吗?"母亲又问。知女莫若母,她一直是怀疑她的。她有两个侄儿一个侄女,三个之中两个智障,已经结婚生子,因为土地分钱。她的大表弟娶了个瞎眼姑娘;大表妹嫁了一个比自己大十多岁的有孩子的男人,那年她十六岁;小表弟,就是母亲抚养过的那个,坐牢了,强奸未遂,是年十八岁。

"很好哄。"她说。她不想母亲为她的生活操心。

四

她工作的学校不像其他那些处于大城市一环或者二环的学校感觉到来自市中心的威胁和悲哀,并不是处在城市文明的中心地带、污染的深渊中,而是处于郊外,是个县而不是一个市的某个区。如果说对她工作的地方有什么抱怨,那无非就是从郊区到城中心的距离太远了。远离都市,学生们倾向于在校园里待着,就如一个小监狱一样,他们自守其中,里面牢饭便宜,还可以恋爱,谁说不是天堂! 学校靠近陵园,确实也没有什么好玩的,总不能每天去逛墓地吧。但是,他们有自己的食堂和音乐,有自己的运动,有自己的爱情和性。这就够了。他们的学校永远宁静,与城中心保持着不远不近的距离,对面就是终南山,在天好的时候,秦岭尽收眼底,算是个平静超脱的地方。学校没有什么破坏性建筑,你如果可以默默在心底铲除那些四围的高楼,只要不对网络上那些铺天盖地的师生恋或老师诱奸性侵学生的新闻睁开眼睛,这里算是一个没有恐惧和欲望的所在了。大学建造在城郊很好,即使是小城,也最好建造在边缘。就如她的大学,建立在徽州叫作新安江的一条河流边。一座长桥将闹市与学校隔离,走过长桥,还需要走那么三四里有人家的村落才可以到她的大学,这些景致构成了她大学的天堂,也构成了她后来的写作风景。生活需要这么一点儿景致,平静超脱,不惹是非。

她乘出租车从工作学校旁边租住的房子外送母亲深夜前往火车站。老家的某间房子里,姐姐家的小婴儿等着母亲去照顾,母亲必须回去。这是城市的老火车站,简直像淹没在垃圾里的一个场所——一个彻底衰败的场所,一个弃物的集中地。她不得不这样说。最有钱的人去了飞机场,次有钱的坐了高铁,只有处于"第三世界"满是灰尘的人,来到这古老的火车站,坐缓慢的火车,然后一路辗转,回到他们的小村庄。母亲坚持坐火车,不要乘飞机,因为飞机得转来转去,她从来没有坐过,不熟悉就会导致一种恐惧。她带母亲到大一点儿的商场,母亲会紧紧抓住她的手,上下楼梯,也会左看右看,小心翼翼。母亲只要下铺和坐票。有坐票就是万幸了,卧铺当然更好,但必须是下铺,她不喜欢中铺和上铺,因为东西没有地方放,她怕有人带走那些"破烂"。无能的女儿刷了六次票,两天,每次都只能买到中铺或上铺。没有下铺,不可能的。下铺在票贩子手里,翌日联系姐姐,姐姐通过地方公检法部门的朋友,要到了票贩子黄牛大哥的电话。她和大哥通电话,知道加四十元钱,就可以拿到下铺。——母亲对这种黑渠道的票不信任,她怕被捉住,怕被审问。二十年前,因为聚众在一起照顾年迈婆婆打官司的事情,被逮到了局子里,蹲了十五天。那里的老犯人打她。人贩子犯人,杀人犯犯人,还有谋杀奸夫案犯人,她们揍新来的犯人,让她们倒便盆……二十多年过去了,母亲一直记得。她不想面对这些公职人员的审问,她谈不上厌恶他们(她敢厌恶他们吗?),但绝对不喜欢。

坐在出租车上,母亲的身边,她想起离开时与母亲的话。

"艾吉,我不开心,我受不了。"

"为什么?"

"老实说,看孩子我看够了。"

"谁让你生那么多? 多子就多孙。"

"我喜欢孩子。"

"我不喜欢。你生孩子你受着,这真安慰不了。"她接着说,"不婚不育保平安。谁有出路会去结婚生孩子? 走投无路的女人才会。我真明白不了我姐姐。"

"像你这种有多少?"

母亲这样说,变成了对她的讨伐。由诉苦到讨伐,几乎不需要一分钟的过渡。

"上苍是我的主人，我们都是您的羔羊……"见她沉默，母亲开始唱歌，她需要用信仰的许诺安慰自己。一种歌唱的结合，甜蜜的噪音，似乎在躲避她的孤独，她一再唱出。

她不喜欢孩子，听见孩子的哭声就觉得可怕。人多力量大，那是幻觉里的。一个人如果夸耀知识和财产上的优越，固然会让人生气，但是可以增长别人的见识，然而如果夸耀婚姻的幸福，以及由此而来的一系列副产品，则近乎一种无报偿甚至损失很大的侮辱。

这方面，很少有人认同她，尤其是她姐夫，认为她什么都不懂，尤其不懂体面而亲密的家庭生活对一个女人身心健康的塑造。而且，由于她自身是光棍，难免经常晚上要出去喝茶喝酒。——因此，他认为她那些朋友不三不四。婚姻就像一种垄断，小县城晚上出去吃饭的女人上了三十岁的几乎不多，男人亦然。一个三十多岁的女人站在一堆已婚男人或者一群已婚女人中间，难免不是一段流言。很不幸，她的意见与他相左，但为了不让她姐姐受到作风的指责和牵连，她就不大到他们家去，后来甚至连县城也不大回去了，反正她生活的世界已经远离了那一片土地，回家除了看家人外，难免带着参观的性质，而生活过近二十年的县城，其实没有什么参观的价值，新鲜感早就预支过度。

这些已婚夫妇，有了孩子之后，简直是神气。尤其是二胎政策放开三胎也私下得到了鼓励，地方越是小，越是孩子多。人只要结了婚，似乎不制造一些这样的玩意儿说不过去。然而，对于她来说，她实在说不出生一群孩子有什么骄傲可言。她姐姐的公公婆婆居然还重男轻女，想要她姐姐生个男孩子，不然就不给照看孩子。

她看不出他们有什么特别的基因，即使有什么特别，也不过是一个人的一生，平平常常，并不会有什么值得骄傲的。伟人亦不过是一个人而已，并不是神仙和野兽。

他们爱怎么着就怎么着吧。她并不想对他们表示顶礼膜拜，表示艳羡。当然，他们也只能偶尔有机会才表现一下对她的同情。他们靠着本身的资质，繁衍生息，越多越好，紧紧攀附在大地上。幼子之美的可爱，像是无辜而纯洁的花朵，一朵雏菊与另一朵雏菊，一整片雏菊的世界。一些人必须要这样生活才能自信地活下去，繁衍生息对于他们是一种本能的追求。这方面，看不出谁比谁高尚。她只是不喜欢，对于文明或文化的复制，她都不喜欢。

三十岁以来，她的朋友越来越少，结婚了的，就如弟弟、姐姐有了弟媳、姐夫，闺蜜有了老公或妻子。她觉得自己是前朝旧物，遗老遗少。往昔的情感是流通的货币，但也属于往昔了。人民币都换了几代。每个人都在打上他的印记，就如猫狗撒尿，表示一种占有。也许，正因为如此，她才与母亲惺惺相惜起来。毕竟，一个老寡妇，一个大龄剩女，抛开母女关系，也更容易走到一块。两块生锈的破铁，面对一样的命运，抱团取暖。而且，比起和别的一对婚姻内的男女保持"分寸适当，彼此安心"的感情，同性之间来得更坦荡和安逸。她这才明白，为什么工作之后，女性朋友滚雪球，各种年龄的女同事，图书馆阿姨，楼上楼下楼左楼右离婚的、失婚的、死了丈夫的，各种朋友，越来越多。

没有风，路灯不摇曳，一切都像是被定住了，除了这辆移动着的出租车。过了高楼过大厦，引人注目的是一家家商场，粗陋的建筑物，就像专门要表达一种惆怅情绪的经典照片。她坐在出租车里，听母亲念叨着说不会迟到吧。

"这里环境太差了，进城不如去机场。下次你要学会坐飞机，妈妈，我带你坐一次你要记住。"临了，她又补了一句："要不你不要来了。"

母亲两腿紧紧并着，盯着前方，脸朝向她。

她想到视频时姐姐和她说的话。

"妈妈应该是躁郁症。"她用一种刻意忧伤的口气接着补充，"她看起来总是精神紧张，永远都在烦恼中，似乎怎么样都不会让她满意。"

"那是为什么呢？"她没有问姐姐，对于妈妈来说，她的生活，青年和中年是空白的，眼看进入彻底的老年，虽然找到了上帝这种信仰，但实际并没有摆脱精神上的危机和恐惧。妈妈本身就是一种社会题材，集信仰与文学于一体。她眼睛里的海洋永远会流到别处去，离家庭很远，离儿女也很远。她一定试图侦探这个世界，但一直无能为力。母亲转过头去，望向玻璃，两腿仍然紧紧并在一起，双臂抱着膝盖，严肃，却似乎又漠不关心。那样的眼神离她很远，与怜悯、与爱、与忧郁、与拥抱毫不相关，那是一种对于生而在世的怅惘，一种不可沟通的迷茫。

好不容易赶在发车之前四十分钟到了火车站，紧接火燎地去指点母亲取了电子票，然后她们排在拥挤的人群后面，等着进入候车大厅。人群灰蒙蒙的，仿佛在受难，个个弯腰曲背，显得萎靡不振和惊恐不安，拖着或背着沉重的行李，一步步前行。现代版的流民图，她只可惜自己不会画画。因为正逢清明，这些来自各个县城乡下的村耗子，要回到村头的坟墓上去烧香跪拜。没有人说话，大家的眼睛盯着地上，头也不抬。有些甚至裹了棉被躺在路中央。有人驼着背走，有人哭着，更多的人沉默着。一个小孩丢了只鞋，正在被大人抱着捶打。

很明显，车站的各种安检被重新设置过了，拉了新的绳线，不可以直达候车室，而是得经过两三个检票点。火车站弥漫着一种焦躁不安和惊慌失措，母亲本来是拉着她手的，这时候也松开了。一些老年人的身上更是显见那种沮丧惊愕，他们行走恍惚，有时止步，有时向前，似乎在试图搞清楚火车站的布局，明白其中的逻辑，回忆他们以前到达这里时的感受。即使那些年轻的脸上扑着粉的姑娘，也是一副大惊小怪的样子，好像随时准备迎接什么不好的事情。她们拿着票，跌跌撞撞，也如同老人行走。整个车站人挤人，却又有一种空旷的浪荡感，漫无目的而精神恍惚。

终于走到检票口了。里面一个穿白色衬衣的工作人员拦住了她，说身份证是不行的，必须有车票。她看着她，那神情似乎她已经非法闯入过了，满眼都是咄咄逼人的责怪。她说："你再前进一步，我就喊工作人员来带走你。"母亲对她喊："你快回去。"实际只是第二道门禁，离真正进入候车室还差一个正门，但人家硬是不让她进去，她就只能对母亲挥手。接着，母亲拨开人群，挤入一大堆尘埃里，很快就看不见了。她喊了声："妈。"没有声音，就反身离开。看手机，接近夜里上十二点了。

从火车站打车回租处，为了避开闹市拥挤的午夜通道，她走了一条小径，穿过太多的坟茔。一堆堆的墓碑，有的倾斜，有的斑驳，夜色里根本看不清楚。也许是城市的墓地里堆不下，一些人将亲人的墓地搬到了乡下。在她所住的地方，因为价格便宜，很多人买了房子并没有装修，只在清明时节出现一下，电视报道说很多房子里面放的是骨灰。城里房价高，她租住的片区也在往上升，但前几年属于荒野茅坡，没有多少人的，修建时很多人廉价买了来盛放骨灰，亦不是不可能。

自从二十五岁之后，她越来越注意年龄的增长。尤其是现在。再过三年，就是母亲守寡的年龄了，接着再过二十年，就是母亲现在的年龄。一切都得考虑，甚至是墓地。出租车弯弯绕绕，她坐着车子往回走，绕着城市的大墓，已经是夜里十二点。

读博士的时候，她写过一个叫作陈染的作家，研究她作品的性意识，作品里提到了母亲和她出生在同一年。文字拿给一个中文系的副教授看，希望可以得到来自文学方面的指点，毕竟她是学社会学的，不懂文学，但副教授批评她："陈染和你母亲有什么关系？"那种嗤之以鼻的神情她一直难忘，中文系生产的愚蠢货色，虽然升任了副教授，写了一些哄骗小女孩的诗,但对生命的东西,他一辈子都不可能懂。生活的一切,都是有联系的,没有切割,对名人的崇拜和对死人的迷信等同,世界并不空荡。在茫茫的夜色里,她推算着时间想着母亲应该上车了,开往西北的那列慢火车会将她拉到她出生的小城,那里有等着她的生活,孩子的啼哭、儿女的埋怨、熟悉的土地。母亲在她这里过得并不好,她一边愧疚,一边睡着了。

　　母亲回去的翌日大降温,她拿出羽绒服穿上,不想自己做饭,就出门去吃,风入骨刮着,天冷地冷。成年以后第一次,觉得思念母亲。去了带母亲吃过一次的新疆餐厅天山印象吃羊肉抓饭,人群嚷嚷,她独坐一隅,想起母亲吃到好东西时会向着右手边微微晃头,表示开心,她似乎看见母亲出嫁后守寡前的一些岁月。曾经也有过她的二十岁,她的三十岁,突然而至的三十五岁,让母亲的生命一截两半,少妇与寡妇。她回想母亲的半生,仿佛看见生命的寒霜也在向自己一寸寸覆过来……

夜茫茫

一

即使到现在,海燕半夜两三点醒来,还是满怀恐惧,想起床到隔壁的房间看一看,觉得老爷子还在那里等着她,稍微定一下心,就想起已经没有隔壁的卧室了,早就离开了那座房子。

有时,海燕从被子里探出身,遍寻胸罩和袜子,突然会觉得很孤单。没有人需要她了,隔壁房间没有人在等她,屋外是山野的荒,她暂时借宿在这荒败村落的窑洞里,等着儿女们对自己的再次需要,或,等着老年的到来。她明白自己,还可以去找一种这样的活,去伺候一个老年人。但是她清楚地知道,自己已经不那么年轻,也不那么抢手了。

这时候,只有床头的灰色烟尸在等着她去点燃他其他的兄弟,吸一支,然后摁灭手中点着的烟,再次躺下。长夜需要这样过。老爷子留给她的,也只是对烟的上瘾。她曾经与死亡独处,怕他死掉,却又一心一意等待他死掉。只有他死掉,她才可以离开。而今,他确实死掉了,她如愿离开,却并没有觉得得到了解脱。不过,她终于可以歇下来打量这无名无分的十一年。

　　不能不说和老爷子在一起的日子她没有快乐。与丈夫离婚的那一年,她觉得自己再也不会快乐了。那一年她三十五岁,最大的孩子十八岁,已经在城里和杂七杂八的人在一起打工了,后来跟了一个男人生了一个孩子,接着又跟了一个男人……其他两个孩子在上学,小学一个初中一个。小学的孩子一直跟着她,她用她小学几年级的水平,对她进行教育,陪她读"我们的祖国是花园,花园的花朵多鲜艳",也陪她读"我爱北京天安门"。那时候,她不知道花园是什么,自己也只有小学水平。后来,她在城里看到了不同的花园,经常记起这首孩子学的儿歌,也许对于孩子来说祖国才是花园,对于她自己,从地窝子到窑洞,从窑洞再到人家的市委家属院,再到老爷子的个人别墅,才有了一点儿花园的样子,但是也无非是一个洗碗刷马桶的人。歌词也唱"我爱北京天安门",那时候孩子问她:"没有见过天安门我爱什么天安门?"后来,跟着老爷子去钓鱼台开会,还求着老爷子去了一趟天安门,为的就是给已经上了初中的小女儿拍一张天安门的照片,希望她爱上这城楼的繁华。她是在认识老爷子之后,才认识这些东西的,才过上书里的那种生活,花园、花朵、天安门……她有时想这些一半是通过自己的劳动,一半通过自己的"睡",难免有点委屈,尽管做这些事情的时候是心甘情愿的,甚至是主动的,没有任何强迫,但她就是觉得委屈。她有时觉得自己像从前社会给人家去"添小",事实如此,却毫无名分。

　　她立志要将还小的一对儿女培养成不同于他们父亲的人。所以,她出来打工,迫切地四处找工作。端过盘子,街头摆过地摊,最后才经人介绍,应聘到了老爷子的家给他当了保姆。市政府大院的家属区,景色优美,树木高大,很多品种没有见过,完全和乡下不一样。起初,他们家的人全都心平气和,无欲无求,就是老爷子,谁来请求让办什么,都热心帮忙。她觉得自己真是遇上了一个好人家。

如果问她:"老爷子是谁?官员吗?作家吗?"怎么说呢。实在不好说,既可以说是官员,又可以说是作家,还可以说是编辑,以及其他一堆社会头衔。用海燕母亲的话说:"人家是个文化人。"其实,他算不上有什么头衔,也没有什么官衔,当然这是相比那些红彤彤的官员。开始他住在市委大院,后来他住在城郊的别墅,为的是院子里有花有草,靠近乡下空气好,长寿。老爷子早就退休了,但退休了日子却红火了起来,市区但凡有什么活动,都会邀请他,甚至一些商业厂家剪彩,也要邀请他。人家这样介绍过——德高望重。德如何高望如何重,大家都没有说。倒是有一些和他共过事情的老人说过,以前在一个文化单位,三十多年了吧,写过一篇报告文学,和今天北京的要人们有过一些交往。有知根知底的人,说他原本是个厨师,热爱文化,老干部劳改和知青下乡的那些年,他有机会接触这些人。他算个不错的人,人好,心眼好,他又热爱文化,只要有机会,就给这些人多加一个煎鸡蛋,在碗底盛着,用米饭盖了……后来这些落魄公子回京,想起他来,就让他成了文化单位的人员,一步步爬上来。他老年的红火则是因为北京要人回乡探亲的时候,接见过他,地方官员就开始保护起他来。只要北京来要人,都会把他请出来。他呢,大背头,脸上红光满面,戴一副眼镜,大腹便便,说话不紧不慢,显得很有尊严,而且最懂得什么该说什么不该说,什么可以说得让要人们欢喜,绝对不会丢了地方政府的面子。因此,地方政府很容易什么活动都喊着他。大红照片在客厅一入门的地方裱着,伸出的胖手握着,这就是证明。德高望重,绝对说的是事实,毕竟领导接见过呢。其他地方,也张挂着各种照片,就像电视里的博物馆一样,西服配皮鞋,加上不同颜色不同款式的领带,以及白衬衫,从四十多岁到五十多岁,再到六十多岁、七十多岁,不同时期,不同的场合,不同的握手人。他们共同制造了一种体面和尊严,似乎,对于他们来说,拍摄照片也像是一种充满荣光的任务。——她此前的几十年没有逢到过这样的场合,除了结婚照的那张照片,她的生活里的墙壁上没有相框,至多只是几张年画。所以，她觉得他家是大户人家，伺候大户人家的主子，伺候这么一个名人，她自己也面上有光。

就这样，到现在海燕也不能具体叫上他那一堆头衔，但是她知道，他是个人物。海燕不能确定他是什么官，但是常常见他写写画画，虽然并没有什么作品，不过以他的名义，编过一些地方文化方面的书，冠之以"某某县文库""某某市文库"等的名。据说他年轻的时候在地方上做过记者，还下过乡，也进过宣传部。反正，海燕认识他的时候，他已经退休了，在找保姆。

第一次，经由乡人引进老爷子的客厅，海燕头都不敢抬呢，她觉得无处放脚。几年之后，说起初次相见，老爷子还说："我又不吃人。"海燕当时也趁老爷子和乡人说话，打量过沙发上铺着的金灰色缎子，也注意到客厅中央上方的墙壁上巨大的山水画，还有两旁挂着的一些字帖，红木边框，围起来，完全和她在农村所见的每家每户不一样。她当时就动心了，想留在那座房子里。她的视线当然不可避免地被墙上那些各色照片吸引过去，还有木屏风后架子上摆放的那些物什。几乎每一张的照片上都有端坐在房间的这个老人，他戴着帽子，在一群人中间手指着，不知道说什么；他在与电视上经常出现的戴着方框眼镜的长者握手；他在演讲，手边放着个麦克风……当然，也有一些和女人的照片，她们的发髻高高地挽起，有的穿着花色的旗袍，有的则提着小巧的皮包，还有的穿着时尚的连衣裙，绣着蕾丝花边……她们围着他。这些照片里的老爷子有的已经很老了，有的还很年轻。年轻的属于黑白照，老的则流光溢彩，互相映衬不同年龄段的尊贵。

老爷子很仔细地问了她的家庭情况、婚姻状况，还说离开那样一个不赚钱、还打老婆、外面找女人的混球男人是对的，可以重新生活。他有着极好的记忆力和逻辑推理能力，很快就知道了海燕娘家的谱系，从乡镇到村庄，以及当年是如何从新疆搬回这片土地的。这些海燕自己都说不上来的事，老爷子却说得头头是道。他重点关心和谈论的则是她的婚姻问题、小孩问题。在此之前，介绍来做工的乡人、她叫艾姐的女人已经给她安顿过了,让她告诉老爷子平时最多只带带小女儿,大女儿已经结婚了,儿子在上学,住校的,只有小女儿在娘家放着,有时间就去照料。这些事,老爷子事前早就已经听过作为他的学生、她的乡人的女子汇报了,但他还是贴心地又细细问了一遍。老爷子问了她很多话,有时则沉默一会儿,眯起眼睛定定神,似乎累了。她看不出他对她满意还是不满意,但知道这是一件好事,得做。她就向老爷子说:"老叔呀,嫁出去的女儿泼出去的水,我离婚了,娘家也有兄长,有长兄就会有嫂子,靠不住的。三个孩子两个要负责,要吃要喝,那个渣子离婚后更是不负担娃娃;我爹娘也老了,不能给我任何东西,也没有什么社会关系。来这里伺候老叔我很满意,希望老叔能考虑考虑,给我这种命不好的人一条活路。"她说着说着就哭了,哽咽着。老爷子示意她自己拿桌子上的纸巾擦,同时说出:"你也是娃娃呀,才三十多岁就离婚了。你还是不要哭了,谁一辈子没有难为的几天,等你孩子读书识字出来,就好活了。"她听了这话,知道老爷子是愿意帮助她的,于是止住了泪水。她觉得老爷子是个好人,是个好老叔。

也就是那天,海燕见到了老爷子的二女儿。她和老爷子以及介绍来做工的女同乡一起坐着,然后就看到一辆汽车开进大院,接着就有一对打扮光鲜的男女走进了房间。女人用沙哑的声音问:"艾姐,这就是你说的要雇的厨子?"被叫作艾姐的,是她的同村。说话的当儿,她就用眼睛打量着海燕了,似乎在估摸她的身价,而海燕也沉默下来,低下眼睑。在此之前她就知道他是有一大家子的,儿女众多。她很想来这里工作,但是也知道这么多子女不好应付。她没有料到还没有正式工作就开始接受检验。面对人家打量的眼神,她忽然觉得身上桃红色的绣花外套显得俗气,这衣服还是结婚时买的,她觉得太鲜亮了。老乡在来看工作前,让她稍微打扮打扮,至少干干净净。她想干干净净也要精精神神,于是就穿了这件桃红呢子上衣。这件衣服算是自己家里最贵的衣服。衣服上印着精致的牡丹图案,她觉得很喜庆。

"她是海燕。"艾姐对那个女人说。接着艾姐对她说:"这是老师家的二女儿。在机关里工作,安检部门。"

"看起来手脚倒是挺麻利的。"那个女人说。她的声音虽然充满肯定,但表情却显得未必有多么满意。

接下来,她和艾姐一直用普通话交谈,只有问到一些问题需要与海燕说的时候,才会转换到方言。她觉得自己的方言真土气,想着以后留在这里说不定可以学一些普通话。三个孩子,大的是废掉了,不读书就只有打工,和自己一样的命,也怪家庭条件不好,老幺和老二都会说普通话,自己也要学一些,不要给儿女丢人。

看见人家二女儿回来,艾姐赶快去倒茶。之前就听说过了,艾姐在这里不把自己当客人,第一次见却真是这样。很快海燕就知道,她是接替了艾姐的位子。老夫人死了以后,老爷子就经常找这些经过他培养提拔的学生来帮忙,艾姐是最常来的一位,她求他的多,从大学毕业留在本市工作,到外出到省会培训学习,下乡挂职,都是他出面才办成的。甚至出门开会,艾姐也如此,陪在他身边,照顾他,并且让他说一些话,以完成工作的考核项目。难道是一对会议夫妻?这是海燕多年之后的夜晚才想到的,当时绝对不会这样想。他们的关系,名义上,干爹与干女儿,老师学生相称呼。她来了之后,接替艾姐的位置,也陪着老爷子开会,在会场上拿一些东西,或者陪在老爷子身边,使他在人群里显得"德高望重",又不至于落单。在家,则全然是保姆,不必扮演体贴照顾又需要说些乖顺话的女学生。虽然她喜欢开会,可以到很多城市和酒店转悠,但是她不喜欢会议的气氛,她不喜欢文化人那种干巴巴的文化味,他们与她不合,她自己知道。她也是开会的时候才知道就像外来务工人员一样,打临时工,会产生一些组合——临时夫妻,上层人也一样,会议夫妻,和电视上、报纸中报道的那样庄严肃穆的开会样子全然不同,真正置身现实,会议是另一回事,关系会。她逐渐懂得这些,但是对亮堂堂的会议室,那些相机扫过来的闪光镜头,以及看起来规规矩矩的集体照,仍有一些迷恋。这是上等人的,他们的,那些有文化的人的,她感觉到自己滥竽充数,但是面子让她不会拒绝站进去。虽然,每次有集体照,她都作为陪衬,站在边缘的一角,像是随时都可以被推出去。

那天中午并没有留饭,因为老爷子家没有人做饭,女儿回来是带他到外面吃饭的。"我让人开车送你回去吧。"临走时,老爷子在走廊上对海燕她们说。海燕觉得特别激动,第一次被当作个人物,居然有车接送,她觉得她要牢牢抓住这份工作。此时二女儿的司机已经坐上主驾。她觉得太过麻烦,坚持说要去坐公交车,同来的艾姐却已经上车了,理所当然的样子。后来下了车才听见艾姐说:"老爷子是太看上你了,所以让人接送,你不该不好意思。"在此之前,老爷子已经说了:"你来我这里,是要学一些技能的,你要吃得下苦。"他说:"你不光要会做饭,还最好学会打字和开车,不然我总不能一个人雇三个这样的工作人员吧?虽然有条件,但家里难免太吵。你明天来吧。打字的事情孙子、外甥可以教,你也可以自学,我当然也会指点你。开车的事情,过段时间给你报个驾校。"

她觉得这些简直太难了,但是报酬诱人,这套房子诱人,房子里的老爷子诱人,就不断表态自己会努力做好,争取不让老爷子失望。那时候她已经跟着艾姐叫老爷子了。面对老爷子艾姐会称老师,对人则称老爷子,随他子女的称呼。于是,她也跟着如此称呼了。

隔日海燕就来工作和上课了,将自己的行李搬了来。说是行李,其实也就两个包,里面装着可以换洗的三四件内衣,以及两条裤子、一件上衣。拖鞋和牙刷等其他用品,都是到了老爷子家才购买的。——至于其他的东西,也是来了老爷子家慢慢攒下来的。

老爷子让她住在靠门的位置,平时有人来去开门和关门。"工作嘛,把我伺候好了就够了。"以致后来她跟他的儿女吵起架来,也用的是这句话的意思："我不是来伺候你们的，发的工资只是伺候你们爸爸一个人的。"

客厅就是她的办公室，而老爷子的书房独独属于老爷子。到的第一天晚上，老爷子就开始教起她如何使用电脑来。他首先教的是她该如何打字。五笔已经是不可能了，那需要花太多工夫，老爷子让她学习拼音。她实在学得太慢，摸索键盘二十六个字母就摸索了半个月。但是老爷子有的是耐心，他不嫌弃她，还经常夸她做的饭好吃。指点她的时候，也会摸摸她胖嘟嘟的大手，说应该是个福手，怎么就成了受苦命。老爷子还说他是个有福的人，可以给她改命的，只要她好好伺候他。

她就是这样开始她的保姆生活的。做饭，洗衣服，陪老爷子出门散步和开会，也陪老爷子见朋友和应酬。开始的时候当然有一些尴尬，但她很快就适应了下来。有时老爷子会要求她化点妆，他说她不老，才三十五岁，化点妆精神，他还给她钱让她去买几件艳丽的衣服，还让她挎起了城市女人的那种皮挎包，也提示她多买几条薄纱丝巾。她也说过："老叔，我都三个孩子的妈了。"但脸上挂的是明朗的笑。"不管十八岁还是三十五岁，女人是需要爱的。"他看着她说。一个七十岁往八十爬的老头，憨厚慈祥，在对着她眯着眼睛笑，那眼神明显是男人看女人的眼神，越看越满意的眼神。她觉得自己算是撞上了好运气，却也有微微的不适。不过，他们一同散步的时候，她扶着他就更紧了，他也将自己整个的身躯靠过来。每当遇到一个小水坑，她尽量自己跨过去，让他走旁边。他独自走几步的时候，她则跟在后面，缓慢地走，配合他的步伐。他说她的布鞋走起路来不方便，容易踩上雨水，给了钱让她自己去选双鞋，他加了一句说这钱是不会算在工资里的，一听到这些她的脸就红了。不得不说她是感激的，感激得哭了。因为他注意到了她晚上大半夜地在刷着脏了的布鞋，确实辛苦……她近乎觉得自己被爱着。

她很快就发生了变化，手软了，脸白了，整个人也有精神了，闪着光，由外而内。他的儿女回家的时候,她抽机会去看妈。她妈妈也说她过上了好日子,让她好好伺候人家的老人。实际上,那个人并不比她爸爸年纪大。但是她妈妈就是如此说。富贵人家的老人才需要雇人专门伺候,贫穷人家吃饭都是问题,老人还得下地干活。她妈妈也能理解她的苦,也似乎理解她的苦,一边扒拉着袋子里看她提给自己的从老爷子那里吃剩或不吃的营养品,一边说:"孩子要往大养呀。"她清楚妈妈的话,养大了孩子老了有依靠,男人嘛,哪个都一样。

在老爷子家的这种模棱两可的工作,是有付出也有提升的,她觉得一切都是双手换来的,因此很自信。当然,也有那样的尴尬,说不出来的,妈妈应该意识到了,居然那样安慰她,似乎认识的人又人人知道。模棱两可?那就是,到老爷子家做保姆,不久老爷子就提出暖床的要求,海燕也没有想过不答应,但是在这个过程中,居然还出现了别的女人。那时候如果不和他做那事,也许很快就被抛弃了。她知道。她曾经逼他做过选择,在伺候他六年后,一个女人进入了他的生活,人家会打字。——也就是那之后,她用小学水平学到的那点知识,学会了五笔打字,远远胜过了她。他需要全能的保姆,她把这一切最基本的都学会了,这样他就不能轻易换人。然而,居然还出现了别的女人。一想到这一点,她就咽不下这口气,她就对生活充满了失望。

他们曾经也是考虑过结婚的,但是自从钓鱼台那次会议之行后,老爷子仿佛觉得海燕的存在是个羞耻,曾经说过的给她一份婚姻,也不再提了,倒是继续修书立说,文章里把亡妻的照片祭出来,书写伉俪情深。他也做了解释,他这样的人是需要面子的,不能随便结婚,年轻的时候老婆和他一起打过江山,老年她死了,再结个婚对组织不好交代,对儿女不好交代,对自己也不好交代。他也说了,只要她乐意伺候着他,一个月三千块,有吃有住,算是对她不亏了。那时候她就隐隐希望他死。尤其在她的孩子都上了大学后,她更是有过几次这样的希望。这不是诅咒,她不年轻了,但还没有太老,她想有自己的生活,不想和一个给了她希望却又不满足她的老头耗一辈子,尽管她也不知道他死了她会有什么样的生活。

二

在这样的夜晚,睡不着,翌日没有小孩子需要照顾,也没有老人需要照顾,海燕盘场了。乡下人打下糜子、谷子,要碾场,需要风,一般都在夜里,所以老人们将夜里不睡觉的人叫盘场。海燕今晚是盘场了,她想起小时候,和爸爸妈妈兄弟姐妹住在地坑里,为了保暖,坑挖得并不大,当地人把这种坑叫作"地窝子"。就像乞丐一样,在土地上挖一个深坑,春夏秋冬就住在里面,也有老鼠,也有虫子。好在是沙漠地带,虫子并不多。

海燕爸爸说自己是穴居动物,在老家住窑洞,在沙漠住地窝子,反正都是"洞物"。地窝子是一种在沙漠地区较简陋的居住方式,和窑洞一样,挖制方式简单。在地面以下挖约一米深的坑,形状四方,大小约两三米,四面用土坯或砖瓦垒起成矮墙,头顶上放几根椽子。讲究的人家,再搭上树枝编成的筏子,用草叶、泥巴盖住,不讲究的人家,直接放一些胡杨枝干。地窝子可以抵御常见的风沙,如同所有的地下建筑,冬暖夏凉,但通风较差。小时候他们就睡在这样的深坑里,老鼠经常在她的身上跳来跳去,兄弟姐妹们比赛谁逮的老鼠多,她还被一只大沙鼠咬过手。那只沙鼠跳进瓮里面吃玉米,海燕非常痛恨,一把下去,扼住其脖子,却被大沙鼠拼尽力气回头一下咬了她大拇指。不过,老鼠并没有走脱,她最终下了狠手。她一直记得那种气味,老鼠咽气时那咕噜冒出的热血的气味,飘在空气中。那以后她怕一切毛茸茸的动物。以后,在不同的场合,她也打死过老鼠,还有其他的小动物、小昆虫,还打死过几条蛇。丈夫在村子住的那间房子,门四围红柳丛生,蛇太多了……她现在每次走在农村的路上,还能闻到泥沙味、

101

耗子味，还可以辨认出蛇攀爬过的足迹，闻得见蛇吐出芯子时的潮湿气息。她一直记得这些。

这些气味和她做了保姆之后的生活完全不同。这些东西不会让人窒息，而是让人有一种尊严被挑衅但可以争取平等的存在感，甚至是成就感。她喜欢黄土和黄沙，喜欢耗子和蛇，甚至喜欢那些爬虫和蛆虫，那是大地留给她的东西。那些味道一直都在她的体内，在她的鼻孔里，在她的皮肤里，在她的血液里，即使她跟一个养尊处优的老男人睡过觉，她还是觉得那些味道残留着，比老爷子给她的各种香喷喷的人工生产的香水味道踏实自在。她觉得那不是她的，尽管她涂抹了十几年，但是她也知道，要伺候好老爷子，必须要清理掉她在大地上的味道，用浴巾擦洗，用刷子刷掉，涂抹上香喷喷的浴液，学习电视剧和电影里的女人，穿上那些蕾丝的内衣。要有女人味呀！这是老爷子的原话。他摸着她的手。他喜欢她的壮硕，他说她健康得像头母牛，他还说老年人最需要采阴补阳。

海燕想到爸爸，生命里认识的第一个男人，软弱无能，世界抓住了他的手，他甚至不能确定哪些儿女是自己的，哪些儿女是别人的。他确实是个乞丐。没有人可以伤害到乞丐。他可以潦草地写下自己的名字，其他能力却不够。他最常常做的，就是紧闭着嘴巴眨巴着眼睛。大多时候他是沉默的。他喝那种廉价的二锅头酒，和海燕后来的丈夫一样；喝多了失去意识，就睡了，这点和海燕的丈夫不一样，那个人喝醉了就打她。那时候他在外面已经有了另一个女人。哎，女人们就是这样，海燕永远也想不明白，自己和她无冤无仇，那个女人为什么就教唆丈夫打自己，她不明白那个女人为什么喜欢这种狠毒的快乐。如果喜欢一个男人，嫁给他不就得了，可是离婚后，他们也没有结婚，那个女人很快就踹了她的丈夫。她有钱、貌美，有的是男人，也许又去教唆那些已婚的丈夫打老婆了。有时海燕难免这样想。

如果把与男人们温暖的回忆拼起来，父亲算是一个。她和一家老小以及一群老鼠住在地窝子里，一家人合伙穿一两件衣服，常常没有鞋子。她脚上也如此,裹着破布,在新疆的沙漠里走。

她是怎么到她丈夫家的,如何被叫去做媳妇,她根本不想重新想起。她接连不断生了三个孩子,一儿两女,但并没有在丈夫家得到重视。虽然她爱自己的孩子,但对于公公婆婆,对于曾经的丈夫,她一点儿想念都没有。她已经不恨他们了,相反,她可怜他们。在她遇到了老爷子之后,她可怜很多人,也可怜自己,她觉得大地上的苦命人太多了。

等她像适应了抽水马桶一样适应了新的生活之后,旱厕上的一切,就不再怨恨,甚至觉得亲切。

老爷子家有抽水马桶,还有鞋柜,放衣服的柜子也是独立的。在这个"家里",海燕第一次用到抽水马桶,有了自己的鞋架子,老头子第一次教会她一个人应该有一张银行卡……第一次的东西太多了。高大的雕塑,墙上贴满了各种名人的字画,还有很多智慧的书籍。老爷子第一次给她的轻巧的立式拖拉箱,还有遮阳的墨镜,还有车钥匙,还有打印机,当然,包括电脑……

她还记得买第一辆座驾的时候,车子登记在他小儿子的名下,他让她开(后来卖掉第一辆,买的第二辆车子,也是登记在他儿子名下)。在此之前她当然已经考过驾照了,考得还不错,全部一次过,只有考交规的第一项目和第四项目分别考了三次和两次。他很高兴,还给她奖了五百元,说从此有车了。

第一次坐进那辆宽敞的奔驰汽车里,看着驾驶人员那硕大的后脑勺,海燕难免不由自主地在脑海里开小差。她那么愉快,握着方向盘,感觉像可以驾驭整个世界。她觉得自己的生活也终于逃脱了满是尘土的地窝子和窑洞,过上了干净的水泥路和水泥墙生活。她觉得自己也是尊贵的了,因此沉浸在白日梦里,她开始拒绝接受以前的身份,除了父母和孩子,她再也不想搭理以前的朋友,连在娘家遇上来看孩子的前夫,她也不再给他好脸色。他还想求着花她的钱呢,她简直觉得年轻时候瞎了眼,嫁给这号人。

她是慢慢爱上老爷子的烟味的。准确地说，爱上那种吸烟的艺术。后来，她开始吸烟。她觉得这是区别受苦人与非受苦人的标志。尽管，开始吸烟的时候经常呛到口，但有志者事竟成，她喜欢那种成就感。

　　在那座二百多平方米的建筑里，即使睡在主卧的床上，海燕也从来没有感觉踏实过，日子仿佛是偷来的，她知道终有一日得还回去。只是，她没有想到自己是被如此耻辱地赶走的，她想过老爷子会死，但没有想过老爷子横死。她夜里点起烟来，第一次觉得了烟的苦涩，这也是一个男人留给她的苦涩。

　　开始睡在不是土炕、不是塑料便盆、有着抽水马桶的房间时，海燕不是没有震惊过。她倒是也有这样的羡慕，当真正面临"享受"这种东西时，还会有某种不适感，甚至想吐。她首先不习惯的是那种味道。她应聘来这里当保姆，最开始是经乡人艾姐介绍，见了老爷子，接着就是体检，去过二甲医院的。海燕生三个孩子都没有去医院，却是要去给人当保姆的时候去医院体检的。但这份职业也是很多人抢着要做的，肺结核患者不行，其他一些病也不行，太老不行，太年轻老爷子那里怕吃不消，长得丑的又影响心情。总之，海燕自己知道，介绍人也说过了，是挑了又挑才挑到自己，做体检又怕什么。

　　介绍人说是例行检查，怕有传染病。介绍人很清楚，她生了三个孩子，健健康康，她可以干很多农活。但是，她说老爷子交代，必须要拿到合格的体检报告交给他。介绍人说她没有挑选资格，一堆人等着呢。她让她珍惜机会。她最终接受了体检。因为可以住进市里，而且是市委大院，这是千载难逢的机会，她需要这样的机会，以后她的孩子，有可能从这里打开一丝缝隙。而且，一个老爷子，七八十岁，新死了妻子……

　　和她以往任何一次到医院的经历都不同。项目里，医生还让她躺下来，用探照灯探测她的身体，同时按压她，问她疼不疼。另外，抽了她两大管血,还收集了她的尿液……她努力地用幽默的微笑来和介绍人完成这种挑剔的检查。介绍人艾姐在城市里上班,是从她们村子出去的。——实际她比海燕小,但是村子里因为她是个读书人,很多和她年龄差不多的都叫她艾姐,所以海燕也跟着叫艾姐。艾姐说这才科学,这样的体检能让她知道自己身体是否有病,以后会不会有病。她说不检白不检,又不让你花钱。

所以,当她第一次和老爷子睡在那张主卧的大床上,闻着那种人工制造和人体发出的味道,差点吐了出来。她知道自己不应该这样,可是她会不由自主地想起自己体检时医院的味道,各种消毒水的味道……

同是一个地方的人,虽然小时候在新疆长大,但搬回来已经二十多年了,然而一切都不一样,一种人与另一种人完全不同。吃喝拉撒,生老病死……老爷子七老八十了,开始七十岁,接着八十岁,身边很多这样的人,很多这样的死,一种散发着工业气息的味道和死亡。整个地区只有一个火葬场,就是为老爷子这样的人设立的,这种有身份、有地位、有墓园的人,他们享受着本地的火化特权。简直无可描述,他们的死,那样的,海燕陪着老爷子一次次去吊唁,有时还发言。有花圈,有挽幛,还有大屏幕,以及地市当官的活着的其他人依次致辞,规规矩矩地鞠躬……没有吹拉弹唱,没有锣鼓喧天,也没有号哭,人们一篇又一篇地在追悼会上做"报告"。死是那样的不同,和海燕经历的所有死都不同。那样冗繁、无趣,那样迅疾又客气。——老爷子最后的死也是这样,太多的花篮和挽幛,却不似农村。他被烧掉了。火葬场的味道和医院的味道类似,对于这样的气味,海燕总是控制不住呕吐,虽然她几乎算已经适应了,但只要想想第一次体检时医院的那种气味,她就控制不住。

三

很长时间,海燕在学习仪式。学习如何起居,如何吃饭,如何闲谈。开始的一段时间,在那间屋子里,海燕都是穿着平底布鞋走来走去的,不敢多说一声。——海燕是慢慢获得老爷子的欢心的。虽然在此之前,伺候他穿衣服时,他会捏一下海燕的屁股或摸一下海燕的脸蛋,触碰海燕额头,他用这种方式表示着对海燕的认可。但是,最开始的时候,他并没有要求和海燕上床。睡在一张床上,那是以后的事情。如果开始他要求海燕陪睡,海燕会有反抗吗? 介绍人以及其他来来往往的,在海燕初次到来的时候,就有这种暧昧的暗示和默许。海燕当时就知道。如此一个算是有权力又有威严的人,想从海燕身上得到一点儿安慰,海燕应该不要去反抗,毕竟这么一个死了妻子的可怜人,这么一个受人尊重的人,他应该得到满足。如果不去满足他,而是反抗他,那反抗有什么好处呢? 海燕继续衣不遮体食不果腹地回到农村的房子里,刨着黄土给儿女攒钱上学? 或者再换一家当保姆,等待新的人的调戏? 即使换了,也未必比得上这里。在这里,海燕只需要和一个老头相处,虽然他的儿女也会回来,虽然得出席很多活动,但这是多么有面子的事情,很多人求之不得。海燕现在也是这样想,即使一开始他让海燕陪床,海燕也不会反抗。他也会料到海燕不会反抗吧。男人找个做饭的,无异于找个老伴,虽然相差三十多岁,但一个三四十岁生过三个孩子的农村女人,能有什么选择? 海燕是愿意的。

她伺候他的那些日子,实在有太多事情需要做,整天忙碌,但又似乎无所事事。需要敲门,需要洗澡,需要刷洗马桶,需要……穿着薄薄的睡衣替他暖好被褥,等待他进入(她以前从来没有睡衣)……他要求彻底无菌和干净,每一天都要细致地洗脖子和其他部位,三天洗一次澡。尤其,出门的时候,往他的腋窝和头发上涂两三滴香水。他要求她每天洗澡,同床睡时尤其检查严格,他似乎怕她身上有跳蚤和臭虫。

在她早年生活的时光里,水是金贵的,没有人那么浪费,绝对不可能开着水龙头让它自由哗啦,何况根本就没有水龙头。洗过头发的水可以用来洗衣服,洗过衣服的水可以用来洗拖把,洗过拖把的水可以用来和院子里的泥。她一直认为水是宝贵的。但是,这里的生活,将一切打破了,她开始面对一种洗澡的新生活,还有其他。

老爷子有一个独立的衣帽间。靠墙的嵌入式衣柜,春夏秋冬的衣服是依次分开的。当然,他家也有普通的衣柜,但只要出席正式活动,老爷子必然穿他这个独立衣帽间的衣服,还会佩戴领带。他的手杖也是一个法宝。有时,他还会佩戴墨镜。当海燕想起这些的时候,老爷子又像个真人一样挂着拐杖站在她对面了。

海燕做饭,收拾家务,洗衣服,还要伺候他的那些需要上不同清洁剂的鞋子。他说鞋子是男人的脸面,对待他的鞋要像对待他的脸。他喜欢穿白袜子,他说穿白袜子的人最尊贵,因为这个人必定被一个每天洗白袜子的女人伺候着。就这样,海燕全力以赴,认真地擦洗他的那些鞋子,清洗那些袜子。——对于海燕真正的丈夫海燕都没有这样。他没有这样不同布料的鞋子,简单得很,他的那些鞋子甚至不需要打理,海燕从来没有一个鞋柜。他几十元买的皮鞋,穿不了两个月就飞了底子。至于袜子,穿不破一双他不会扔掉。这在海燕的生活里曾经是那么理所当然。所以,海燕觉得清洗袜子和鞋也是一种尊贵。

海燕还给老爷子擦拭那些水晶银灯,和各种铜质、铁质、其他质地的奖杯,将他参加会议的牌子也依次保存起来,做备忘录。老爷子对清扫有种特殊的狂热,他害怕一切病毒,害怕自己会死掉。开始的时候,他并不信任海燕的能力。隔不久,他就会请专业人员上门打扫,用吸尘器吸走地上的尘埃,用电动刷将地毯刷干净,用机器人将玻璃擦拭几遍,地板必须光亮,低头可以当镜子照。有时他也清扫他自己,一年定期打疫苗,房间里不允许养任何猫狗。他极度保护自己,使自己免受病菌的侵袭。他怕盗汗、怕灰尘、怕穿堂风,他关注自己的体温,早晚都要测量,关注房间里的空气,也关注地暖和空调所制造的温度。他永远在对世界进行温和又亲切的防卫,包括与她节律的性生活,也绝不贪怀。他说时间不多了,要多活几年……

从一踏进那座房子的时候,她就知道,她已经隐隐约约地意识到,自己甚至只是一片老爷子每天必吃的维生素片。他需要健壮又结实的人,所以找了她来,她只是他健康的一个砝码。

　　房间里到处都是现代化的设备,冰箱、洗衣机、空调、电视,这些当然无须说,另外还有擦玻璃机器人、拖地机器人、自动洗碗机、电烤箱、豆浆机、酸奶机,甚至,烤炉。她不得不说自己是自豪的,为自己以前地窝子里的童年,为自己一辈子在洗脸盆里洗内裤,在大锅里做饭的母亲感到难堪。现在,这些设备都是她的,她都可以使用。出来什么新设备,就会有投其所好者送来。这些散发着不同光泽的机器在偌大的房子里显得非常昂贵豪华。像什么呢?像后来海燕陪着老爷子去市殡仪馆看到的丧葬服务机构中的那些东西。反正,它们最开始投影在海燕身上的,是一样的敬仰之心。海燕活了四十多年,从来没有去过殡仪馆。她生活的农村讲究土葬,土地吃人,一口影无踪,去火葬场火化,那是要花钱的。——当时陪老爷子去殡仪馆吊唁各种人,不是没有想过,而且老爷子也说过,殡仪馆是很赚钱的。不过老爷子同时也表示,如果进去做个正式工,还是很难的。他当然不是针对她说的,只是闲聊。她记住了。化妆不光给活人,也可以给死人,人家说这是殓妆师,也就是尸体美容师。家属希望给死者进行尸体美容,这样死亡在进行最后一眼的观摩时,就是体面而安详的,人们就不会觉得多么悲伤,眼泪也就相对节制。为死者洗尸和穿衣,也是可以收大价钱的。她听老爷子如此说,只觉得新鲜,很多人可能一辈子就是死去的时候美容一回。老爷子家有太多的机器,让她总不由得联想到火葬场的众多机器,工业产品,便捷迅速,她欣赏这样的高效。

　　简直无法想象她后来学会开车的骄傲。她第一次把车停在房门外的时候,突然想起孩提时代,汽车对她意味着什么。天上人间。那时候她赤脚走路,穿不起一双鞋子,甚至人家驾着的毛驴车太过高大,都会让她觉得眼花。别人举起鞭子打毛驴,她觉得是在打她。

生活在地窝子里的她,就像是生活在坑里的老鼠,现在居然变成市委大院家属房的"女主人",接着变成郊区别墅里的"女主人",这些她以前想都不敢想。

老爷子训练海燕待人接物,教海燕不要"大嗓门",他说只有乡巴佬才那样大声说话。后来,海燕也学会了那样窃窃私语的说话方式,把大笑也改掉了。他训练海燕进屋要敲门,以免打扰自己做事或睡觉。——所以后来他死了她还是敲门进去的。也许提前几分钟说不定可以抢救过来。谁知道呢。反正过了急救时间。他们住在一个屋檐下,老爷子说同睡的时候才同睡,平时,她住在他隔壁。开始的时候,她住在离他较远的客卧,那间不见太阳的小仓库,离门最近,入门左拐,一间阴暗的小储藏室。他自己睡在入门进去,走廊尽头的大主卧里。整个房子有三个书房,一排又一排的书架。后来她才知道,他并不怎么读书,只是喜欢密密麻麻地让那些东西挤在房间里。她小时候的房间里并没有几本书,结婚之后也没有,所以,第一次看见那些密密麻麻堆积的纸张,颇为不适应。但是她居然为此感到羞愧,尴尬地笑了,对介绍人艾姐说:"全是书。"她现在还记得当时的自卑,但毕竟是真的,她此前的半辈子加起来也没有看过那么多书摆在一起。

很久以来,海燕觉得生活在一堆亡人中间,必须小声说话,轻声走路,无论做饭还是做爱,她都受到了老爷子的控制。举目都是他的世界,他们人数多,人们都忙着和他说话,即使待在人群里,海燕都长时间地觉得孤独,无论老爷子善解人意地让她回房间稍事休息,还是会额外给她点钱或礼物,她都觉得自己在被量体修改、剪裁。她觉得自己和在地窝子里生活的外祖父母一模一样,在某个特定时刻,侮辱就已经承受了,她早就做出了判断,她所想的和她所想独自说出的,都跟和外祖父母生活在地窝子乞讨时的表情一样。

她对一切都很小心,如同一只麻雀从金黄的粪堆里啄食玉米。对,就是这感觉，小时候有太多这样的体会。

她逐渐学会了很多知识，还学了按摩。这个市区的上流社会，她算是都客观地接触到了，从市长到市委书记，从报社社长到杂志编辑，她感觉自己就像个海绵，在吸食海水。她能听懂的东西越来越多，懂得的密语也越来越多。某种程度上，她讨厌那些上流人，因为他们总是笑着，看起来很温和，即使是非常生气，但是他们也可以克制住不要咒骂。他们以和穷人不同的方式生活着，她感觉自己是只麻雀，而他们其实也不是仙鹤，不过是一群山鸡。她有时甚至很讨厌他们，她厌恶他们摆出的那副礼貌有加的样子。但是，不管你信不信，她在这些人身上学到了很多，是开始给人当保姆、做饭、洗马桶时根本没有想到的。她开始有了玉手镯、金项链，给自己买了一件陕北煤老板人家的妇女喜欢买的貂皮大衣，也做起了指甲和面膜。她的命运发生了巨大转折，甚至，她的前夫也来找她，想与她过一过"以前的生活"。老爷子盯得紧呢，她也厌恶他，不会和他再出去，但是，向他炫耀一下她的新衣服、她的车子还有首饰，还是愿意的。

经常，她无事可干，坐在会议圆桌靠墙的拐角，没有工作牌，也没有名字牌，她像是从室外溜进来的人一样坐着，观察他们，像一个站岗的士兵，观察他们。她环顾四周，看那些谈笑风生的人物，觉得他们这些深深懂得利用文化的人，其实并没有多么崇高。她觉得自己如果到了那地位，绝对不会那样虚伪和冰冷。宴席上也一样，人多的时候，和开会一样，不会有她的位置，她就得等在门口，接收老爷子随时电话响起的诏令，或者，坐在角落里，独自一人吃食。主桌是有讲究的，主位陪位，副主位副陪位，次副主位，次副陪位，三陪主位，三陪副位……人多的时候，她连三陪位置也占不住，只有角落里独自让饭店下面条吃的份。她不是没有难过过，但是，这是一份工作，有薪水的，老爷子还摆明过，不止你一个抢着做。一次次，他装作没有意识到她的尴尬，装作在他和别人共同腐烂而把她抛弃的几个小时里,不觉得她受到了什么伤害,甚至说她不该那么敏感……你看,这个人就是这样。他知道自己有资本这样做,她也不敢怎么样。三个孩子,两个在上学,农村的窑洞已经塌陷了。孩子在假期,还得住到老爷子这里来,她敢说什么?至少得等孩子们彻底独立了。何况,老爷子让她攒钱买房子呢,趁着市里郊区的房子便宜,买一间,以后可以住。这是老爷子给她的长久打算,算是有情有义,她应该识相。

这里的一切都是有趣的,但必须以某些东西换取,这些有时让人强烈感到不适和害怕。房子是新的,老爷子是新的,连房间里的一切气味都是新的,散发着属于城市的干净和迷人的气息,不同于洞穴的味道。老爷子往来无白丁,没有衣衫褴褛坐在瘸腿凳子上的人,他们衣衫整齐地坐在沙发上,谈笑。她有时恨不得咬他们几口,就像在窑洞和地窝子里咬人的老鼠一样,她就是想啃他们几口,看他们那从不发火从不大声说话一脸祥和的表情会不会遭到破坏。

她只有小学文化水平,对社会并没有太多的了解,但是她很快就学会了应该有的派头,对大多数事情不发表直接看法,而是报以含蓄的微笑,尤其是在开会的时候她喜欢如此。当她做完两个人或一群人的饭、洗刷完马桶、或者坐在会议室的一端等着会议结束搀扶老爷子回去的时候,她了解到了自己的一种富有。她努力让自己的所有意念都集中,将别人嗓音里发出的词语在脑海里过滤,有时,连别人的咳嗽和吞咽唾沫的节奏,她都暗暗记在心间,就如粘蝇纸粘住苍蝇,她不放过任何东西。像什么呢?一台自动化的录音机。她把她听到的一切都录下来,以便很快学到这些东西,在其他无关的人聊天的时候,三言两语,或者仅仅说那么几个词汇,甚至是一种表情,肯定或否定。与此同时,她的普通话讲得越来越标准,她自己当然更是努力的,一遍遍将方言中鼻子里藏着的那些"嗡嗡嗡"的大鸟赶走。

有钱有势的人的生活似乎可以更有尊严,即使做有钱有势人家的保姆，也似乎可以赢得尊严。早晚，海燕给老爷子按摩、擦背、穿衣、脱衣，上下午，有活动的时候会开着车带老爷子去参加。老爷子热爱工作，即使已经退休多年，但很多活动需要老年人去坐场子。那时候她就是司机，驾着小汽车，置身于那些文化人之间，她并不感到羞耻，她也毫不害羞，因为她觉得自己的一切都是辛苦赚来的。有的时候，她甚至觉得自己也是个有钱有势的人了，开着车，住着酒店，吃着人家提供的免费早餐，拥有一些首饰，有智能手机和电脑，还可以打字。老爷子早就让她改掉了很多毛病，比如总是把纸盒子和塑料袋收起来的毛病，就连那些喝过的饮料瓶子和酒瓶子，她都有收集的习惯，但老爷子就会很懊恼，说是："小家子做法，没有见过世面。"她在地窝子里的生活教会她不要懒惰，要捡起地上所有可以捡的东西，藏起来，换成货币……外公外婆教会她什么是生活，只要勤奋，没有什么是学不会的，外婆说她以后会是个好媳妇，学会很多东西，男人就不会打她。事实证明外婆说错了，但外婆也有说对的地方，一个人只要足够勤奋，没什么是不可能的。你看，这样高级的会议，甚至北京的大会堂，她也可以堂而皇之地进去了，还不是因为勤奋，因为掉在地上的一切都捡起来的聪明。她并不觉得自己愚笨。

那时候就已经有这感觉了，经常有屈辱，她也不是没有遗憾，她觉得自己还年轻，跟了一个七八十岁的老头并不光彩。但是，一个农村的三四十岁生过孩子的妇女，又能吸引什么人？身上穿的只是比农民好一点儿，却也不会好到哪里去。她陪同老爷子参加一些人的儿子或孙子的结婚典礼，有些是二婚有些是三婚，那些女人明显看起来比她老，却还是那么自信。

老爷子最小的儿子也比她大十岁，更别说其他几个。老爷子的儿女一辈，未必比她更灵活和聪明，但他们都有自己的职务和工作。他们的适应力真是强，三十多岁时就是副部长，四十多岁都成了单位一把手，打扮光鲜，对她说话虽然客气，但明显是那种看不上的客气。除了单位上名正言顺的职务和工作,他们还有别的秘密交易,时间久了,老爷子也不避她的面,和他们谈论。她第一次理解了什么是通货膨胀,她也知道了自己为什么是保姆而别人为什么不是。一些东西是天生的,除了天赋,还必须有别的。勤奋和机灵则属于别的东西,是一种看不见的东西,而不是一种可见的资本。

没有人告诉她,她独自把这些想通了,她想通了的那个夜晚,真的很想哭。她哭自己的薄命,哭为了让孩子们在假期时来到老爷子的住处舒服点,她不得不服从他的各种决定,还附上各种笑脸。

最后几年,他越来越老,对她管得越来越紧,甚至偷听她打电话,管着她的手机。他不允许她和别的男人打电话,前夫的电话尤其不能接,甚至家人的电话也要过问,一次次地问:"谁打来的?"他不让她回娘家过夜,一晚上都不行,他说他离不开她,他说自己会饿死的,即使他的儿女住在家里面,他也不让她走出他的视线。但是,他却理直气壮地和来拜访的女人坐在书房聊天,还得她伺候着做饭和喝茶。她是一个脾气暴躁的女人,为了工资,并不敢说什么。他则越来越过分,曾经将一个女人留下来过夜。

就是这样的,确实是这样。三人还同住了几个月。

她最后没有办法过下去,才让他做选择。

她知道那时候他就已经没有和她结婚的打算了,但应该也不是成心让她受辱,只是对别人动了心。他觉得自己遇到了知音。一个小她两岁的女人,白白胖胖的,城里女人,唇红齿白,会跳舞,打字很快,会编辑照片,写点诗歌,配点乐,就可以载歌载舞。有一段时间,三个人不得不一起吃饭。她不得不做那个女人的饭。

这是发生在什么时候呢?她学车的那段时间。

那段时间她实在太忙了,要给他们做饭,还需要去学车。她在镜子里也看过自己干燥的卷发,和小小的嘴,虽然为了时髦拉成了大波浪,可是那样小的嘴加上狮子王一样的发型,她还是觉得自己太俗气了。镜子里的自己让她畏缩,她感觉到自己受了伤,也感觉到了自己的愚蠢。她曾经以为老爷子是那么好,曾经以为他爱她呢。

她一直在寻找机会让他感觉到她的不可或缺。经过几年的相处,她对他的畏惧和敬重早就已经烟消云散了。她明白她必须让自己看上去重要和不可或缺,色情当然也是一部分,还有必须表现得老辣和狂野。仅仅凭他老于世故对于女人手到擒来的一面,她知道他的身体虽然老朽但还藏着需要不断开胃的心思。她的言谈举止与他平时接触的女子不同,直接而迅疾,是尘土式的。他虽然看起来一副退休老干部打扮,但骨子里也还是酒桌上说荤段子那样的老男人,并没有净化到真正在心底尊重女人,他只是有一些地位有一点儿钱。一旦想明白这一点,再想想自己的身份,既不是真正的保姆也不是真正的老婆,她就知道她该怎样做了。另外,那方面,她尽量去唤起这个男人对年轻时代勇猛威武的记忆。

即使是驾校最忙碌的日子,她也会早早回来,与他坚持每日的散步。他说要出去开会,点名要带新来的女人,他觉得她更适合陪他去。但她捷足先登,装备好了一切。她已经怀疑让这个老人处理掉另一个女人是否合适,所以在主动争取机会引入正题,让那个女人知难而退。

三个人在房间的时候,她会穿那种露出乳沟的背心,有时则穿着松松垮垮在床上才穿的裙子。与他四目相对,她知道他能感觉到她的赌气,便彼此抿嘴一笑。

不能不说他是享受的,两个女人在为他争风吃醋,一个七十多岁的老男人,他觉得这是本事。

她在用事实证明谁才是这个家的女主人,即使自己只是个做饭收拾房间的老妈子,她也能摆出一副主人翁的派头。那个女人睡的是客房,她当时住的还是入门那间屋子。然而,有外人来的时候,她主动去开门;老爷子挽留别人的时候,她主动去生起天然气的灶火。她显示出主妇的尊严和客气,留那些人在家吃饭,给他们端出热腾腾的饭菜,有地方土菜也有炒菜,还会端出老爷子喜欢吃的酸菜和青菜豆腐,她会给老爷子盛菜盛汤,会提醒他按时吃健胃消食片还有降血压的药物。她能看得出那个女人的尴尬，以及在背后对着老爷子哭的时候的愤怒，还有老爷子捏着人家的手的绵软样。但是没关系，生活需要继续下去，她不想轻易离开。她知道新来的女人的这些伎俩，也知道老爷子那些随遇而安的方式。只是新来的女人还不太了解这个老男人，还对这个老男人存有幻想，以为他是动心了，她要留下来讨生活。

他当然不想让另一个女人哭，但是厨房是禁区，总不能两个人都进去，而且大家都知道，她才是雇来的。除了对另一个女人进行明里暗里的欺负，她对他算得上鞠躬尽瘁。所以，他也不敢当面批评她太过分。

她以前很讨厌他让她看他编订的那些书，她只喜欢《知音》《女友》《家庭》《读者》等一类的杂志，她觉得前三种杂志如同日常生活的鸡零狗碎，后一本读了可以教自己的孩子写作文。尽管在不久以前，她装作很感兴趣的样子读过他编辑的书，但是很快就放下了。她曾经也是努力让自己的灵魂跟上身边这个老人的，阅读一些他认为的严肃题材的书，但是才开了头就看不下去了，里面什么故事都没有，就是谁和谁交往了，谁家的公子又升迁了，哪个人开了一个合营公司。比起这些和她不沾边的金融生活，她更喜欢那些从地摊上买来的二手杂志，它们更让她懂得自己被生活需要。然而，那时候，为了重新赢得他的欢心，她试图去阅读他编辑的那些"皇皇巨著"，她想证明自己也是个文化人。

四

当她想起这些时，感到自己也老了，从三十五岁到四十六岁，十一年。她觉得老爷子就像是一道阴影，偷偷地沿着窗户溜入她的生活，趴在她的身上，覆盖了每一个角落。然后，她自己就老了。他才是个小偷。他用双手抚过她的头顶，偷走头发的光彩，夺去耳朵的听力，同时夺去她的好味道，让她也只能跟着他吃绵软的不费力的食品,直到彻底改了口味……还有,一定还有更多……他一点儿也不吝啬地享受着她的身体,让她暖好被子,让她去做一台人体空调,毫不要脸,甚至,一度在人前引为自豪,说这是正常男人的需要,不该因为年老而被否定,还说这是自己的资本。她就是他的零件,就如一个工具一样被用着。但是,她参观了他的老年,还参观了他的死亡,算是全身心占有了他。毕竟,是她走完了他的生命,就像是瞻仰一间快要塌陷的作为历史遗迹的房子,看着看着就坍塌了。

整个事件就是如此。她透过介绍人去应聘,做一个保姆。在此之前当然也试过别的工作,比如饭店端盘子的服务员,晚上收起饭桌打开桌边的箱子,拿出第二日准备卷起来的寒酸的被褥;比如街头那些发传单的阿姨;再比如人家需要的时候就可以叫去的钟点工……初离婚的时候,她什么都做过,把孩子托付给学校或父母,自己什么都要去做,夜里寄宿在做工的地方,或者厚着脸皮去亲戚家。

她记得那些夜晚,独自打着寒战,走在街头,想着日子如何过下去。冰冷的城市让她无从立脚,没有一张属于自己的床。丈夫迫不及待地要离婚,回家还打人,混上了社会上的一个女人,到家来让她看照片,说人家胸好奶子好脸蛋更是好……生活是对比,伺候一个大自己三十五岁的人,有吃有穿,还可以跟着四处走。这些年,也算学了不少东西,用老爷子家人的话说:"付薪把你培训为高级保姆,我们家不算亏待你。"

他死了,火葬场也是去过了,一团烟雾,最后的记忆,而整个过程,却像博物馆一样已经建立起来。身体还记得,她还记得软绵绵的一大团,就像个拔了毛的动物,即使站起来,也总挂着根拐杖,从七十岁挂到八十一岁,在这之前也许就挂着了,她不知道。经常,还会有那感觉。他看她一眼,然后从客厅站起来,缓慢地挪动着步子,跟瘸子一样,吃力地准备穿过走廊。她去扶着他,扶到尽头的那间屋子,等着他顺手拉一把,或者,等着他上了床,她安顿一番之后的退出。现在,他的门彻底关上了,留下了她一个人。她的身体还记得，搓洗的时候，穿衣服的时候，突然之间，她记得自己帮他洗澡，帮他穿衣，从背后抱着的样子……

她想起他最后的死，她不得不离开那间屋子的一幕。

"就你们爸爸而言，我应该说，我吃的喝的拿的问心无愧。你们不让我带走他买给我的首饰，我可以不带。就我伺候你们父亲这十一年，你们哪个不是回家就可以吃便饭？你们的老婆，你们的老公，还是你们自己做儿女的伺候过他？我居然还要伺候你们每次回来吃饭。他给我的只是一个月三千的保姆钱，这是伺候他的，而不是你们。你们才应该感到羞愧。"老爷子已经死掉了，他们赶她走，她说了这话，摊开自己的那个贵重的拖拉箱，让他们检查，过目，然后合上盖子。因为在此之前，媳妇和女儿认为她偷了老爷子的一些字画，要拿去卖，当然还可能偷了别的东西。

她说她会将自己的东西很快搬完。这是埋葬老头之前的事情，就是老头半夜急救那天中午的事情。老头的儿女忙着发布讣告和进行吊唁等事情，老头的女儿们一直以来和她不和，觉得她是凭借身体获得父亲的信任，因此总不把她当回事。

夜里她也没有住在这里，因为正屋和侧房都被占了，没有她的房间。

第二天，她喊了车子来，将那些平日买下的衣物，以及已经穿得半新不旧的鞋子，都整摞了搬上去。她其实很想一走了之什么也不要的，这些年，她够屈辱，妻不是妻妾不是妾，没有名分，一个伴床的保姆而已。但是她知道自己硬气不起来，即使她曾经爱过他们的父亲，但是这又如何说得出口，一个保姆对主人的爱？她甚至没有拒绝他们的施舍，二姑娘和三儿子给了她几百块钱，让她给自己买点东西。他们平日里虽然不骂骂咧咧，像那几个一样，但也并没有给过她好脸色。大约也是因为老头子死了，伤心，所以对她动了一丝怜悯。她接了，不管怎样以后还是要吃要喝要穿要活下去的。她攥着钱收拾那些东西，将它们往车上放，她连推辞都没有推辞，她知道，只要推辞他们就不给了。她的心怦怦跳，但是接过来却没有数,她知道未必有一千元,但从张数的感觉,还是有大几百元的。姐弟俩感谢她对老爷子的照顾,她说应该的。她是过了好多天才觉得自己真正的价值在这几百元面前被抵掉了,这价值具体是什么,却说不清楚。

她想起与他的第一次,整个过程,不能说没有配合和主动,却也有过刻意的惊恐和害羞。她内心希望这样做不只是一种交易,那时候她还是渴望爱他的,至少是愿意去爱上他的。爱又算什么呢?他那里连一个小虫子都不算,棉线米粒,一只压扁的小蟑螂,男女之间基本的吸引,一直不存在的。而且,对于一个有着三个孩子的母亲,爱情似乎已经是奢侈,但她觉得她还可以接受一个男人。在那之前她从来没有想过接受一个比自己大三四十岁的男人。她需要一个年纪与她相仿的男人,身份也要与她相似。

那一次之后,她同自己以前过的那种生活彻底告别了,一种贫穷的清白的生活。她开始过上一种有储蓄却并不清白的生活。但是,与老爷子在一起的十一年,对她具有重大的意义,甚至连她也不能理解那种意义有多么重大,她怎么敢对命运随意否认。最开始的时候,她是仰慕他的,自愿的,但是另一个女人出现之后,他在各种场合捏各种女人的手的时候,她知道生命里的一些渴望是变了的。一种买卖,她拥有这个男人只是一种妥协,他提供了对于她来说优渥的报酬。

还有一些什么,让她逐渐寒了心。

那些年,当她受了他儿女的委屈,他就会对来客说:"她抑郁。"人们看着她,眼神里充满理解。后来,她在那些不想应答他的时光里,就会说有点抑郁,以达到目的。她听见他儿女会来家里吃饭,只要是不喜欢的,就会说自己今天情绪抑郁。她可怜的父母,一整个家族,从来没有谁有过抑郁症,在地窝子和土窑里长大的兄弟姐妹和三个儿女,都不可能有抑郁症。她生活的村庄,只要听见这个词,就会嘲笑,觉得这是闲出来的富贵病,人是要吃要喝要劳动的,哪有什么闲时抑郁。她和老爷子随别人的邀请到日本去,到美国去,经常会看到那些抑郁的太太和老爷,有时是他们的孩子,尤其是那些年轻人。日本有太多这样的年轻人,他们还叫"家里蹲",反正是这种不出门每天靠着别人供养藏起来影子一样的人,靠着吃药为生,说是患有抑郁症。没有想到为了让客人们觉得舒服,他说她有抑郁症。

具体的事情,实在太多了。她记得他的小女儿每次来,她总不被允许上桌吃饭,而饭菜是她做的。她听过那样的谈论,很明显,人家的小女儿不怕她听到。

"我们雇的是一个保姆,你怎么可以让她上桌?"第一次,吃过饭她在厨房洗碗的时候,听见了她的话。

"人和人一样的。"他慢腾腾地说。

"但是我们不一样。"他的小女儿说,"你怎么可以这样?我公公说来这里吃饭的时候,她居然不识相地坐在桌子一边,什么也不说。这太没有面子了。"

"你公公还说了什么?"他问。

"北京那些当官的,哪个让保姆上桌?他说连个话都无法说。"

他的小女儿嫁得好,他一直引以为傲,这她是知道的,想不到她却对她如此。

"她也希望可以嫁得好,嫁到北京有个做官的公公,可是亲闺女,你想想,她不希望上你上的班、穿你穿的衣服、吃你吃的饭?"

"谁让她是那命?"他的小女儿说。

"不要再说这些,这是不人道的。人家是保姆,也是一个人。"

"爸爸,你不是因为她是一个人而让她上桌吧?你只是因为寂寞。但是我们不一样,尤其是我公公,他那身份……"

"我一个人总得有人照顾。你们做儿女的也不回来陪我吃饭,她健健康康,吃起饭来有带动力。她来跟我做伴,你们还如此嫉妒,嫌弃她是乡下人,还嫌弃她上桌吃饭。在这个家里,我经常见到的是她而不是你。"

"你要找,也该找一个能上得台面的。"

"像我这样的年纪，需要的是陪伴，而不是上台面，她能时时刻刻陪在我身边。"

"我哥他们都觉得这事丢人。"

…………

接下来，父女俩坐在那里都没有说什么话，电视响着。她全部听见了，虽然厨房的水开着，实际上她站在客厅的屏风后。她不是成心要听的，却还是听见了。

小女儿当天买了晚上回京的机票。

隔日，他说他的这个小女儿人很好，还给她收罗了一些旧衣服。他说见到自己的女儿很开心，这个住在北京的女儿不常常回来，回来总是很忙的。

那晚，他沿着床沿躺了很久，她提醒他小心掉下去，他却显得似乎没有听见。是不是也觉得她丢人？她实在开不了口来问。

他以前就说过了："你让我心烦意乱。"她以为他是爱她，才这样说的。

"我要离开这座房子吗？"她终究还是问了，试图看着他，而他闭着眼。

"你不要闹，你也知道我人老了，心脏不好，血压又高。你在这里又不妨碍谁，当然会一直在。"他闭着眼睛说。

"等到你死再离开？"她没有问，但她相信。他们都知道这个答案。

她能感觉到他的无力。她看着那情形，不敢再逼迫他，于是平复下来，扶正他，替他盖上了被子。

等老爷子入睡之后，她回到了自己的小房间，狠狠地哭了很久。他是听不见的。听见了又能怎样呢？

后来的几年，她理所当然地享受着他的房子、他的车子、他的养老工资。有时她也会抱怨自己没有钱，老爷子就会让她去领一些津贴。他并不总是很大方，甚至算不上大方，他还有自己的银行卡，并不只有一张养老津贴卡，但是他不想让她过目账目。他给她的工资都是从退休金里面取出来的。

她有使用车子的权利，也会要求老爷子给她购置一些衣服，甚至还要了那么几件首饰，玉镯子、金项链、玛瑙串珠。一些时候他会答应她购物的请求，一些时候他会忘记自己答应过的话。他对她越来越依赖，但他自身的状况却越来越差。门口卧室的空调坏了，她借此请求搬进他主卧旁边的客房，他当然是答应了的，说正好可以近距离照料。那之前，他们就经常一起同床了，只是他人胖、壮实，半夜老打鼾，又老失眠，而她有时需要白天开几个小时的车子，所以并不每天睡到自然醒。她想搬到靠近他卧室的那间客房，纯粹是因为那里的太阳好。她喜欢太阳。也不是没私心，人来人往，大家看着她住得差，就知道她地位差，会更不尊重。虽然，有时候她会挂断老爷子的电话，请求老爷子办事的人来了会吃不到饭，但是，随着他越来越老，其实也越来越寂寞，还是需要一些外在平衡的，比如允许她住进靠近主卧的房间，比如吃饭的时候让她坐在副主陪位置。她需要这么一些渺小的尊严，她觉得虽然自己靠的是双手吃饭，但人们的眼光……

　　两个人在一起久了，有互相厌恶的地方，但生活呀，她最后真怕失去他，他也对她越来越体谅，说是怎样也要给她搞一套房子住，尤其去世前的那段时间。——可是已经来不及了。他是突然去世的，但在那之前已经有过一段特别的经历。她听不到他的喘息声了，就会敲门，然后推门走进房间去摇醒他。有好几次，他被摇醒的时候只会痴痴愣愣看着她。他有时也会感激她对他的照顾，说儿女们虽然混得不错，但是回家来都是风一样刮一下，只有她是真心的。他说人活一辈子，真心和实意，也就老来那几年。

　　"你要经常推门进来，要是我夜里出了什么状况，你要赶快打电话给那些孙子和叫救护车，或者我醒着，你开车送我去医院。"他经常会对她进行这样的嘱托，她则哭着请求他不要再这样说了。那个时候两个人也许互相爱着，至少她不想他死掉，她听得见内心的祷告。

　　她当然也想过他的死，想到在他的房子里无法再住下去，想到不能继续开写在他儿子名下的那辆车，电脑也是不可以带走的，不过倒是有一台旧的,在母亲家搁着,已经是用废了的。她想得更多的是他死了以后自己如何生活。她想了又想,想不出所以然来。以后,儿子结婚生娃了,去替儿子看孩子,跟着儿子过日子。她不会想到儿子在大学的时候,老头就死掉了,像是丈夫半路走掉。这时候,她一下子感觉到儿不需要和女不需要的空落,她才体会到了他的晚年,儿女都是应付一样回来看一眼,没有体己人,才有了自己。她第一次有了患难夫妻的感觉,却是在他死了以后,她想着他,眼泪终于落下来。她从来没有想过人生还需要为钱以外的事情哭,这是第一次。

附:

生活啊!

那天早上,山村的鸡还未来得及鸣叫,海燕接到了去上早班早起的儿子的电话。他已经大学毕业一年多,混在省城,最近找了一份还不错的工作。他说妹妹也大了,正好在一座城市,让她去正好一家几口在一起。儿子说自己的工作在郊区,离妹妹的学院也不远,让母亲开一个早晚小吃摊,早上卖豆浆、包子、油条,晚上卖炒饭、炒面,不至于赚不到房租,还可以经常在一起见着。电话里,儿子像一个成熟的大人一样在为一家子的将来筹划着,说:"日子即使不太好,也不会更差,过几年我赚了钱,可以在省里买个房子,这样我们家就从村一步到省了。不过,得省着花钱呢。房子也越来越贵。"他安慰她:"妈妈,总比以前在窑洞里住着好,冬天光线差,夏天从窑顶掉虫子,雨天怕塌下来……现在总比那时候强的。"她当然同意他的想法,这么多年辛苦生活,还不是为了孩子。似乎一切辛苦,终于有了盼头。女人嘛,靠天靠地靠男人,最后还是回到血缘上。她觉得靠自己的手艺,辛苦点,早上早开市,晚上迟一点儿打烊,总还可以赚点钱,给他早点娶媳妇。将来,还早呢。挂了电话,她又将自己的半生仔仔细细想了一遍,为人女,为人妻,为人母,为人的保姆。日子总要过下去,谁能说没有快乐!

齐天大剩

一

网上将她们这类到了一定年龄还不结婚的人叫作"齐天大剩",她已经习以为常。对于没有丈夫的女人来说,过了三十岁,比寡妇门前是非还稍微多一点儿。不过,谁的日子不是一天二十四个小时,无非都是吃穿住,别人的嘴巴也至多只能说说。自从被学生当着她的面唱过几次《三十岁的女人》之后,她认领了他们给她的这个称呼,甚至,还心生感谢。虽然有本小说叫《三十一岁又怎样》,她很想推荐给自己的学生看,但是一想到二十二三岁的人对三十岁没有概念,觉得遥不可及,就想还是不要自取其辱了。这也实在算不上是什么侮辱。

她三十一岁,没有结婚,也不可能跑出个私生子,还不太老,也已经不再年轻,属于可以死去可以活着的年龄。这话不是开玩笑,一个名人说的。对于很多人来说,死在中年之前是件内心渴望的事情,她深谙其中的原因。网络上铺天盖地的中年油腻男,中年肥腻女,保温杯加枸杞,大妈大叔的苟且人生，不看还可以假装闭闭眼睛就可以躲过这个年龄，一看，就是张家界那山顶玻璃栈道，吓得人心跳。

她分了学校的房子，要交一笔钱，因此狠借了一大笔，三十一万元。这可不是开玩笑。她只是一个刚刚参加工作一年零一个月的人，但是家里盖房子的原因，第一年的工资全部垫了进去。另外，她每个月给分居的父母各五百元，逢年过节以千计，要维持一个单身者的日常，这点钱固然有点少，但是在农村，这点钱已经差不多了。按理说父亲在农事上会有点收入，但是不给父亲只给母亲，总也说不过去，因为小时候父亲对她更好一些，她不想他知道了伤心。

自从买了房子之后，她不像以前初工作那样给钱了，但是心里还是很着急的。此外，母亲也总是有意无意地在电话里提到要她结婚，学校里也经常不定期开展单身者相亲活动，这是作为员工的福利，领导也总会有意无意问询一下，希望她参加。她为了不让母亲在这方面多唠叨她，也要给着她钱让她少说两句。拿人手短，用在父母身上同样适用，但父母依旧如此，只要做客她工作的城市，逢着不开心就哭，一边哭一边说："你这辈子不圆满我们放不下。"这是父母的一致之处，吵了大半辈子的父母，儿女的婚事上倒是一致对外，自己仿佛仇敌。姐姐已经被逼生，生了一胎生二胎，生了二胎还在催着追生个男娃，说是没有男娃不行。一辈子讲究，攒下的钱也不知道给谁花，不能便宜了外姓人，再说坟头上总要冒烟的，否则一辈子太失败，婆家的祖宗要连着娘家骂，娘家丢不起这个人。另外母亲还说了，女人这一辈子苦，到了四十岁就眼见一辈子了，风也来了雨也来了。在娘家扎不下根，不如个外人，炉台锅灶的命，随时得伺候着，不然男人到中年，停妻再娶妻，随时可以的。她说又不是有个龙位虎位接替，必须生孩子，她母亲就咒骂她是姑子的命，叫她姐姐不要听她的，要走人道，人道就是正道，正道就是女人要生男娃。在她这里是逼婚。父母要"圆满"的。方言土话里，圆满是有家有娃，家庭幸福。父母要她圆满，不然就会哭哭啼啼,害得她年都不敢回去过,怕母亲哭。现在人到三十一岁了,终于走在了相亲的路上,因为除了父母,单位领导和其他同事的眼光也已经异样了。不行就形婚,那样总也是合适的,至少家里可以交代,单位同事眼里也可以过得去。虽然社会新闻里太多这样的例子,剧情风险大,不好模仿,但生存压力更大,环境越来越逼仄,不如就这样吧。

那天在从图书馆出来的当儿,她看见了图书馆的一位女老师(虽然只是图书馆的管理人,但寻常相见,只要是一个学校的职工,大家都互称为老师),过去打了招呼,然后两个人一起出校门。她们是在获奖的时候认识的,图书馆颁了一次读书达人奖。她因为平日很少买书,有随看随扔的习惯,又没有自己的房子(现在虽然分到了学校的房子,但也处于未装修阶段。首期合同如果完不成,钥匙即使拿到了,也要退回去,到时只有走人),因此经常到图书馆去。借的书多,居然成了达人。就像学生时期学校以学生去食堂吃饭次数为参考发补助一样,没有人具体考核哪些人是真正的贫穷。说起来丢人呢,学校里评读书达人,以册数为统计,社会上一些好事者居然指手画脚,说是不应该以此为标准。实际上这只是学校鼓励学生和教师多进图书馆的一种方法,给张证书无非是鼓励,居然被一批好事者引经据典批评,意思是读书不在多而在精。但他们完全忘记了老祖宗的另一句话:“读书破万卷,下笔如有神。”当然这是旁话。

“啊,好久不见你了,最近忙吗?”图书馆的老师问。

“嗯,已经结束了,带了一些学生田野调查。”

“那件事情怎么样了?”这个中年妇女看着她。

“当然没影子。”

“哦。最近有一个人,和你一样,也是工作没几年,忙着读书没有结婚。是我朋友家儿子,你看,要不要见见?”已经走到了校门,她这样说。

“也好吧。你看。”

"什么我看我看的,这可是终身大事。你这样说,我就把你微信给他了?人家父母都是双职工,退休了,在市里有房子。"

说起来,这个老师算是她的恩人。她从她那里借了很多书。一个员工只有三十本书可借,有时她明显超过了额度,但是割舍哪一本她总是舍不得。只要她在,她都会满足她。这样的恩情算不上大,但也不小。她已经说过,要给她介绍对象,几次了。她一直以为是开玩笑,没有想到这一次人家储备了一个真人。

这只是开头。现在,恋爱则快修成正果了,当然不是这个图书馆老师介绍的对象,但也是从员工相亲活动里找来的,所以要感谢学校。听说共青团也很关注大龄青年结婚问题,各种方式督促单身青年多约会。

她已经三十一岁,有时吸烟,经常酗酒。大多数人认为这个年龄一切都定型了,工作、婚姻、孩子。而她还是个难民,于是就当难民处理。热心群众介绍的对象里面,有死了老婆的、有离婚无孩子的、有有孩子离婚的,还甚至有分居者,也来凑热闹,愿天下有情人皆成眷属,人人都在帮光棍找有情人呢。农村出来的大学职工,经常被城里的人嘲笑,因为就连选择另一半,父母也没有背景帮不上忙,去相亲角都填不了表格,所以最终成了婚姻困难户。

她以前还想放弃大学的教职,毕竟她一直渴望南方,希望到海边去生活,但是从父母到朋友,都认为这个想法太过幼稚,属于二十岁而不是三十岁。她的大多数朋友也已经上了三十岁。人们告诉她,职业要紧,三十五岁是职业的分水岭,二十五岁是女人的分水岭,既然二十五岁没有分好,三十五岁一定不能再糟蹋了,不然职业也差了,男人缘也尽了,一辈子就朽木碎玉一堆了。

自从分了房子后,她也不再看那些以前随意借来的书了,借款要紧,得还,所以工作要抓上去,而抓工作,合同论文要完成。完不成合同论文,三年合同期限一到，学校赶人，工作泡汤，房子泡汤，就如这城市的羊肉泡馍，泡久了一切都馊了。

她教大学一年级，某种程度而言，绝对是种慰藉。这个年龄段的孩子，刚刚高中放飞，初上大学，一切都还没有形成，包括那种看不起天也看不起地的表情还没有形成，还有着对文学的信仰，对现象学也充满好奇，喜欢中国文学，但也容易被外国文学迷惑，属于可以忽悠的阶段。而她呢，中文系毕业，一学期十八节课。学生自我介绍一节，讲文学写作的角度、态度与温度，文学写作的三象：物象、事象、人象，各一节，佐以实例，就是六节，小说散文诗歌六节，习作分析两节。前面加起来，就是十五节。她再从头分析，讲文学作品的风景描写和心理描写，各一节，就是十七节。最后一次，第十八节，随堂考，也或者，如果学校统一安排大考，就让学生自主复习，或者赏析某个名家名作，就算是十八节了。不愁配不够课时，而且质量亦不会太差。在硕博阶段，她读的都是中文系，曾经在博士阶段为一个专科学校带过文学课，她半年就将现代文学三十年的课程讲了过去，也是十八周。文学史上那九个作家——鲁、郭、茅、巴、老、曹，加张爱玲、钱钟书、沈从文，各两周，九个作家就将现代文学瓜分完毕，其他人只是陪衬人物，历史背景亦是他们的文学作品之陪衬。文学史就这样写的，感谢文学评论家们的偷懒，其实应该准确说，感觉编写文学史教科书的人偷懒，他们依照数量瓜分了文学史，而她这样的学术民工，自然就可以对症下药。

教大学一年级，学生可以和老师讨论亲情、友情，讨论即将展开的或者已经展开的还有点生涩的爱情。一年级，简单得要命，眼看着时间一周周过去，学生们跃跃欲试，人人都想交上一篇完美的习作，只除了那些懒于动笔对汉语不大懂不知道学校从哪里搜罗来的偏远地区的学生，有的甚至不是这个国度的人。

下班后与同事吃饭，教师们谈论的也多是责任的话题，大家都觉得自己对学生是有责任心的，希望他们有个美好的前程。用她姐姐的话说："你们学师范的早就形成了一种定向思维习惯，喜欢拯救别人。"她姐姐学的是法律，向来言简意赅、切中要害。不同的专业真是有可怕的专业气质，如影随形跟着你。她姐姐学法律，向来惜字如金，只除了生孩子喜欢叠加，倒像是经济学一样要增加人活一世的证据，在大地上留下种子。其他方面，她姐姐一贯是四两拨千斤，话少到叫人毛骨悚然，一看就是深谙祸从口出之徒；她自己，中文系，大家都知道是八卦废话专业，一身的毛病，朋友圈每日必发，指点江山激扬文字，不过如粪土。这是另外的话题了。她也是强调责任，比法律人强调义务和权利更过分，因此她觉得责任更多属于道德范畴，比如个人责任、集体责任、社会责任、班级责任等。但义务不同，义务属于法律。教师们不会谈什么什么是他们的义务，至少不会随便使用这个词，因为义务是要与法律挂钩的。你会讨伐一个人说："你不负责。"但你很难讨伐一个人："这是你的义务。"责任和义务，等级不同。

同事们有时会问她教学情况，有时也会问她有没有继续进行创作，如果她说她很忙，他们就会心有默契地点点头。初次工作，精力被学生占去是难免的，大家都是这样过来的。

那个学期，她被安排带学生到乡下去进行毕业前的田野调查。开始几天难免是新鲜的，对于学生亦然，但几天过后，孩子们和她都觉得疲惫。学生们不能自主跑回去，她自然也是不能的。

二

也就是这段时间，她认识了那个叫希腊的人，是别人把他介绍给她的。在学校工会组织的单身职工相亲活动中，一个领导认真负责地介绍了几位单身者给她，其中就有他，当时没有说他已离婚，带着一个小孩，只是说给她介绍个朋友。他四十多岁，一九七〇年春天生，有个上高中的女儿。这是后来相处得知的。离异，也是后来相处得知的。工作呢，在市内的一家报社当编辑。她的领导朋友虽然觉得男方年纪有点大，但就如图书馆那个老师的说法一样，过日子嘛，总归是柴米油盐，多个选择也不错。社会现在放开了二胎政策，出生率远远跟不上国家所需，人口危机是个问题，大龄剩女早就是个问题，尤其高校里的大龄剩女，所以要有紧迫的社会责任感。这是领导的原话。年轻的领导，三十几岁，工会里面不大不小的官员，但认真负责。人家开着玩笑，但话语铿锵有力。这也是工作，领导的微笑你以为那是在玩笑，谁知道这不是政治任务？毋庸置疑，谁都会死的，平日无非柴米油盐。农村还有一句俗话："挑什么挑，黄鸟一窝，黑鸟一窝，拉灯都一样。"所以找哪一个都一样。就这样，希腊给她发短信也比别人殷勤点，那就希腊吧。

不过，希腊的一些优点她还是欣赏的，也不能单纯说与他的交往完全是来自社会压力。希腊来自新疆，祖辈是两湖人士。她后来想，八千湘女上天山，说的也许就有他家族的一些事，但她并没有问过。他在这座城市已经生活了很多年了，却还依照在新疆早年生活的传统，经常自己做饭。

"你想结婚吗？"他有一次在微信上问，当然是第一次见过面之后。

"有人给我做饭就结婚。"

就因为这句话，他后来就来做饭了。

希腊的女儿和她妈妈生活在一起，但是经常住在希腊的房子里。因为希腊的房子，更靠近女儿就读的高中。希腊介绍他女儿给她认识，用的话语是："给你介绍一个语文老师教作文。"希腊的女儿一张娃娃脸，嘴巴却没有长相甜，但还是客气地叫她阿姨。三十一岁，被一个十八岁的女孩叫阿姨，倒也能咽下这口气，毕竟学生还叫她老师呢。在年龄上，尊严实在不算什么，就是告诉世界上的所有人你永远十八岁，该死的时候一样会死掉的。

他其实就女儿的见面做过认真的安排。他说女儿喜欢典型的艺术气质，在此之前，他说他看见她的第一眼就觉得她身上有种特别的艺术气质，眼神清亮。她那时候心里想，人丑就说有气质，自己算是碰上了。他说女儿数理化都顶呱呱,是个天才,但是语文不行,作文总被扣分。

她说她明白。

"你要不给她指点下?"

不由分说,孩子就如此被带来了。她以前从来没有想过带不熟的陌生人进房间。她自己一个人的时候想过,除非有人做饭,做饭师傅将家属带来,也似乎无可厚非。

在此之前,她想过跟他同居,一起去度假,却从来没有想过将他介绍给家人和朋友。她不是那样的人。虽然工作也已经有一年多,但是她喜欢中学生式的恋爱,鬼鬼祟祟,只有自己知道,这样安全。她独自一人租住在单位外面几百米处的一间单身公寓里,也是这打算,即便不结婚,找个情人,住在单位里也不好,低头不见抬头见,总不能分了一个很快再找一个,不自在。

他没有通知或者就那样算是通知地带了自己的女儿来吃饭,她则为了表示欢迎,蒸了米饭,帮着去了土豆皮,剥了葱蒜皮,最后洗了盘盏。

看得出来,在家里他也是经常做饭的,所以两个女人吃起来并没有什么尴尬。

尽管,她叫她阿姨,她还是有那么一瞬震惊。

他笑着看向她,对小姑娘说:"好好向阿姨学习。阿姨现在已经是老师了,你到这个年龄如果是大学老师爸爸就放心了。"

小姑娘站在房子中央,将叫阿姨时摘下的耳机又戴回了耳朵。

他红了脸,去厨房。

"你这里没有电视?"小姑娘问。

"没有。"她回答。

在此之前她就已经知道了她的名字,他说的。多雨。因为算命先生说了,命里缺水,所以叫多雨。

多雨,天气预报的说法。

"让她去玩一会儿电脑？"他站在落地玻璃做成的厨房门边说。

多雨已经走向桌子旁的电脑椅。

"农村大妈大爷才听的歌。"

他喜欢做饭的时候听歌，她就给他放他们新疆特色的民族歌。在此之前，她知道小姑娘钢琴弹了多年，过了八级，尽管已经高三了，但还时不时练习。

她不懂音乐，从小生长在偏僻的乡村，终岁不闻丝竹声。小姑娘批评，她就认为说得对。虽然她不喜欢那口气，但毕竟还没有生过孩子，谈不上是大爷大妈。

"土。"她扭头看她爸爸。

"多雨说话很直。"他在之前说过，现在则做了个耸耸肩的动作，意思是让她大人不记小孩过。

吃饭的时候，多雨又继续开始批评民歌，说酸得不得了，一群文盲才喜欢，并对她爸爸的评语丝毫不以为然，说是十八世纪的人才喜欢这些。

"十八世纪？你们俩倒有共同点。"他这样说，完全是回护女儿的口吻，因为她平日也喜欢说十八世纪的事情。

风雅风雅，有风才有雅，民间的东西，从来都是唱罢大雅唱魏风，没有什么阳春白雪与下里巴人的准确分界。

她想这样说，又怕引起小姑娘新一轮的愤怒。

就说自己年老了，只能听这个。

多雨扭头看她爸爸，一副厌倦，说："我要回去做数学作业。"

那天送多雨他们走之后，这个男人回家之后给她发短信："小孩子，是有点挑战，现在又在叛逆期，不过真的很聪明，非常可爱，相处久了你就会知道，到时候你会比我还喜欢她呢。我的同事都觉得她聪明，她成绩高得很。那所中学你也知道，不是一般人都能进得去，她是要出国的，以后……"

她想起大学时候那个被父亲认为是天才的孩子，那时候她在徽州的一个小学院就读,已经开始写点文字了。一段时间,她经常被当地的一个富豪骚扰。那个富豪倒不是看上她,而是他的女儿看上了她,点名要她去带家教。——他认为自己的女儿是天才。那个小女孩找她去带语文,完全是想刺激她,因为她见不得她在小地方的报纸上出现,她觉得自己才是天才少女作家。那时候小姑娘已经自费出了好几本书,俨然一个"大名人"。

"爸爸说你会写小说?"他们又一次吃饭的时候,多雨问。她盯着她看,显出吃惊又不信的样子。

"我只是教写作。"她说。

她写过一点儿东西,自己也谈不上什么满意,出过那么几本书,连地摊上都找不到,书店的旮旯拐角都不会看得到,就是出版社给了她几百本让她自己送人,还老被人不扯签名就扔垃圾桶,被好事者拍了照发到网上嘲笑,说现代一批不要脸的文人在浪费大树,出版一些被人当垃圾扔的东西。她算是有自知之明的人,所以从不自吹自擂。写作一定程度上是工具,学习的工具,找工作的工具。

"那我问你,你和学生谈恋爱吗?"多雨问。

"这怎么可能。你会喜欢你们的老师?"她问。

"我讨厌所有的老师,尤其讨厌语文老师。我们的语文老师太令人厌恶了,就是个八婆。"多雨像是忽然想起什么,厌恶地说。

"我才不在乎呢,那破语文——"多雨接着说,盯着她的脸。

"语文没有那么难的。"

"我们那八婆老师说写作就像那个,好恶心……"

"什么?哪个?"她脱口而问,却立即理解了。

"我们老师让我们多关心时事新闻,高三的时候要考的。"吃晚饭的时候,多雨说。"你这里没有电视,老古董了。爸爸以前找的女朋友的家里很大的，又有电视……"小姑娘噘着嘴说。

希腊去洗碗了，她不知道该怎么回答。目光求救地注视着落地玻璃隔着的厨房里的男人，恨不得他快出来拯救。

"你不觉得自己也应该关心时事？"多雨问，同时耸了耸肩。

"我不喜欢看电视剧，控制不住自己，一看一大就过去了。"她说着从沙发的左边坐到靠近厨房的位置。

"你不觉得大学老师不应该与社会脱节？"她追着问。

"我不关心这个，何况有网络。"

希腊从里面喊着："说什么呢，你们俩？多雨你好好和你阿姨学习，她高考语文还是全省状元呢。"

其实并不是，但她不想反驳。多雨不会永远待在高中，实际的生活里分数并不会永远那么重要，再说，她又没有考虑好给她当后妈，何必管她知道哪些是真的哪些是假的，没有解释的必要。

私下两人相处的时候，她也和希腊说过，希多雨已经不是小孩儿了，不要吹捧。他解释说希望孩子喜欢她。

她觉得有点害羞，似乎已经要去做人家后妈了，在适应。她的心真还没有到那地步。

三

"你可要想好了。人家和我一代人，比你毕竟还大了十几岁。经过深思熟虑再做决定。"她去借书，图书馆经常给她方便的老师给她支着。她早就和她谈了他们的事情。虽然偌大的学校偌大的城市，但平时说知心话的，其实并没有几位，这个图书馆老师是一位，她喜欢她实话实说，不拐弯抹角矫情伪饰。

图书馆的老师其实不建议他经常去给她做饭，说影子还没有的事情，被外面知道了，会觉得你们同居了。

"这座城市小，很快大家就知道了。你可要想好了。"图书馆的老师接着又补充。

图书馆的老师在年轻时忙着读书，后来硕士毕业就结了婚，不到一年就离了，生了女儿自己带，倒也十多岁了。那女孩儿早恋，经常带不同的男生回家，不然就闹离家出走，在学校也是三天打鱼两天晒网，哭着闹着要辍学去深圳东莞做生意，说那里可以发大财。有时图书馆的老师哭着给她打电话说："恨不得将女儿塞回肚子里。"她说自己结婚就是被家人逼迫的，早早结婚又早早离婚，一手把孩子带成了问题少女。

"你可要想好了。"是图书馆的老师的口头禅。

"这年头给人做后妈不容易，养个孩子更不容易，你这样下去，总不是个办法。要不把证领了？"图书馆的老师小心翼翼又带着支持，在她听来却是一个坑。她无法想象结婚是什么样子。房子里多了一个男人，还有他的女儿，以后可以吃到可口的饭菜，这是个诱惑，但肯定要添加电视。多雨早就说了，要边看电视边吃饭，这是城里人的生活方式。她讨厌电视，电视一开，感觉就像住在一个广场。

"其实你还小，也就三十岁出头，没必要这么急着给人家当继母。"图书馆的老师一边轻轻捏着桌子上的一枚绿萝叶子一边说，就像忘记了自己以前给她介绍的人，也是离了婚的，只是年轻一些，孩子给了女方，每个月付着钱，也得去看。图书馆的老师那时候说："他人好。你不是喜欢会做饭的，南北菜都会，又做着一个小官？你现在也老大不小了，很多人结了离、离了结，你至少应该结一次吧！"她那时候这样说。

"你可是个好老师呀，还年轻，要考虑对学校的影响。不结婚这样人家做着饭，这会影响以后的。"临走的时候，图书馆的老师这样说。

以前说别人，说得头头是道，轮到自己却不知道该怎么办了。希腊说好也不算特别好,但是能来做饭,将房间收拾得干干净净,每次走的时候主动将垃圾倒掉,收拾收拾屋子,他确实给了她一种家的温暖。

除了第一次,她从来没有去过他那里,因为他和父母住在一起,还有孩子,她总觉得不合适。第一次的印象并不好,房间里很挤,完全是因为陌生的原因,还有他父母、小孩,但他倒是热情。当时她还考虑要不断了,后来继续交往,也就不做什么计较了。希腊倒是说一起吃个饭,她也总说没时间,得填表。

她的工作就是备课填表,先填市级项目表,接着填省级项目表,然后是国家项目表,依次又是科研项目表,又是教学项目申请表。时间挤一挤总是有的,但她没有那热情,希腊也就不张罗。

她工作的第一年,负面情绪都交给了表格和培训上。省级培训加校级培训,几乎每个周末都被占据,但是那些培训并不能从实际上提高她的专业技能,更多的只是相关几个机构的形式过场。走完全程还需要你不断上传音频,线上听讲,不管你听不听,打开,播放,就算是测试默认。然而,你自己心里清楚,每次输入账号,登录,打开,找到那几个你依次听下来的栏目,一整个上午或下午就这样被碎片化了,你心里升起雪花般碎碎的哀伤。相比于培训而言,表格的那种内在损耗来得更为直接,也更为痛苦。读书年代得备考,工作年代得填表,她知道没有办法反抗,不走这样的形式主义,难道去搬砖块,那样倒是有劳动的成就感,不是在做无效工。但薪水呢? 安全呢? 鱼与熊掌不可兼得。

博士毕业并不好就业,尤其像她这种根本没有踏出过国门的土博士,要不是因为考博找了个好导师,说不定就如那些抑郁或者被导师逼着跳楼的博士,不到毕业命就报销了。她签订这个单位的合同的时候,走的是教学科研岗,也多半因了导师在学界的名气,人们以为名师出高徒,勉强收了本硕出身连三流院校都不是的她。读了多年书,教学自然不在话下,但科研需要论文。入职之后才发现,教学科研岗的特征,就是教学的项目得申请,科研的项目也得申请。一般人认为没有项目是可以的,年终考核不过会被扣分,这也无非就是一点儿钱财,面子和钱财,只要够糊脸和口了,就不必太在乎。然而她的重要问题是,合同里要求必须有项目。教学和科研方面的项目是分着的,但项目的名称却差不多,校级项目、市级项目、省级项目、国家项目、教育部项目,除了这些,还有重点项目以及重大项目,你得适时适度看如何填报。另外,教学微课比赛、教学创新大赛等你也要参加的,但那样的表格和PPT相比这些而言,已经不算是折磨了。以上的项目乘以二,是一个人的总申请项目数,因为有预报和正式报名。前面已经说了,教学和科研算两方面,申请不到课题你得一直陪跑,申请到课题下一个课题正在结项中,你得继续开始又一轮填表格。以至于大家互相问起来,"在做什么?""在做表。"这是常有的事情,也不能不说是悲哀的事情。

她的一些朋友不明白她为什么一提到填表就发怵,他们甚至说有便宜不占白不占,填了可以登记成就的表可能有好处。因为她确实有时写一点儿文字,还出过一两本书,但是一想到表格的流程,她就望而生畏。科研是工作之分内要求,不得不做,但她不希望自己的创作也被绑架进去。那些不知情者,他们以为填表格是那种非常客观的事情,比如姓名、地址、婚否、家庭成员、既往获奖或处罚经历。但他们不知道,她的表格几乎每一个都有这样的流程:选题依据、研究内容、思路方法、创新之处、预期成果、参考文献,最后特别标注一句不超过五千字或不超过八千字,这个字数限制是为了提醒你要接近这个数字,不然申请就没戏。除了这个数字外,你还得计算申请项目的钱如何使用,必须一项一项列出来。数字是一种纠缠,你不得不提前计算那可能到手的钱如何使用,就像彩票中奖,偶尔会有那么一次,你碰上了,然而在那些碰不上的项目里,你也得精确地做出统筹。

另外,还要有课题组成员,必须有两个推荐人,除了填他们的信息,还需要他们本人签字。课题组成员一般至少两三个,推荐人两个,就是四五个,你得让这些人提供信息。这没有什么问题,问题在于签字。给你的截止日期是某一天,在那一天项目组会有人在专有的打印室等着你,你等着打印人员调好格式,按他们提供的打印纸张打印出来,你再找这些人签字。课题组成员当然一般是讲师及以上,推荐人至少是教授。这些人即使想帮你也是忙的,没有人专门辛辛苦苦集合了等在打印室为你签字吧?因为这并不是生死攸关,每个人有每个人的事情,没有人会为了一个对自己无关紧要的签名赶到这里一趟吧?这时候你不得不做的一件事情就是,请打印室的陌生人或者某个你看到的熟悉的人,写下你心中课题组成员和推荐人的名字。你还得找好几个人,不然笔迹相同,似乎说不过去(实际上谁关注这些呢)。你的申请成功不成功与这些并没有多大关系,但是必须有这个形式。

她的推荐人之一一般都会填她的博士导师,一者是一种崇敬,她觉得她的导师指点得了她,而且他应该不会拒绝推荐她;另外一个原因是如果不填她的导师,她应该填谁呢。这就造成了一种痛苦。她不得不请某个陌生人或熟悉的人在推荐表格签字栏写下她导师的名字。她倒没有古人的犯上之感,但这未免是一种亵渎。一个你尊敬的人,你请一个陌生人代他签名,这种感受太难以形容。如果不找导师推荐,另外的教师,签别人的名似乎也是一种越界。自己的导师作为这个专业的学界人士,居然不推荐你,你去找别人?她相信大多讲师如她,如果不经常混迹自己专业的学术圈子,其实并不认识多少教授的,至多看过其著作和了解其研究方向,要说多么熟悉,多半谈不上。这也客观上造成了一种悖论,一方面你不得不宅于室内安心做学术,另一方面你又得长袖善舞,今天参加某个创新学术会议,明天去为某个人出的某本书写几句话阅读感,后天在朋友圈,为只是混在学界并没有什么理论的学术明星点个赞,以保持出场率。这样做客观上也是为了多寻找几个课题组成员,因为课题组成员也是有要求的,不能同时是几个课题组的成员,必须有合作的成果……

表格是个网,人们困守其中,然而人人还是盼着中奖,尤其是国家基金项目。一些年轻教师,要么研究西部某个落后小山村的民俗,要么研究文艺讲话的现代性,一交就中,而且还被立为重大项目,钱更是在头顶铺天盖地地飞。年轻教师都有这样的运气,谁能说自己撞不到狗屎。于是,大家都来填,合同里没有项目要求的也来填,竞争激烈,场面壮观,就不知道肉包子落谁家,人人等待着。

每次,当她填不得不填的表格的那几天,她通常不见人不洗脸,埋守在一堆线框内,像一种报复。好在有希腊,还给她做饭,这样的男人她怎么也是感激的,但希腊也有一大堆事情,明明一份编辑工作,却经常得下乡,而且个人生活里,父母年纪大了经常生病,分给前妻的女儿住在家里。希腊的面包屑生活,和她的表格生活,都是一样的生活,不得不撑着。

必须申请一个项目,合同才可以通过。希腊也是知道的,所以从来在两个人的问题上不催促,难得他体谅。也许他比她大十多岁,所以觉得不要操之过急,这也是一个原因。但她真是感谢希腊对她总是不断填表格的支持,每次来吃了饭,静静地收拾杯盘,倒掉垃圾就走了。当然也有过几次想留下来过夜的想法,但看她首如飞蓬,整理着一本又一本的书,就说自己回去也要编稿子。

她有时会说:"晚点过来过夜。"似乎是客气。希腊既不表示高兴,也没有表示拒绝,但夜深多半不会来的,有时会说是陪女儿复习功课,检查作业。高中生了,要定心。偶尔留下来的那些夜晚,像是恩赐,她却有一种感激。日子需要这样过。

四

希腊会做湘菜和新疆菜,尤其拌面和抓饭拿手,他说自己蒸菜也是一绝。隔不久,她会给他发个红包,微信表情发条狗,哈哈着,上面标着字:"伙食费"。开始希腊是不收的,慢慢也就习惯了,因为她说得分明,不喜欢占男人便宜,也不想吃来自男人的亏。希腊说她们这些高校里的女生,应该叫女生物,和社会上的一般女生有点不一样。

希腊也算是憨厚老实,甚至可以说讨喜。每顿饭到了最后,他都能吃得干干净净。她喜欢这样的男人,吃起饭来狼吞虎咽,办事也实实在在,有时甚至很动情,多雨不来的时候,临分开,非要长长地热吻几次才罢休。她舍不得他走,又催促着他回去帮女儿复习功课。

房子的马桶坏了,希腊来了修;新添置了一张阳台的床,希腊来了装;墙上的字画掉下来了,希腊来了粘上去;要洗被套了,也是希腊来了两个人合着拉下来;单位发的过年的米面油,希腊用手推车去取了推回来……她甚至算是很开心的,发朋友圈,配着图片:"养兵千日用兵一时"。除了身边亲近的朋友,别人问起来,她就会说:"不会做饭,又借不到人家的厨师,就偷了一个。"有时也这样说:"养不起小狼狗,就养了一条老狼狗。"她以前和人开玩笑,总说:"癞蛤蟆想吃天鹅肉,我以后要好好赚钱,四十岁的时候专心致志和二十几岁的年轻人谈恋爱,老天鹅要吃到青蛙肉。"她现在三十岁出头了,往四十岁上爬,是写着"生人勿近"的年龄,哪有什么癞蛤蟆,倒是自己成了没有人吃的老天鹅了。她逢熟悉的人开玩笑,大志也算完成,虽然成得一塌糊涂,现在的生活状态,是老天鹅偷吃老癞蛤蟆肉,互相哄着。

她也问过希腊为什么离婚,希腊吞吞吐吐,也无非是绿色草原的故事,离离原上草,一弯一大把,自己撞上了。看得出希腊是有点受过伤的。他倒没有表示以后要好好对她。她也没有表示。

"我们学校的艺轩的爸爸的书拍成电影了,你的可以吗?"那日希腊又带多雨来吃饭,吃到一半时小姑娘眯缝着眼睛看着她,问。她接着说:"你写长篇小说和电视剧,肯定可以卖钱的。"

"我主要写论文、评论文学的。"她说。

"好吧。我还以为可以给你提供发财的机会。作家和作家都不一样。你是个穷鬼。"她接着说,"一集十万元,艺轩的爸爸写了四十集,一下子四百万元,艺轩要去日本留学呢,他喜欢日本。"

"你也要出去?"希腊问。

她拿眼看向希腊,好奇希腊为何如此问。看希腊的眼神,分明多雨喜欢艺轩。高中生,严格说来算不上早恋了。

他没有看她,而是抬起下巴,专注地面对着女儿,等待着答复。

"以后当然要出去,我妈都准备卖房子呢,你要给我攒钱。"她说着,站起来,走向阳台那边的书架。

她不想有人翻她的书,所以将书架安置在阳台,有人来了,就将阳台的门关起来,有时还不放心,就在那些书上盖上一层纱巾。她有很多纱巾,全部都盖在了书架上。

多雨几乎没有抬头看书架,就已经从里面抽出一本白色脊背的书了。她的心里一惊。她原谅她说过的一切话,甚至连原谅都谈不上,她就从来没有在乎过她,不过是一个情人的女儿,也或者一个保姆的女儿,没有什么的。然而她动自己的书,还是不可忍受。

"看看你的书能不能拍电影。"多雨挑着眉毛说着,带着点挑衅的瞧不起的意味。

"人家艺轩的爸爸可以一部电视剧就四百万元,爸爸你还是编辑,居然一年四十万元都没有,四万元最多了,花过来吃过去。我怎么留得了学?那是需要钱的。"

"是呀。你要好好读书,公费用不了那么多。"希腊说。

"你连生活费也给我赚不到。如果去纽约,一个月光住宿就一万多元,还不带吃。那些出去交换的学生比我都强,现在还有好多申请出国留学的,高二就走了,国内读一年高中。"小姑娘继续抱怨着,打开了她的书。

"这照片是你吗?"

"嗯。"她回答着,并没有显示出多少兴趣。

多雨目不转睛地盯着她看,然后读出了她的名字。

"你们送我出去读书,你们就可以结婚,也可以有小孩子。现在二胎政策都开放了,爸爸可以生。"

"没这回事。"她说。

"什么没这回事?"多雨问,"你以为我不知道你们住在一起?"

"多雨不要乱说话。"希腊说。

她把书插回书架,回头说:"这不是你和爷爷奶奶的打算?趁着你还没有五十岁,生个小子?"

她看着他,想着他也许会解释,却听见他说:"小孩子家要好好读书,这不是你操心的事情。"

"你说啥?"多雨指着客厅的桌子问,"你觉得我应该操心什么?忽然之间我就得经常来这张桌子吃饭,忽然之间你就经常半夜才回家。你觉得我能认真读得下去?"接着,她走了两步,坐在沙发上,继续说:"你们住一起有了孩子,我还有出国留学的可能?妈妈的钱怎么够?"

多雨已经上高中了,不是小孩子了。他以前告诉过他女儿很聪明,却没有告诉过她她说起话来针尖对麦芒,让人喘不过气来。

"这事算了吧。"那天送走多雨后,她给他在微信留言。

"什么事?"

"你以后来做饭的事情。"

"你怎么可以这样,小孩子是小孩子的想法,又不是我的想法。以后她考上了自己去,考不上就在国内上。"

"我不是说这事。"

"那你说什么事情?"

"我不喜欢结婚生孩子,我说的是这事,就这点,结婚生孩子这事算了吧。我一直没有说不代表我就同意。"

"为什么？你不喜欢孩子？"他接着发了"……"，又打过来一句："孩子是非常可爱的，一个女人一生要当一次母亲才完整。"

"你的意思是我现在残缺？"

"你现在至少不完整。"他接着发过来。

她仿佛看见他干干净净的双手摸着键盘。在床上，他喜欢从后面抱着她，喜欢一只胳膊压在她头底下。

她一直没有告诉他，正是这样的动作，以及他做的夹有胡萝卜和葡萄干的新疆抓饭，让她有一种想把这种日子延续千年万年的冲动。在那些背后搂着她的时光里，他是一个面目不清但她觉得可以去爱的人，她觉得他是暖的。

"凡事大尽，缘分势必早尽。"她发给他。她是从来没有考虑过生孩子的，何况人家已经有一个孩子，直接当后妈，也未必不是好事。以前二十五六岁，母亲和她说："再不结婚以后就是现成的后妈了。"她那时候赌气，说现成的后妈没什么不好，还省得怀胎十月挨一刀。后来才知道吃盐、吃米、过桥都比自己多的母亲，真还看准了自己的以后。

"你今天怎么了？"他停顿了几秒，接着发过语音来："凡事不能好好谈？这是一辈子的大事。"

又来一个一辈子。

以前她恋过的那一次，那个人动不动就会说，一辈子爱着她，那时候就有了后遗症，一辈子是多么漫长可怕的事情，听起来像诅咒。而且那么可笑，他都已经四十多岁了，至多也就两个人分享半辈子对方的时光，哪有什么一辈子。她拿话和别的女人也说过。图书馆那个老师说："男人的鬼话都这样，五六十岁也动不动就要许一辈子。给他们去做养老保姆？不要脸。"她离过婚，也应该有过别的男人，所以对这种生物如此厌恶。代价太大，厌恶也就成比例，她这里，没有吃过男人的暗亏，不过是谎言加一些小伎俩,男人还是有趣的。

"我还以为咱们在一起很开心呢。"他语音说,末尾的"呢"拉得很长。她不喜欢男人说话黏黏的。市面上总是在讨论,不该说男人很娘,因为不同人有不同的性格,但她不喜欢男人这种抽刀断水水哗啦哗啦的纠缠劲,她讨厌纠缠,喜欢分明,干脆利落。

"是很开心。"

"那你为什么说尽不尽的?要和我分手?"希腊发过来这样的文字。

"我并不是说要这样,但我喜欢那种随时可以结束的关系。"她没有直接拒绝他,而且这也不是拒绝的时候,她只是不想负责。

她问过自己,难道要回到一个人吃饭睡觉的时代。睡觉可以,吃饭似乎有点困难。有个男人总是好的,冬天的时候,希腊在,总是早早就躺进了被子。她怕冷,平时一个人盖三床被子,夏天生理期的时候,腰上还系一条带子。医生说她肾阴虚加肾阳虚,建议经常吃榴梿和羊肉,几年了却还是没有调整过来。和他交往之后,只要他在,盖一床春秋的薄蚕丝被子,下雪的天,也还觉得热。一个七十多岁的老中医,把着她的脉搏问过她有无性生活,说了一句话,叫:"用进废退。"

她后来很快经人介绍与希腊进入一种类似同居的两性关系,不能不说和医生说的这四个字没有关系。不管白天还是夜里,两个人在床上,他蜷缩着身子从背后扶着她的腰,一只手枕在她脖子下,比她略微高一点儿的头,在她发梢和耳朵边呼吸,潮湿温润,像小时候猫在头顶睡觉。这些她并不是没有留恋。

过了年,她就三十二岁,就到不能再是随便与人做爱睡觉的年龄了。希腊会做饭,又肯做,尽管有时吸烟,但总是躲在卫生间和阳台。人家说三十如狼四十如虎,狼虎之年龄,虎狼阿姨虎狼姐,即使精神不需要,身体也是诚实的。如果不与希腊告别,她的三十多岁,她的四十岁,她的五十岁,甚至她的六十岁,她眼下的生活就是永远的生活。

可是，希腊想有个孩子，最好是男孩。在床上的时候，他稍稍寄托过希望，说是自己已经有个女孩，希望再有一个男孩，他觉得这样家庭稳定，两个人才可以走得远。尽管他离过一次婚，但他仍然坚信孩子可以维系一切。他甚至还说他一点儿也不怨恨前妻给他编织的绿帽子，那是个好女人，只是虚荣，看不上他们这种穷编辑。他感谢她给了他一个女儿。他总结自己绿帽子的心得体会，看似很有道理地说了一番话："离离原上草，谁不是一弯腰就一大把，绿帽子不过就是你摘下，我戴上，我摘下，他戴上，风水轮流转，人都是自由的，关键是生活。"

两个人又说了很多，并没有确定分手。她觉得自己也是黏答答的一个人了。爬到三十岁的坡上，她也不再像二十岁那样干脆，闹够了作够了，分手就分手了。现在她不闹也不作，能将日子延长就延长。

隔日希腊带了多雨来过周末，她仍然忙于填国家基金项目的申请表。眼看就完成了，但要输入一些文献，出版年月和出版社，这也是烦琐的，没有个几十本资料，不好糊弄审查的人，如果今年不通过，第二年继续申请，第三年依旧，这就是她的工作。自由比天大，但项目比自由大，没有项目，她连面包都没有，学校分的自己出了钱的房子也要收回。到那时候，早就有过来人说了，三十五岁一过，女人到哪里都没有人要的，除了给人当后妈，但那也完全是保姆式的后妈。比起那种后妈，现在这种后妈的日子还可以将就，再老就只能给老年男人去当暖床保姆了，还得看人眼色，不然就只能活成一辈子不结婚的别人眼中的怪物，好像你浑身都馊了，甚至一些人会说："一辈子那里面没有飞出个鸟。"什么样的难听话都会有的，寡妇门前是非多，比寡妇门前更多是非的，是老剩女。

活在表格的碎片里，一种面包屑的生活，你不得不舔舐这些面包屑，这是你的生命食粮。你能怎么办呢？表格和做人家现成的后妈，似乎是她生活的必然选择，她不得不接受。

她只有继续填表格，没有梳头没有洗脸地填表格。前面好像没有详细说，为了保持中奖率，各单位在正式表格上交前，有时还举行预备表格答辩，依次为申请者排名，也就是说，你落在后几位，连提交表格的资格都没有，但你得继续下一轮的陪跑。如果有预答辩表格，你的表格是二乘以二再加一，再乘以各类表格项目总数。算下来，一个月填几个表格都没有问题。在这些表格里，你得·次次写下你的名字、你的经历，如同一个小学生。表格的六道轮回，会循环到你退休的那一天，那时候你已经头发花白，活进了岁月辞退的那最后一截灰色格子里。

博士毕业，不好找工作，进了这家单位，那也是挤破头的。为了保住糊口的粮食，表格是第一，男人是其次。三十多岁的女人，表格和男人要两得，家庭没有后援，真是有心无力。

五

希腊做饭，多雨就会围着她。

"你的《烬余书》里写的东西，是真的吗？ 一个男人，抛弃了你？ "

"我不想说。"她说。

"看得出你很爱他。不要以为我是小孩子不懂。爸爸还在夜里为爱情哭呢。"多雨一边把榴梿千层蛋糕往嘴里塞，一边鼓着腮帮子说。多雨以前并不喜欢榴梿，她喜欢榴梿，就买了榴梿蛋糕吃。每次多雨来，只是闻一闻，最近却开始吃了，而且一吃一大半。

喜欢上榴梿，正是在前段恋情失恋最深的时候。希腊对于她，客观而言，只是生活需求。那时候她还单纯，二十多岁，爱上了一个人，爱得死去活来。那个人抛弃了她，理由是为了她好。他说的理由即使写下来也是没有人信的，但他就是那样说了，也许就是为了扔掉她，所以连个可以信得过的理由都不想找，还指望她愧疚。他说算命先生说了和她在一起她会死，所以得分手，他还说自己得了重病，需要治疗。这样的理由甚至一度让她很感激,他是为了她,才离开的。几年之后,他还拖着自己的一条残腿,来见过她一面,说那是对她相思病的证据。然而,他依旧离开了她。就那次,她站在现在这套房子的阳台上,眼看着他走出大门,坐上出租车,哭了又哭,却是一句也没有挽留。她的心已经死了。对那个人的爱是她生命里唯一的一段爱情,自那以后用尽了,没有了。

她不想任何人提起他,既然他说和自己在一起会死掉,那最好,就当他死掉好了。

最后一次,她去找他,在他家的楼旁的小酒店住了十天。他没有见。她借了无数个电话,打过去,他一听见是她的声音,就挂掉了。

她那时候还信着,以为他得了重病,可能会死掉。而且他也确实发了邮件来,说是在医院里经常急救,一段时间下不了床。他没有确定地说是哪段时间,但明显就是指她去的那段时间。

有了怀疑就会查,她从他的空间和共同朋友的博客还有微信以及其他人的朋友圈,一切都查出来了,甚至还整理了一个行程,列了表格。事实就是,他天南地北哪里都可以走,见她却会死掉。也真是难为他,想了那么蹩脚的理由。

那么,就当他死了。她练习了他的死亡,像未亡人一样哭哭啼啼生活了几年,直到希腊出现前的几个月,想开了。时间是最好的佳酿。

后来,几年后,他来找她,拖着一条残腿,说是为她而受的伤。她一度还愧疚过。

最后一晚,两个人抱在一起痛哭,却已经是什么都做不成了,她的身体拒绝他。每次想起这一幕,她都觉得是她的身体比她的大脑更先感觉到谎言的存在。他就像一条蠕虫一样在她身上摸索着爬来爬去,然而玩不成了,失效了,两个相爱的人之间最简单的事情,一对男女之间最简单的事情,他们做不了了。

她试图忘却一切,但是却一次又一次发邮件和短信给他,她说她想明白了,宁愿他死掉,也不想再有他的任何消息,她不要听见他向任何人提起自己,更不要看到网络上有他的任何痕迹,连回忆他都是不配拥有的。

一个骗子,给了她她想要的爱情,不能不说她应该感激的。她克制着自己去诅咒他,但最后还是诅咒了他。是不是他死掉,她的爱情就不会是一场笑话? 也或者,她在那段故事变为笑话之前,死掉?

"只有冷处理,一生都不要再提。""找下一个就盖过去了。""时间问题,一切都会在时间里失效。"……她的朋友对她说,绝处逢生,她的好日子要来临了。医生的用进废退的规劝,加上朋友们希望她绝地逢生,再加上不要为一个男人去死的决心,她迎来了希腊。

"你还在想他?"多雨又抽出那本书问。这已经是第三次了。

"我们老师在课堂上说:'所思在远道',还说什么'隔在远远乡,结在深深肠',你这样子倒有点像。"

"你就不说说你的艺轩?"

"他有什么好说的?学霸,钢琴弹得好,粉丝一大碗。"她瞅了一眼她填的表格,接着说,"大学老师也不是那么好做的,每天搞表子,我该去给我们语文老师说说,省得她每天以为作家和大学老师很幸福。"

"有些事你还是不要随意开口。"她进一步解释,"毕竟你们语文老师知道如何提高你们的分数。"

多雨又迅速看了一眼她的项目表,说道:"你还没有写论文就要求你填思路方法和创新之处? 参考文献也没有必要吧,你又没有写出来?"

"每个人都这样。"她说。

"这可不是什么好玩的活儿,怪不得西交大一个男博士跳楼自杀呢,压力很大。网络上还说是他自己的女博导老师骚扰了他,简直是可笑。我以后绝对不读博士。"多雨继续说,"我们学校养鸽子的校长也出事了。为了升官和风水,他在学校专门做了鸽舍,风光过一阵子,最近被调查,所以我们周末有了双休。真是好事。"

不知道什么时候起，她很喜欢多雨来吃饭，希腊说得对，接触久了，她甚至喜欢多雨远甚于希腊。多雨讨喜、可爱，又不迎合她。她喜欢多雨，并不是因为她是情人的女儿，自己可能是一个继母，更多的是因为她也受她感染，觉得多了很多活力。长江后浪推前浪，年轻就是王道。

"你为什么不能提那个人？"多雨又问了起来，"情伤是会死人的，你不是还活着？"她将希腊放在桌子上的烟抽了一根，就到阳台边的床上坐着了，多雨随后也跟着出来。

"怕我爸爸听到？老头儿很开明的，还鼓励我谈男朋友呢。"

说着，多雨居然回到桌上拿了一根烟，伸着手要她点火。

"你也吸烟？"

"偶尔玩玩。爸爸知道，妈妈不知道。"

你妈妈爱你爸爸吗？她很想问，但并没有问。这些事情太八卦了。

"你们什么时候分手的？"多雨问。

"在一起也就三个月。后来几年，谈不上分手不分手。"

"那最后一次见面呢？"多雨紧追不舍。

"半年前吧？"

"那时候就跟爸爸认识了。"

"知道，还没有太多联系。"

多雨不做声，她给自己又点了一支，然后望着窗外。难得一个好天气，云朵儿飘着，西一朵东一朵。以前恋爱最深的时候，她觉得云朵上写着她的相思呢，他曾经叫过她云朵儿姑娘。

"他甩了你？"

"对。"

"因为什么？"

"不会做饭。"她说。

"你编造的吧？你书里说他得了疾病，要死，所以离开了你。"

"总之，不合适。"

"我还为你写的《烬余书》感动呢。虽然觉得他不合适你，但他那样辛苦地装，也算是兢兢业业。骗你是容易的，但那样骗，还是很辛苦。"

"怎么辛苦？"

"我不喜欢你，但为了爸爸，经常来你这里，慢慢也习惯了。你不觉得我辛苦？"多雨说。

她心里一梗，却也说不上话，多雨就有这本事。你即使不和她说话，她也能一个人继续说下去。反正她说的是真话，坦坦荡荡，你不回应倒显出了你的小气。

"你现在还忘不了他，是不是？"

她把烟头掐灭，扔出了窗外，下面是绿绿的草坪。

一个小姑娘，这样发问，她想做什么？

"我也不知道。"

"那你和爸爸是什么？你们结婚吗？"

她点了点头，又接着摇了摇头。有那么一刻，她很想笑出来，问关你什么事情。但是小女孩还太年轻了，十七八岁，正是容易受伤的年龄，自己和她爸爸在一起，分明也是打乱了她习惯的生活。于是，没有再说什么，进屋吃饭。

六

隔日，希腊来，没有带多雨。说是带她一起去外面吃饭。她知道他是想谈谈。

"我一直在想你说的凡事大尽。"他说。

"那天太晚了,你又不断说生小孩,我不喜欢小孩子。"她随意又真诚地说。

"多雨作为我的小孩,以后如果出国,我们没有个小孩子不行。"他接着说,"到我这个年龄你就知道了,谈恋爱不是那么回事,必须要有小孩子。有个娃娃比什么都好,两个人吵架的润滑剂。"

她只想笑。鲁迅似乎说过,给孩子办满月酒就是公开展示性交成果。那么,孩子长大就是性交成功的证据?她不想有这样的成功。

身边的例子多得很,没有结婚的时候催婚,结婚了催生,接着到处问要不要二胎,国家出了二胎政策,不生像是赔本,生了二胎,就是互相问孩子在哪所学校。拼孩子,换房子,到了孩子十多岁,送出去,哪个国家的本科、硕士、博士,一路往下,又一轮循环。她读博士的大学,有很多老教授将孩子送出国读书,最后自己死了都没有人知道。她爸爸有时后悔培养了她,说是如果干干净净两个女儿,不读书,一个县城卖豆腐,一个县城卖猪肉,豆腐猪肉想吃什么吃什么,不像现在,见她个面都难。

"那只好结束了,我也耽误你不起。"

"你得改变思想。你平时是个很好相处的人,又温柔。"他说。

她在心里冷笑,"温柔?"就差没有拿刀去砍人。以前的那次恋爱,她连杀人的心思都有,一切心力都用尽了,后来还是因为不想和那个人的名字粘在一起,即使死也不要粘在一起,她只要自己要的,所以才没有杀人。他实在是小瞧了她。

他不坏,也谈不上好。中年男人里,睡个女人就要结婚的,还给人家做饭,菜钱多少也不计较,算是个不错的人了,虽然想生孩子,但谁没有个爱好。对于一些遵守社会制度的循规蹈矩者来说,结婚生娃,确实会有很多安全感,这是普通人的日子,也是最安稳的日子,最好再养条狗有只猫,有车有房有点闲钱。多么幸福。晴天做做爱，雨天打打孩子，不晴不雨过普通日子。

她对他谈不上坏，但也不算好。租住的房子，钥匙是给了他的，他来做饭，房子也是可以住的，只要不太忙。他的孩子呢，她谈不上十分喜欢，但也不讨厌，越来越觉得小孩子有趣，介于同辈和晚辈之间，那种感觉很好。找了一个男人，顺便附赠一个闺蜜，两个人一起可以分享甜食，分享女孩子的一些小心思，未必不是幸福。如果分手，相当于一下子失去两个人。

"咱们可以做朋友，你和孩子可以来。你知道的，多雨确实讨人喜欢。"夫妻离婚，孩子一般都是很好的纽带，但是没有想到情人之间分手，情人的孩子倒成了纽带。

"这样下去总不是事。"希腊坐到她这边来，捏了捏她的肩膀。她能感觉出来，他想改变她的注意，或者走掉，他已经在做抉择。

"咱们还是朋友。"无论如何，希腊的年龄有点大了，她不想生孩子，至少不想和他生孩子。如果不生孩子，她还可以与他过下去。在生孩子这点上，他们没有任何共同点，赶在她还可以抽身而退没有让他彻底收服她的胃之前，确实应该结束这段关系了。

幸福只垂怜那些有等待的人。如果结婚生孩子是爱情的绑定产品，她可以不要。

她想起了存在电脑里面的表格，眼看着要过了申请时间，在此之前单位还要组织一次答辩，尽量让每个人的项目中标。答辩就是首先在自己的单位排一次名单，然后再报上去。饭还没有吃完，她说她得回去填表。虽说填表恶心，但表格能给她带来面包，项目如果中了，她就可以继续待在这个单位里，签接下来的续约合同。不然，到手的房鸭子会飞掉，做饭的鸭子也会因为不生孩子或者生不出男孩分掉，谁知道会发生什么。一寸光阴一寸金，将年华托付给工作，至少回报是踏实可靠的。至于爱情，柳杨岸晓风残月，十年生死两茫茫，都没有人可以说是最坏的结局。人生有太多的不可思量。

"你非要把自己过成'剩斗士'？已经成了'必剩客'了，何必如此。"希腊开玩笑，坐下来握着她的手。对一个快五十岁的人来说，这样去握一个不再年轻的女人的手，似乎有点急切。但他想她回头。

"我要做'齐天大剩'，剩女里的'剩斗士'，怎么了？"她笑着，推开他的手。他肯娶她，似乎她应该感激，虽然他说她的工作还算是可以，但"毕竟年龄上去了"。在他眼里，她只是一个过了婚龄的女人，这不能不让人苦恼。其他都是好的，他甚至算得上委曲求全，随叫随到，做饭、做家务，甚至给她洗衣服，包括内衣，有时也一并洗。他在床上说她差不多是女儿的年龄，如果他结婚早一点儿的话。看来女儿也是标了价的。说到床上，他对付她绰绰有余，所以才如此自信？

她想起单位里那些中年同事的面孔，孩子、车子、房子，总是这些事情。有时一起做事，大家听说她还没有结婚，有的撇撇嘴，多是女士；有的语重心长地对她说："不结婚对一个女人来说是不完整的。"这多半是男人；还有一些举例子，说单位里那个管会务的，四十多岁了和另一个本单位的三十多的内部消化，现在孩子都满月了，还是双胞胎；也有人举反面的例子，说单位里有个退了休的五十多岁的女教师，四十多岁就几乎不和人交往了，赶退休的时候，脸就像干核桃，层层叠叠都是皱纹，男人是女人最好的护肤品，看在护肤的份儿上，也该结个，不然偷一个也好，有些人甚至开她玩笑，说要帮她偷一个，以解决性贫困；还有些人甚至恐吓说："女人不结婚不生孩子对社会没有贡献。"她说现在社会的一切资源共享，还有云养猫，不如我云养一个男人，大家资源互享，不必占有不必私藏，提前实现大同社会，首先你们得提供一个，如何？这时候单位里的人就会沉默，人们就会拿单身小青年开玩笑，那些结婚了的，恨不得将老公雪藏，而即使有贼心，一个单位的人，兔子不吃窝边草，谁敢？也是因为她的这句话，她还真清净了一段时间，直到不久之后，才知道自己的清净是她变为圈子里的一个笑话而来的。现在，就连学生都知道网上可以云养猫，她要云养男人，有时她走过，都能听得见他们的议论。

七

那天之后，希腊打了电话来，说是单位要求下乡一段时间，送油米盐。希腊曾经说过，编辑部也是要求下乡挂职的，用他的话说："几个小喽啰都下去了，做第一书记包片干部，说不定我们这些老鬼也要下去常驻，现在只是短驻。"对于一个单位来说，二三十岁算新人，四五十岁还谈不上老鬼，但自称还是可以的，何况不知道从什么时候起，不到二十岁的人，就说有了中年危机，报纸还做过那样的调查。有个小学妹，直接将表格发到她邮箱，说是要听听她对自己步入"老中年"的看法。

希腊去下乡，自然就没有了做饭的人，约会当然也停止了，两个人有时视频聊天，打下电话。希腊的女儿多雨倒有事没事语音微信，问她风景描写怎么写，在作文里有什么好处，问她如何抒情，总不能作文结尾总是"啊，黄河啊，我的母亲"吧。多雨偶尔也谈到她母亲，也就是希腊的前妻，不褒不贬，说她母亲又和继父吵架了，两个人甚至还动了手，有时会说彼此不说话，偶尔也会说三天吵两天就好了。她说夫妻打架，不散伙总是床头床尾问题，你小孩子懂得什么。多雨很感叹，说是从来看不见你和爸爸吵架。她心想为了嘴里有口饭吃，总也得忍着，何况吵架就是散伙的时候，她向来不会多说什么，散伙就散伙。在以前的恋人那里伤透了，她不喜欢吵架，简单的两性关系就行，有机会，偶尔一起住住，不行就分开。虽然不是想上床就上床想分手就分手的年龄，但还是有这样的权利的，因此她不喜欢结婚，不然经常得去与民政局打交道，费时费钱。

多雨有时也说艺轩，那个她经常提到的同学，一度还做过她的同桌。她说艺轩和新来的姐姐好上了，两个人十二点还打电话视频呢。"新来的姐姐？"她问。多雨说："就是新来的实习生，我和你提过的，师范类学校来我们学校实习有好多人。"

"那不就是师生恋？"她问。她很厌恶师生恋，尤其是直系师生。她也厌恶有人和自己的姐夫、小姨子或者闺蜜发生关系，她觉得这些人的天空真是狭小，自然，她不会和自己的姐夫以及闺蜜的男朋友或老公上床，那太恶心了，天下那么大，找不到可睡的也比睡这样关系的人恶心自己强。

她看过艺轩的照片，过早发育成熟的身体，一张还青涩的脸。多雨说他是主持、演奏家，钢琴快到最高专业级了，还开过演唱会。她能想象这样的男孩子。以前那个人唱起歌来，也是很有舞台感。她不喜欢大众表演，不喜欢来自人群的掌声，所以她并不能欣赏这种人。但一个男孩子，帅帅的，眼见着要走到被虎视眈眈地盯着的年龄，不能不说令人伤感。居然这么快，就被拿下了。她想象不来那个实习生的样子。大四学生，漂漂亮亮，却颇有心计？倒也未必。

她问多雨伤心不伤心。多雨说伤心又能怎么办，别人是校星，还上过省里的帅哥榜单，自己算什么。

印象里，照片上，有着其他民族血统的艺轩长了一个鹰钩鼻子，但多雨说是做过手术的，还卖了他家一套房子呢，二十万元。艺轩就是太瘦了，脖子像长颈鹿，眼睛深得很，像养了一窝蛐蛐，迷死人。一看就是个受人欢迎的乖孩子，还在左耳朵打了一排耳洞，戴着三个宝蓝色的耳钉。

比起艺轩来，多雨算得上土气，但土得可爱，土得本色。她是越来越喜欢多雨。多雨则越来越把她当作说话的对象，有时半夜了还要发微信。她甚至怀疑这是希腊的主意，要她看好她。当然，又觉得自己这是一厢情愿。

没有希腊，多雨不来家吃饭，知道她不开伙，也不来家里玩。多雨就是聊微信，一聊就半天。有时她一个字不回，她就会打过电话来。絮叨得像一只麻雀。她想有这样的继女也是好的。半姐妹半母女，这样的家也温馨。她不是没有结婚的打算，她只是不想生孩子。

希腊在乡下住了好多天了,一周下村两次,来回八小时。他也做了第一书记。工作任务,开大会,开中会,开小会,写报告。各省有不同的要求,但国家的要求是一样的,精准扶贫,一切要到位,所以文化下乡,做好统计。希腊忙,她也忙。

她有时也问希腊何时回来,希腊给的归期总不一定,而且希腊还说可能派他要下去常驻两年,到时就是只能过年回去。她问:"年轻干部下乡搞提拔,你下乡做什么?"希腊说这是国策。

那段时间,她开始自己学着做饭,学校发了米面油,还有一大袋木耳一包花生。她想着总不能浪费,往年那次刚好老家人来,被带走了。这一次,老家好久没有来人。

她试着做饭,鸡蛋炒蘑菇、鸡蛋炒西红柿、鸡蛋炒木耳、鸡蛋炒米饭、鸡蛋饼……她不喜欢做荤菜,除了牛肉,但市面上她楼下可以买菜的地方,牛肉都是熟的。她其实很想做鱼和虾,但已经几年不做了。读书时代,她一个人租房子,做过这些的,以致写过一篇小说叫《鲫鱼的孤独》,还写过一篇小说叫《饥渴的女博士》,以致朋友见了她总开玩笑,叫她孤独的鲫鱼或饥渴的女博士,她索性就将自己的微信名字和微博名字改成了这两个。她还告诉他们,以后要写《饥渴的男博士》《孤独的虾米》,可是至今没有写。

实在太孤独了。希腊来做饭的岁月虽然短暂,但她颇为想念。她喜欢他身上的烟火气,每次吃完饭走的时候都将垃圾倒掉,还认认真真给她刷过马桶,说她一个女孩子,要注意卫生。希腊不在身边的日子,她才第一次有了比较和考量。她一直以为自己深爱着以前的恋人,后来的相亲,和希腊之间近似同居的生活,则有点是"社会所迫"。其实并非痛苦,实则算是很享受。希腊给了她一种柴米油盐的日常,而以前的恋爱,则像是高中生放学之后偷偷走一段，也抱抱也亲亲，总是不踏实的。那个人，不是哭着就是笑着，很少有正常的时候，甚至有点精神分裂，后期则对她进行死亡的欺骗。她之前一直认为自己爱他，爱得很深，几乎要死去，在那篇《烬余书》里，她写到了自己的死。几年过去了，她还活着。和希腊在一起，平淡得几乎没有任何涟漪的一段近乎合作化的生活，让她开始期盼一种地久天长。她想起每次他带了多雨来，都是她和多雨在聊天，他进厨房做饭。房间小小的，又有床又有沙发，单身公寓，挤满了三个人，却并没有不舒服，三口之家的幸福，在后来的日子越来越能感觉到。他们父女两人晚上走了，她还有点想念。她甚至想去看看多雨，只是不知道她在母亲家还是爷爷奶奶家。她不想问。

希腊的家离她并不远，但也谈不上近，没有直达的公交车，骑车去或者打车去，都似乎有种不太舒服的感觉，没有好理由去别人家，直接奔去了，近乎冒犯。虽然多雨和她已经是很好的"闺蜜"了，但毕竟是因为她爸爸的关系。

她没有想到自己把日子过成了传送带，把工作也过成了等待，等待项目中标，等待希腊回来。当然，也忙着学校安排的工作，不是监考就是上课，有时也给她安排个讲座。她最喜欢开讲座，因为三个小时的收入够她一个月的吃喝，她平时花的不多，连多雨都笑话她："乡土气息凝重。"她不怕她笑话，城里长大的孩子，看谁也不过两腿泥，何况她没有恶意。时髦是什么？市面的时髦，不过就是衣服崭新人冒光，马靠鞍子人靠妆。

图书馆那位总给她开后门的老师也还是经常见的，她见她来得勤了，就问她："吹了？"她含羞似的说："没有，人家下乡了。"那位老师说："哎呀，快可以吃喜糖了吧？如此娇羞叫别人'人家'。"她也建议她打扮打扮，又不是没有那几个锣鼓钱，把自己妆一妆，也才三十岁出头，完全不必自我放弃，收拾一下还可以挤在二十岁的边角上；不收拾，就已经额头和皱纹都在向四五十岁迈进了。她还建议她要胆大心细,如果这个不合适呢,就多约几个,而且一定要用心,要看得住男人。一个四十多五十岁的离婚女人,在传授她看住男人的方法,不能不说有点好笑,但失败者的经验最有效,因为最诚恳。她说现代社会女人上了三十岁,逮个男人结婚不容易。她想象希腊虽然看起来年轻,但也毕竟四十多岁了,跑在草原上也不那么吸引人了,居然还被人灌输着她要去逮。

"你们好久不见了吧?"图书馆的老师问。

"你怎么知道?"她反问。

"面色不红润就可以看出来。女人是需要的。"图书馆的老师说。

"需要什么?"她立即就懂得了。

她以前只以为他可以暖床,在一起让她不觉得冷,但没有想到还可以改变气血。

图书馆的老师建议她下乡去看看他,小别胜新婚,何况两个人还属于互相珍惜的时期。

她说她不去,却发现她给了图书馆的老师一个怜悯的笑,那种过来人洞见一切的笑意,像一把刀子。

她打电话给希腊,说去看他。

她说项目表也填完了,工作也没有要紧事,暂时告一段落,单位也没有特别紧张的事情,自己可以走个一两周,不成什么问题。

开始的时候,希腊说要下到村里了,做家庭收入统计,他具体负责的是一个大村,由五个自然村组成。最远的村庄,相隔几十公里,路又在山上,不好走,县城虽然说条条大路通村庄,不过是把那些不通公路的自然村合并到通公路的村子,这样就实现全县柏油马路乡村化。乡下的雪还没有消,不安全。希腊还说国家在统计贫困户、非贫困户、脱贫户的具体情况,各家各户的收入,以及返贫户的指数和原因。他说国家政策简直太细致了,但乡村发展不起来,原因太多了,最基本的原因,就是这些人基因里面的拖延症。他还向她推荐了一本书,叫《稀缺》,他说你看了这本书就可以理解我现在的工作了,实在是忙,走不开,你下来我也没有时间照顾你。他说自己真是"下乡"而不是"上城",澡不好洗房间又不暖,有时还得住人家的土炕,大多时间早上披星戴月出去晚上月明星稀回来,不在乡上住着,连电都无法正常保证。他告诉她他自己日出而作日落而息,现在身体和精神都健康,还建议她也不要太多地接受室内光的刺激,要多晒晒太阳,远离人造电源。希腊说了很多农村的具体"艰难生活",她甚至从来没有听过他说那么多话。讲课的时候,给学生讲张爱玲去温州看自己的恋人胡兰成,临分手泣涕涟涟。她听到他说得那么艰苦也差不多要哭了。她告诉他她就是乡下长大的,不怕。他说他还是新疆土窝子长大的,艰苦就是艰苦,现在的人不比以前的人,你如果来了,吃不好睡不好,又不能随时有网络。

总之,他不让她去,她也就有点不好勉强。以前都是他来看她的,她说这次换了她去看他,他还是抗拒着没有答应。毕竟是在视频中,不是当面见,两个人执拗地说了半天,明显不欢。

最后,彼此妥协,他答应以后带她去下乡的地方。他说他很快就回去了,以后可能单位安排下去工作两年,而这一期,现在只是评估和调查,扶贫工作进村的任务还没有真正具体落实,第一书记也只是挂个闲职。那时候真正在包片的村子住下来,要管几个自然村,采买一些生活用品,她下来就会舒服一些。

两个人就如此决定了,但隔阂由此产生。

此后,她不主动联系他,他也只是偶尔发个微信来,有时也发鸡呀驴呀狗呀猪呀的照片。农村生活看起来是有趣的,但她死了下乡去找他的心。

有一段时间他没有打来电话,她也堵着气。但终究,该来的还是来了。

她接到那个电话的时候感觉他喝了酒,他也说自己喝了酒。他颠三倒四地,说了很多话,意思是本来想好好对待她,他说她如果早点答应他的话,她现在已经是怀着孕的妇人了。他说这一切都是她造成的。那段时间他很绝望,所以才申请下了乡,想两个人之间静静。也就是这段时间,多雨妈妈给他打电话了,并且下乡找了他。他说旧人轻车熟路,几下子就把他拿下了。他不想骗她,所以才打这个电话来。他最后还说:"你不该撑这么久,不然我们可以幸福一辈子。"

又是"一辈子"这个词,她听得心头发怵。他还说他中年开始就生活在失去之中,头顶上的草原就是因为自己也不懂得珍惜。他告诉她要懂得珍惜。她当然明白他的意思,珍惜一个做饭的男人,珍惜一个想和她好好过日子的男人。

他还说他做好了她骂他一顿的准备,但不想欺骗她,他的原话:"我老婆还是爱我的,一直没有和那个人领证。"

她的脑海里出现了多雨的形象。她从来没有想过他的妻子是怎样的人,也从不认为她和她有什么关系,更不会想她和她有一天见面。但是,他却说着这一切,满是疏远和拒绝。一个躺在她床上给她洗过碗、做过饭、刷过马桶的男人,就这样被以前的"主人"接管了,不能不说是讽刺。

那以后,她删除了他的一切,不再见面。多雨带走了他留下的东西,一副眼镜,还有一个老花镜的盒子,半包烟。再就是她买的一套男式睡衣,她让她顺便带走吧,她不想看见它。另一个女人会不会扔掉,会不会在乎,她才不管呢。后来,她把他们父女的牙刷也扔掉了。

多雨打过一个电话来,和她说:"爸爸妈妈总这样,见怪不怪了。"多雨讲了从小到大的故事,不同的阿姨,剧情的反复。多雨说爸爸妈妈才是两个演员。多雨有点可怜她,劝她要保重,但是并没有问她,她是否爱过她爸爸。

八

当她想念希腊的时候，她就会搂着双膝跪下来，把头靠在沙发上。心如刀绞？远谈不上。她失过恋了，再不会失恋。她甚至算不上受伤，因为毕竟是她自己拒绝了希腊类似求婚的方式，要求生一个孩子。她有点想不明白，希腊如果想生一个男孩，即使轻车熟路，多雨的妈妈也不可能生了。那就只有一个可能，爱——是——不——存——在——的。每个人都需要过日子，找个人搭伙而已，孩子生不生其实没有那么不可或缺。

和大多数同居或恋爱的人分手的结局一样，他们此后彼此无声无息，可能结的婚，甚至隐隐考虑生一个孩子的想法，就这样平息了。

介绍人后来见过一次，问了他们之间的可能，才知道结束了。他表示非常抱歉，说单位这样的相亲活动以后还多的是，说这就是咱们单位的好处，什么都为职工考虑，进来之后，一辈子全包了，吃喝拉撒、生老病死、结婚养孩子、孩子上学。他说重要的是科研，一定要有项目，只要有项目，就可以保住工作，是不愁男人的，两条腿跑的男人到处都是。然后，将她拉进了单身俱乐部群，说这个群里都是找对象的人，年龄二十五岁到六十五岁，专为要结婚的各个单位员工建的群。领导还做了解释，以后退休要逐渐顺延到六十五六岁，所以六十五岁也就进入了这个群。另外，单位为职工家属也建立了群，退休在家的老爷爷老奶奶，以及那些来帮着儿女看孩子的老人，也有自己的俱乐部，说不定也可以发展为一个相亲阵营呢，不过那是为老年群体开的。领导特意说了句："不要怕，我说这个的意思，是你即使退休了也有结婚的机会。"

她又重新走在一条结婚的路上。

习　惯

一

　　流行性感冒,不要吃药的,至多七天,大家都这样说,从小时候你就知道了。爱情呢,失恋之后的爱情呢? 三个月,一年,两年……四年半过去了。失去一个爱的男人,大约需要五年吧。快到五年了。有的是时间验证。

　　被摧毁之后还可以喘气,还可以活着,甚至还可以工作,可以微笑。悲伤受着约束,时间越久越可以关得住,可以既念旧爱又有新欢。你不知道这一切,你只是说她不太尊重人,你还说她是个好人,可以说是个好女人。你太年轻了,满足于自己所看到的,轻而易举。

　　你的出现是对悲伤受着约束的破解,事情变得既悲伤又不受约束。

　　习惯和爱情不应该相提并论,但是习惯的力量太强大了,对此,她早就恐惧杯盘碗盏,害怕被锁在这有限的空间里。

　　你还记得做的第一顿饭吧,为她做的第一顿饭。她在少年时代有个梦想,嫁人要嫁两种职业:一是医生,二是厨师。随着进出医院的次数在成年之后减少，她的嫁人选择只留下了厨师。她曾经的那次恋爱，却不是按照这标准来的。只是，失恋之后，她找回了这少年时代的标准。经历四年半的失恋与孤独之后，她找到了你，一个年轻的还不到三十岁的男人，一个还在读书渴望有一番大事业的年轻男子，来给她做饭。

你作为一个男人走进了她的生活，就这么简单。你们相知甚少，只是在一个藏有干尸数具的博物馆里，初次见面。你作为讲解员，对她解说这个城市的历史，突然间，就动了心。

你没有给她很多建议，甚至没有让她去太多地了解沙漠的历史，你觉得她对历史的认识草草，你觉得世人对你所成长的地方的历史简直知之甚少。一个沙漠地带，确实，人们想象的多是小河公主、楼兰美女，还有很多奇特干果，《山海经》上写到这里有西王母，就这么多了，不会再想太多。

去展览干尸的博物馆，主要是为了看楼兰美女，你抗拒着，却被她拉了进去。这是一段故事的开始。后来的见面，也仅仅是因为在这个博物馆里面，看到千年之前风干的饺子，还有馕饼，你说你会做饭。

"会做饭？"她抬头问。她的眼神清亮，这给她不化妆的面容增色不少。一个三十多岁的女人，那一瞬间失去了年龄，至少没有那么老，还是可以挑逗的年龄。你的心里一动。

你想不到她会如此激动。就如当你们第一次亲吻的时候，她尴尬地对你说："我真是想找个人做饭。"不是修电脑和修马桶，不是修理下水管道，仅仅是做饭。在一段故事的开端，你显得过于急切了，而她，早就摆出了目的，笨拙总是可贵的。你蜷缩在床上，想着她的这句话，以后也经常想起。

你以为她是为了掩饰自己对你的身体的想法才说的需要有人做饭。也正是因为你会做饭，她问起你有没有女朋友，几个，结过婚了吗，最后一句是，可以不可以来做饭，给我？你并没有诚实地告诉她，因为你对她还一无所知，坦率地说，你之前有过两三次恋爱。她没有吭声。你是后来很久才知道，她不喜欢处男，用她当时的话说："不好处理。"你说你才不在乎年龄,也不需要爱,两个人,一起吃吃饭,你可以去做。

她接着告诉你她有过一次失恋,再没有了,就那么一次,谈了三个月。

你蜷缩在床上,一次次核验,回顾着每一个与她交往的细节,最后一次,最后一个短信,你对她说:"我还经常想着你。"那些漫长的时刻,那些一分一秒的细节,你没有告诉她,你只是想见她一面,寻找她的目光,寻找她的亲吻。你根本不会想到,你只是太过年轻了,如果有理由。

那一刻就这样到来了,仿佛你从来没有存在过,最后一切见面,一次次拉远又拉回,成了你回想的慢镜头。

她不喜欢灯光,要将一切都灭掉的,哪怕一盏床头的暗色台灯,她也怕它的袭击。

一个还没有准备好的情人。"现在不行,再等等。"她说。

你莫名地笑了起来,觉得她变了一个人,这实在无法理解,你在她眼神的光环里,成了一个经验丰富的人,

不得不承认,那些日子你是用了心的,你在蔬菜和肉类之间寻找灵感,走过一家一家的街头菜市,想为她把饭做得丰盛一点儿。那时候,你几乎天天去逛她楼下的菜市场,因为她,你甚至发现了哪家菜蔬新鲜,哪家的秤盘坑人,哪家可以少给零头钱。她喜欢吃牛肉,你也停下了猪肉的嗜好,寻觅牛腱、牛头,熟的生的,都买了来。

你对世界的看法变了,菜市场也成了你快乐的源头,你以前只为做饭而做饭,是不会想象在菜市场有多少愉快时光的。你不知道她喜欢吃什么,你一无所知。她总是兴冲冲地要你做饭。可是,吃得却很少,而且三心二意。你走在货架间,菜蔬种类的无限让你惊异,时间一分一秒过去,你必须做出选择。然而,每一次都会有剩余,你必须考虑什么想要什么必须放弃。你是那么犹豫不决。你在不同颜色的菜面前寻找灵感,想为她做一顿饭,你天天如此想,即使不在菜摊前,你也会想,直到你再也无法再进那套

房子，你仍然经常会恍惚着想给她做什么菜。你比那时候更用心了，但分明已经无心可用。

你想象那些从没有做过的搭配，作为一个北方人，你不知道如何用藕炒菜，除了烧鲫鱼汤你不知道哪种鱼炖着好吃，你想象不出什么水果配什么菜，除了手抓饭配葡萄。你知道那个房间里有天然气，两个锅可以同时烹调，有蒸米饭的锅，有打豆浆的机子，有……一切，基本的厨房设备，都是齐全的。一扇窗可以通风，那小小的、只可以站得下一个人的厨房。你根本无法去想，在此之前呢？在你没有去做饭之前呢？

你让自己处于戒备状态，所有男人都吃肉，就如所有喜欢吃素的女人一样，但是，谁又能说男人不吃青菜女人不啃骨头呢？你要掌握火候。第一顿饭，以后的饭，不管是牛肉还是羊肉，不管是鸡肉还是鱼肉，你都想选择鲜一点儿的，嫩一点儿的。你想到那个词"小鲜肉"。你们熟了的时候，她曾经说："人家癞蛤蟆想吃天鹅肉，我这是老天鹅吃青蛙肉。"你虽然不喜欢她这样说，却也觉得自己是有优势的，你告诉她你不在乎年龄。她曾经脱口而出，说海鲜是鲜的，说喜欢螃蟹，喜欢虾子，尤其那种油炸的虾。你那时候心有不甘，却什么都不想说。你是一个沙漠地带的人，她需要的是海。

下一次吧。你最后说了这句话。

后来，一直没有下一次，海鲜从来没有出场。

你不想让自己陷入别人的圈套，却也只是告诉自己，仅仅是准备饭菜而已，何况你也要吃饭，而且你吃得并不少。你告诉你自己你才是首要的。

有做饭的围裙可以穿上去，但是公寓里做饭的时候又有点热，你只是脱掉了外套。你还不习惯穿上那个天蓝色的女式裙子，虽然你曾经试着穿过。

不做饭的时候，你独自在浴室待的时间很长。她无法满足你，你开始就知道，你也做了准备，你甚至有过那样的成就感，一个人在经由你慢慢治愈。

你做饭的时候,她总在洗澡,房间里放着民歌,不同民族的地方曲调,居然是她喜欢的。她不喜欢街头那些哼哼唧唧的音乐,说那是无病呻吟。你是事隔多日,才知道为什么,你也不再听那些伤感的走街串巷总想把人抓进死海的音乐。

"不敢看电影,不敢听情歌,无法和人交往,这是一个失恋四年多的人的日常。"你在她的笔记上看过这句话,你以为只是一句摘抄,直到你自己深有体会。

在半个小时之内,你要完成两个人的饭菜。一米乘以一米的简单厨房;四十平方米的卧室客厅的空间,是你们胃和嘴的欲望燃烧的火热空间。

你曾经努力将你的颤抖投入每一件物体上,你小心翼翼地洗干净每一片菜叶,同时努力不让自己的衣服上蹭上任何一点儿污渍。你需要那样的干净,保持纯粹,或高质量的调情。

她吻了你。在你进入这所连封闭阳台算起来总共五十平方米的小房子之后,门口的走廊上,太过拥挤,盘旋不开两个人。她开了门,拖鞋已经在门口摆着了。一对蓝色拖鞋,就是酒店里寻常见的那种男式拖鞋,看起来四十码。不可能是女孩子的,你同时看到还有两双女式拖鞋,一双已经旧了,塑料的;一双是绒线的。

你进门时,感觉到两个人碰了一下,门口实在太窄了。你无法想象她一个月一万元的工资,住得这么简陋,近似于重庆十八里梯的贫民房。室内没有电视,只有冰箱和几张桌子,空调倒是有,看起来也新装不久。你很快就发现可以洗澡,谢天谢地。

你们还不习惯,以致相碰的时候有点尴尬。你弯下腰身换拖鞋,明显感觉笨手笨脚,这也证实你们太快了,一个男人进入一个女人的房间,有点太过迅速。

是因为这样,所以她才在你折起身子来的时候吻了你? 看得出,她也并不擅长这样近距离的亲近,但是她吻了你,甚至还搂了一下你的腰,她想让你自然些,才这样做的。你感觉到了她的这种用心,所以亲了亲她的头发。你们努力做出一副恋爱中人的样子,至少要哄骗自己呀。城市生活太孤单了,两个肉体在互相拥抱。

这座城市第一个吻你的女人。你心里想。后来每次吵架,吵到不想联系的时候,你总会说:"你是这座城市第一个让我感觉到温暖的人。"你也知道,以后会有第二个,第三个。然而那样的感觉确实有什么不一样了。

你做过肉末茄子,她喜欢茄子绵软甜甜的味道,她又喜欢吃肉。可是你并不太喜欢做猪肉。你还做过土豆烧肉,用的也是猪肉,只是猪排骨。

在你所在的沙漠里,人们不大吃猪肉,也很少叫出猪的名字。人们将猪肉叫作大肉,大街小巷,偷偷摸摸地,人们吃这种动物时总有种禁忌。尽管你喜欢吃,但你很少做,都是饭店的。你早就习惯了你少年时代的生活,没有人敢堂而皇之地吃大肉,那样会引起公愤的。这是一个争夺信徒的时代,有猪肉信徒和非猪肉信徒,猪肉信徒吃猪肉,非猪肉信徒杜绝猪肉。在非猪肉信徒面前,"猪"字都不可以提。

第一次做了什么菜呢? 蘑菇、木耳、白菜、土豆、茄子……忘记了,肯定有肉的。你记得有尖椒炒鸡蛋,她不要吃辣椒,剩了一碟子。

你反正很快就可以让菜上桌。不管吃什么菜,她都表现出一种欣悦感,但也很快就放下了碗盏。盛在碗里的饭,一碗可以剩半碗,半碗可以剩小半碗。总是吃不完。你让她吃,继续吃,她也能一直剩到第二天。

不能说你没有生气,你觉得这习惯不好。你心里想你肯定不会娶这个女人。不只是她的主动,还有她的某些东西与她外表的差距。她的那些观点也令你失望,但是你并没有想现在就做出决定。你想的是,她是这座城市第一个吻你的人,第一个主动约你的人,她认出了你的独特,你们此刻同是天涯沦落人。

她不知道自己吃饭总剩饭冒了多大的险，那就是，你根本不想做第二次。肉要鲜嫩，这是她的要求，你已经尽力了，甚至还盯着时间，看着火候。不能放辣子，盐要少一点儿。这也与你的口味完全不符合。只要有剩饭剩菜，你就不想做下一顿，你觉得这是对你的劳动成果的不尊重，对你沙漠生活习惯养成的惜物之感的亵渎。

这种感觉你一直记着，你不想有冲突，以避免发生无法控制的局面，毕竟两个人才刚刚开始。

你面对的是一个陌生人，在结束很久之后，你也是这感觉。但是她让你有了一丝爱火，你怕陷入这种困境。

那时候你还不知道。你想去爱，却又怕去爱。你害怕出错。

两个人已经什么都发生过了，却又似乎什么都没有发生。

她说的那些话你毫无兴趣。她说她的初恋，那二十七岁发生的一切。你并不热衷于探讨她的过往。但相识之初你就这样宽容地接受了。你其实不想听到那些鸡毛蒜皮的故事，无非是一个男人抛弃了一个女人，一个女人有点悲伤。谁的一生没有悲伤？你认为人都是从一个伤口里拎出来的，然后就是不断地在身上砍扎伤口，最后零件依次坏掉，退场。谁都是悲伤的，但喘着气的人，应该让自己快乐点，除非有勇气自挂东南枝。

你们在饭桌上总是可以待很长时间，有时喝酒，有时不喝。不喝酒就吸烟，不然不知道下一步该做什么，一顿饭吃两三个小时，凉了继续去热，反正饭桌就在床边缘，而她，一直坐在床边的沙发上。

二

到底还是在第几次之后发生了。你并不想想起准确时间。从厨房到餐桌到那张床上，这似乎是程序必有的过渡。第几次吃完饭之后，你没有与她告辞离开,虽然在你看来,也许这是最好的选择,毕竟,如果要交往,不能这么快。然而,克制不是容易的事情,天知道。

做,这个行动词比言语更丰富。

那一天,房间仍然一如既往,到处摆满了书,本来就狭窄,这样显得更加拥挤,但床单却明显是换了新的。虽然床头一如既往摆着几本书,但是床头的台灯被拿掉了,摆在了沙发靠背上,同时床头新增了一床被子。地板看起来拖过了,两把椅子也放得端端正正,尽管椅子上似乎故意挂了一件衣服。

与第一次进入这间乱糟糟的房间相比,空气里似乎有了一种异样的温馨。你看到了一个轻松自在的女孩子,穿着棉质的家居长睡衣,白色的,第一次觉得她干净而有点清纯。

两个人吃完饭后,几乎没有走路,就从沙发隔开的几米的床上倒下了。

通常,你进门的时候才被一吻,然后就是做饭,吃饭。她不勾引你,你亦没有心思,至多也就拉拉手。这一次,饭吃到一半,就开始做。

悲伤的阴影照在她脸上,她终究还是叫了故人的昵称"宝宝"。为了把游戏玩好,两个人又是亲吻又是做饭地铺陈了这么久,居然最后还是演砸了。

本来就没有爱情的氛围。

接着,仿佛为了重新找回那些陌生感,两个人又认认真真显得急不可耐地在欲望的支配下,做了一回。贪婪和渴望,这一次倒像是真的。是第一次,也都知道是最后一次,竟然相互很配合,甚至谈得上优雅,仿佛一对相爱的男女。

这奇怪的拥抱和亲吻,没有任何约束,也不再需要暗示了,亦没有爱情,对于做爱说爱如果没有爱情也是亵渎的。——没有爱情也可以做爱。

你后来夜半走了,摸黑穿好自己的衣物。她没有送。一直都不送的。

留在床上的人被抛弃了,走了的人也有抛弃感,不存在任何背叛,却又像是背叛。你不想她喊出那个昵称,她喊出了。你只是个替代。

你只是想要在一座城市有个温暖的归处,哪怕只是客人,也在你去的时候,有人点亮一盏灯。——这多么令人悲伤。你觉得你自己就像一块补锅的铁。

快乐了那么久,却又像是想象的。也许对她也一样。你想象她翌日的生活。

第二天早上,她收拾厨房,将没有吃掉的旧物都扔进了垃圾桶。洗完碗后,实实在在哭了一场。当然,这一切你是不知道的。其实准确说应该是这样,过了好几天,她才收拾了桌子上已经干掉的剩了一半饭的饭碗,将那天没有吃掉的菜端着倒进了马桶。她实在无事可做,就认认真真地将房间打扫了一遍,又将那些放在洗碗池里的碗一个个刷掉。她也许想过,如果一直这样,是不是就不会分手。她这样想的是她那次唯一的爱恋。

在干尸博物馆里面,互相说起爱情,你知道她有过一次短暂却无法走出的恋情,你没有想到一个人爱一个人可以这样,拿无关的人来缝补裂口。

对于与一个人分手,早就不是什么新鲜事。你的离开,你认为她不会想很久。

最后一次见面,其实并不是那个夜晚,还有那么几次。她已经给你留了居处公寓门的钥匙,是充分信任的原因。想不到,你走了。就是那次"宝宝"事件,不是第一次,是后来的某一次,但却是最后一次。

你来清点了放在她房间的一些物品,好决定哪些带走,哪些留下。比如,一些书,几件衣服,还有放在卫生间的洗浴用品,一把刮胡子的刀具,一支牙刷。出于信任,她给了你公寓楼的钥匙,而也是出于信任,你将那把钥匙留在了桌子上。

现代爱情,成年男女,读了一点儿书,没有人会将自己贬低到那点物质世界去,她房间的一切,也许根本算不上任何赌注。

　　交往几个月的物品,信誓旦旦地,两个人要保持风度,因为毕竟没有爱情,所以绝对不能把什么都糟蹋掉;因为没有爱情,所以进退有余。不能为了一把无用的剃须刀、几本书、几件穿过的衣物,在一场交往结束之后,将风度失掉。

　　那是下午,你敲门后,她没有开。

　　后来,钥匙插入门锁,她仍然一动不动,睡在床上。她知道你会来,微信里说过的,取走你的东西。她坚持要在场,毕竟是自己的房子。

　　你说了声对不起,却又显得意志坚定,走向了床旁边的"客厅"。

　　她躺在床上,自始至终一动不动,她情愿你一个人动手,去面对有两个人一起生活的那些有痕迹的物质,也或者,情愿你停下来,一起出走,离开这个租来的房子。

　　不过,她也有另外的想法,不要影响你,不要去留住一个要离开的人。所以,她努力不去感受任何离别的情绪。也许,你也面临过这样的问题,她这样想,你曾经也是这样想。那次失恋之后,你经常想的是,主动抛弃别人的人也会舍不得,毕竟是主动割舍,就觉得替那个人为难。这何尝不是安慰。

　　你在厨房里,想象自己拼命打扫过的每个角落,想象曾经的精心准备,想象每一个碗、每一双筷子、每一个盘子触摸时的感受。

　　水哗哗哗哗地流在盆里,你在想,最后一次,只要你开口。

　　后来,你关上水龙头,仍然没有听见一句话。你摘下塑胶手套,想着这简直是耻辱。因此,不敢走出厨房,不敢去到那张床上。

　　一直以来你都有这样的屈辱,和她的交往让你显得胸无城府,仿佛只配在厨房里干着擦洗的工作。当然开始是自愿的,那种不甘是慢慢养出来的。

如往常,你进入厨房,她就会打开音乐,以缓和气氛。这次,她放的曲子是《听说爱情会来过》,一个女人在空气里歇斯底里地低喊:"在朋友那里听说,知心的你曾找过我……"这让你觉得那么绝望。你觉得她是怀念他的,那个人,而不是你自己。

几个月来你一直想摆脱那个人的存在,为此做饭、洗碗、扔垃圾,偏执地管着她不让她吃泡面。你想创造自己的故事,而不是活在一种替代的感受里。不过,你已经不这样想了。

忽然之间,你想通了,什么都不带走,一切,曾经的气味和哼唧,你要让它们变成她的东西,变成她的坟墓,要让她不得安宁,要让它们在她以后的生活里,变成已逝者的魂灵,变成一种不祥之物,你也要自己以不在场的形式,挤入她的生命、她的思念。

擦拭案板的时候,那两把刀并排放在了一起。一把菜刀,一把肉刀。她买东西向来分得很清。你不是没有陡然间生起杀心。可是,甚至不必有争吵,两个人其实什么都没有发生过,互相的需求和目的开始就已经摆明,一切都只是随遇而安。

你打开窗户,点起一支烟,想弄出点动静,但又怕让她觉得是给她暗示。也许,她要的,是像幽灵一样消失。你坐在阳台的小床上,安慰自己,将一切留下,将她独自留下,自己退出这个世界,退出这套别人的房子。这是她租来的生活,包括自己,也是租来的一部分,何必呢?

最后的最后,一切都是那么完美无缺。你留下了自己的书、刮胡子的刀,还有其他小玩意儿,比如过生日时蛋糕上拔下来的两个小孩儿、一支用剩的铅笔头、一支打开的牙刷。你将这些东西留下了,以及那满抽屉的书、一些游玩的照片。你抛弃了这一切,也抛弃了你们的故事可能有的续集。

你走了,什么都没有带走,不再冒险,不留证据。为了伤害她或保护她。

你后来发短信说,你情愿什么都不要再碰。

你成功地复仇，将她留在了那间写满失败故事的房间里，连同她以往失败的爱情。你什么都不要了。

三

警察打来电话，是在半年之后，那时候，你已经离开了那座只见雾霾不见天的古都城市，回到你从小长大的小城，你的工作谈不上好也说不上坏，每天忙着下乡调研。工作第一个月，你就被派到了乡下，一阵子之后，你又接到了另一个调令。你有过经验，对于下乡调研需要什么心里一清二楚。你并不清楚这是不是最后一次调令，说不定半年之后又会碰到这样的人事调动。你研究地方史，又是在少数民族聚居区长大，有着丰富的多民族共同的生活经验，你知道他们的习俗和信仰。所以，单位秉着这个原则，调动你下乡。在这个单位，没有人知道自己不久之后会调到哪里，或许在一个地方一待一年，或许只是几周。也有驻扎十多年的。那些地方多半没有人愿意主动去。你之所以辞去原来的工作，到古都去进修几年，完全是为了脱离这样经常调动工作的风险。但是，你现在不得不又一次面临这样的派遣，因为无论你的专业还是你选择的工作，都具有流动很强的属性。

你对这些调动已近乎麻木，甚至谈不上忧郁，就像你离开那套你曾经做过几个月饭的房子一样，并没有起什么强烈的离愁别绪。

警察问你有没有什么想说的？警察在此之前说她死了。她的手机里只有你的号码，警察说了这句话，在她手机上看到的。警察想要你给一些线索，甚至，有点怀疑你。你现在还记得那个年轻警官的声音，他说：

我在房间等你，

等你生起火。

等米下锅菜上桌，

…………

她死得太过突然，你事后想，却又浑然不觉是这么一回事。她好静，工作却要求她经常开讲座，她有鲜见的人际交往障碍，房间里不养花不养草，不开火不动锅，在遇到你之前，似乎了无人迹，但你完全没有想到会发生那样的事情。

警察说她房间空空荡荡，停机也有一段时间了。在此之前辞了职？你并没有问。胃里没有食物。这也是你在电话里听到的话。

"为什么会那样？"你第一次问你自己，也是问这个世界。没有人来回答你。以前不论发生什么事情，你都不会哭，工作虽然和你到古都进修之前一段时间一样，但其实也并没有让你很懊恼，包括你们最后不再相见。这一次，你忍不住哭了起来。

你还给她的其实是另一把配置的钥匙，只要她有心，就可以看出来，并不是她给你的那一把她房子的钥匙。你一直没有感觉自己已经彻底失去走入那套房子的权利，你的手机号码也一直没有变。那把房子的钥匙现在和你自己房子的钥匙仍然拴在一起，你总觉得自己还会去打开那扇门。

那天你哭了很久，身边的同事安慰你，说换个地方工作性质还是一样的。你根本无法说出这件事，你停不下来地哭。下班之后，别人带着困惑的表情走开了，临走前领导建议你可以请假几天，调节情绪。

你一直没有想到买机票。那天回家之后你就买了机票，打开去哪儿网。前一天晚上单位给你举行了送别会，让你去另一个地方大家似乎有不舍，但这只是因为工作习惯，换作别人也会如此的，你必须去。你是突然想去那座古都，甚至没有等到天明，你就搭了车子去了飞机场。你的小城实在太小了，你去那座有飞机场的城市耗费了三个小时。当你独自一人站在飞机场的站台时，你突然想起那套房子的布置，以及你最后离开时所瞥见的场景。

也许那里已经住着别人了，至少房间打扫了出来。房东肯定认为自己很倒霉。你记得那座房子在一个叫作梅花一路的街上，是个新街区，小区南门进去的第一栋。即使你后来不再踏进那座房子，夜里坐车经过那条街道，看见楼上有灯光亮着，你也想那是她打开的灯光就好。有时你甚至故意去那里散步。

你并不能确定你的钥匙是否还能打开那扇门，但你想好了，即使房东问你，你也会完全是一副男朋友的口吻。你从来没有想过，当你一声不响坐着电梯到了她的那一层，轻轻敲了一下门，门却应声开了。里面什么都没有，桌子和床都没有了。她也没有了。屋子空空荡荡，看得出主家在准备装修，根本就没有锁门，一股别人家的气味，和你印象里的完全不一样。

警察的电话像你自己的一场幻觉，你不相信那是真的，准确说你怕那是真的，但警察的故事里，她还有迹可寻。

梅花一路的街灯明亮，快过年了，一切都显示出节日的气氛，热热闹闹，大红灯笼高高挂，地灯也闪亮，像踩着星星在走路。你甚至有些惊讶。她楼下的两排店铺都在营业着，根本不比半年前，路灯也只是几盏。以前为了建造地铁把绿皮墙拆了，灌木都被套上了塑料袋，有些还挂着营养液的瓶子，你开始想象自己有多久不经过这里了。

两个人谈不上爱，至多算同居一阵子的关系，她也没有做过什么让你感动的事情，你仔细想了又想，实在想不起来，却觉得有点像失恋。世界变得狭小，你只觉得似乎和她有关。你们是从来没有吵过架的，各自有各自的交往圈子，无非就是你做饭，偶尔过夜。这是一个凭感觉相处的年代，上床也无非是凭感觉，两个并不相爱的人，倒像情侣一样过了好一阵子。

你甚至不敢肯定那个电话是真的，来自警察的电话，你想也许是你的一个梦境。

就这样，你们最后不得不说再见。你找得到那座房子，却见不到那个人。在这座城市，你无亲无故，她亦然，你甚至不知道她做什么工作，她更是不知道你只是在这座城市进修一段时间。你们的同居生活对彼此来说都非常安全,互相不知道对方的职业和亲戚朋友。这难道不是一种悲哀?那时候你觉得这种方式很酷,同床而眠的两个人,一个锅里搅稀稠,这就是现代生活。你也不是没有想过,她是否会如此饮泣。想起了心里会有点痛。

又要去上飞机,你知道必须赶回那座城市那个调令安排的地方了。

能不能再回这座城市,也应该是几年以后的事情了,人事部一般不会将你安排到这里,你在边境线的就职,几乎是一辈子的事情。

你想起曾经的一个场景,你们的谈话。

吃完饭在床上,有那么一次,你们厌倦了探索彼此的身体,停下来。她点起一支烟,问你:"你有秘密吗,亲爱的?"

"什么秘密?"

"不是男女方面的,就是你谁都不想告诉的那种事情。"

你那天以为情到深处,她要和你说她童年的故事,或者读书和工作时代的故事,也或者,失恋。你并没有那么想听,但却准备鼓励她,你说:"这个嘛……每个人都有,比如偷偷拿过喜欢的男人的东西,或者扔掉父母的旧情书,也有时候,踢几脚朋友捎来养几天的狗,如果这些算得上。"

"你也有过这样的事情?"她几乎是有点欣悦地问。

她的名字里有个悦字,你从身份证上偷看到的,却从来没有喊过她。你们彼此一直喊对方的网名。

"我的秘密从来没有提起过,却是很简单的,一个人眼看要死了,和我说了三个字'给我水'。"她说完沉下了眼睑,你没有再问她。

眼看着快过年了,机场都坐满了回家的人,你没有带杯子,人来人往,倒是有一次性的杯子在饮水机旁边,你一动也不想动,但是你渴。你恍恍惚惚地,想对她说:"给我水。"你觉得你快要死了,就是那种要死的感觉,没有什么渴望,想就此结束,一切。

日子就像梦境,连和她同居到她房间去做饭,也像是如此。流行性感冒,不要吃药的,多喝水,至多七天,大家都这样说,从小时候你就知道了。爱情呢?失恋之后的爱情呢?三个月,六个月……

被摧毁之后还可以喘气,还可以活着,甚至还可以工作,可以微笑。悲伤受着约束,时间越久越可以关得住,可以既念旧爱又有新欢?爱情就像传染病。你很想诅咒她,一个失恋的女人,与你同居一段时间,然后就如此了,没有然后了。

你不知道,你从来没有想过,你不会认为自己会如此,从一座城市跑到另一座城市,只是为了验证一场梦境。午休的时候你在办公室打瞌睡,接着就哭了起来,又逢着你工作调动。你觉得你不至于那么脆弱,可是你连夜买了机票,你想见她,一刻都不要等,你想和她在一起。没有说过"爱"字的两性生活,你过够了,你想对她说出口,爱,或者温暖,你想说出你的渴望,说你怕孤独,说你不该倔强离开,你想道个歉认个错。

你终究不得不承认,你太年轻了,满足于自己所看到的,轻而易举。她的出现是对悲伤受着约束的破解,事情变得既悲伤又不受约束。你在登上夜半飞机的那一刻,想到那句或许是梦境里听到的诗:"我在房间等你,等你生起烟火,等米下锅葱上桌……"还是落泪了。

从苍井空到观世音

一

　　"她早就脱离了危险期,但还是可能会复发,我必须竭尽全力让她相信,你也知道,咱们是不要人死的,但是你这么离开我,我是办不到的。"雅典听到手机响,映入眼帘的就是这句话。为什么荒谬的往事怎么甩都甩不掉?她非常生气,但依然将短信看完了。他还是不放过她,一手牵着一个他制造的死亡患者,一手还编造着给雅典的短信,一想到这一点,雅典就气得发抖。

　　雅典一边看手机,一边走出了飞机场,还没跨过检查口,就一眼看见了雪雪。两年不见,雪雪看起来更加苗条,岁月似乎没有在她身上留下什么痕迹,这个容光焕发的女人一直充满活力,实在看不出来已经过了三十岁。她的眼睛正在人群里搜索,当雅典看到她的时候,她立即就喊了出来,招呼里充满了欢欣。她叫她"小飞侠",只因为觉得她有趣好玩,但那已经是从前的事情了。她们第一次见面是在雅典读硕士的城市,雪雪来开会,关于郭沫若研究的文学会议。那时候雪雪还是个穷博士，会议并不报销她的住宿费，经过雅典师兄的介绍，她就住到了雅典在外面租的房子。虽然是师兄，实际以前从来没有见过，但因为是一个导师，就也觉得亲近，这也是第一次见面。不过，雅典后来很感激，师兄居然给她介绍了雪雪。

雪雪实在如同她的名字，明媚光鲜，她有非常激扬的一面，当时就谈着一个小她九岁的男朋友。她认为年龄不是问题，学历也不是问题。小她九岁叫她小妈的小男朋友，她是在他高三的时候追到的，一起打游戏，网上认识了，就"下手"了。用雪雪的话说，心动了没办法。那时候她才研二，接着她一路往上读。他大一的时候，她已经读博士了，因为他第一年并没有考上。但他们每个月都要见面，两个省两个城市，雪雪所有的钱都花在了爱情上。她要等他上大学，等他到法定年龄，结婚。

雅典第一次认识她的时候，她和她的小男朋友在一起已经三年了。夜里一起睡下，雪雪幸福地说着自己的小男朋友，看得出，她沉醉在爱情里。雅典还是研二，雪雪说你也考博士吧，不如考到我们学校，我这次就介绍我的导师给你。雅典觉得雪雪真热心，这么快就"为之计长"，立即就当她做了好朋友。雪雪回去之后真认了真，将雅典的各种都往好里说，还让雅典发了短信给自己的老师。其实雅典根本没有看过他的书，但雪雪编得很满，她还收到了雪雪导师的回复短信和回复邮件呢，说是欢迎报考。

这都是六七年前的事情了。雅典现在博士毕业已经一年多，考的不是雪雪的老师，但感念雪雪的情谊，一直记着，雪雪结婚的时候，还老远去当了伴娘。当然，已经不是那个小九岁的男朋友了，那已经成为一个过去式的悲伤故事。数起来，这算是第四次见面。第三次，是雪雪到雅典的城市去旅游，两个人说了一晚上的话。雅典喜欢雪雪，她觉得她敞亮明洁，即使心神不宁，整个世界都在追赶她，她也能快刀斩乱麻，从泥淖里杀出。

雅典走出出站口，雪雪笑着，迎上来，顿时给了她极大的安慰。雪雪的笑也如同她的名字，一览无余地纯亮真诚。尽管雅典的内心非常脆弱，恨不得抱着雪雪哭一场,但她看见雪雪笑,内心就平静了很多。

其实早两天就该到了,原计划从天津转济南,但是那个人突然而来,雅典受了刺激,心乱如麻,所以将雪雪安排的时间往后推了两天。海报也是出了的,如果不来,雪雪其实更难交代,毕竟都是单位的事情。雪雪邀请雅典来,看似公事,其实是想借此机会,宽舒雅典的心事,雅典不是不知道。她给雪雪在一天深夜里打过一个长电话之后,雪雪就催促她来开一次讲座,并且再三强调,开讲座是其次,主要是散心。她担心像她这种情况,一个人孤立无援,受不住生活的寂寞,再一次陷入那个人设置的圈套。她初次失恋的那时候就这样,反反复复折腾了三四年,复合又分手,分手又复合,她说那样没有建设性不断损耗人的爱情,不如丢掉。她不容置疑地安排了时间、买了飞机票,雅典也就终于下了决心。

拖着行李从机场走向雪雪的车子,还好一会儿呢,雪雪一边走一边介绍,回去的时候不敢开高速,因为自己不经常上高速,可能会有点堵。但是,她只字不提雅典的那个人,好像在电话里,雅典把一切都讲清楚了。她只是拉着她的手,拖着雅典的箱子,走向车子。说真的,她这个举动让雅典觉得贴心,如果是雅典,恨不得立即一清二楚弄明白,她学的是社会学专业,对别人的八卦,有着专业热情。但是,也许雪雪已经偷偷观察过她的面容了,上面布满哀戚,她怜悯她,也就不问了。让一个新婚几年的人去问候一个失恋又纠缠不清的人,实在是尴尬。

比起雪雪来,雅典的个头并不高,不过倒是该有的都有了。说起来雅典比雪雪小,但雪雪打扮时尚,从脚指甲到手指甲,从手环到项链,全套装备,尤其她的包包,算得上名贵。雅典是只要涂了搽脸油就可以出门的女子,搽脸油从小学到工作都没有变过,大宝,一瓶又一瓶。雪雪虽然结婚了,看上去却正是好年华的女子,打着淡蓝色眼影,微微涂了一点儿彩紫,显得眼睛大而深远,最引人注目的,就是她的眼睛。不过,熟悉她的人才知道,她的眼角略微有些上翘。然而,比起雪雪,雅典的眼睛就没有那么好看了。雅典想着,对比差不多同龄的人,自己的恋情那样,也真是活该。

其实雪雪以前不是这样的。谈那个小男朋友的时候,她省着每一分钱呢,为的是两个人可以多在一起,连房子都是雪雪租的,这样可以省钱。可是雪雪去看他,却发现他又找了个小姐姐。雪雪又哭又闹,还是舍不得分,然而不久,再一次发现了蛛丝马迹。

其实那时候小男朋友的妈妈已经同意了他们的交往。小男朋友的妈妈是当地县城宾馆的服务员,二十世纪八十年代因为长相端正选进去的,当然也因了亲戚是当地公务员的原因,说情走关系的成分也是有的。但对于大多数人来说,有一份稳定的工作,由国家解决一辈子吃穿问题,简直是太理想了,虽然薪水很低,但是旱涝保收,算是不错了。也正是基于这一现实,她对自己儿子与一个博士谈恋爱,开始是反对的,但也引以为豪。最开始的时候雪雪是硕士,她不大同意的,后来雪雪博士了,她几乎算是默许,甚至逢年过节,还给雪雪备点礼物。她认为读成为博士的雪雪,工作不至于没有,比起连个好大学都考不上的儿子,这样的媳妇算是很不错了。所以,雪雪和她儿子分手之后,她还给雪雪打过几次电话,意思是儿子年轻无福消受。

雅典反观自己的爱情,对比产生自卑。明明是耻辱,不可提,就总是如条件反射一般,别人看过来的时候,去摸脸,因为两只眼睛底下,分别有一点儿黑眼,有人说是滴泪眼。她并不想被人看到,但往往去遮的时候,倒显得是刻意了。那次恋情也是,虽然过去几年了,却仿佛每天都近在眼前。

雪雪不一样,雪雪总是可以把日子推倒了重来,恋爱谈得日新月异,婚也结得日新月异,明明一手臭牌,却打得光鲜。她当然知道雪雪的自卑和虚荣,但输人不输阵,雪雪就是如此的人,她脸上有对爱和物质赤裸的渴望和追求,有时让人感觉太过脸红了,但是,这才像热腾腾地活着。她喜欢雪雪,也是因为这点。

算起来,有三年已经不联系了。雪雪邀约雅典是早就定了的,机票也买了,但是当他又开始与雅典联系,发了邮件,说对这一切的愧疚,却与雪雪定的时间发生了冲突。而雅典是欣喜的,立即废了机票,往后推,直接定了讲座前一晚的票,这样讲座可以有序进行,至于朋友间相聚玩几天,就只有算了。讲座对雅典来说,一直都是容易的。博士没毕业的时候,听说她要去大学里教书,她的那些师兄师姐,尤其是师兄,有几个不无怀疑,认为她说话都成问题,怎么可能教得了。因为她平日谈话吞吞吐吐,连她自己的导师,都是多半猜测着她要表达什么意思,并不能准确听懂,因为她表达得支离破碎。具体这话,还是一个在杂志社办刊的师兄说的,他觉得雅典是个羞怯的人。然而当他得知雅典博士论文的题目,就不再说这话了。讲座嘛,每个学校都在进行,请的人自然有好有坏,雅典当然谈不上好,但也绝对不坏。对于学生来说,学校不外乎就是国家教育进行的地方,生产出的是国家需要的产品,虽然对有的学生来说,学校教学会有损毁他们的感觉,但是整体来说,他们也谈不上无辜。但他们也大多头脑迟钝,对文学和艺术并没有什么特别的渴望和感受力,不会多么欢欣和着迷。雅典此次进行的讲座,雪雪问过了,她当时正在看苍井空要结婚的消息,顺口就说了"苍井空",雪雪就问这怎么好,雅典最后微信发过去"从苍井空到观世音"。雪雪说:"我相信你,但你可不要太搞怪。"她自有解释,说说苍井空而未必真正讲的是日本那个女老师,让雪雪放心,她说要提起年轻人对文学和艺术的兴趣,必须如此,毕竟这是一次文学性的讲座。雪雪信她,还有另一层理由,她看过她的文章,在那篇文章里,她写过这样一段话:

　　苍井空。日本女优的中国名字,完全是一种禅,苍是莽莽苍苍的"苍",白茫茫一片的"苍";井是幽深枯井的"井";空是方死方生的日子之后的"空",是万事皆空的"空"。"苍、井、空",三个字都是空荡荡的,一种真切的人生。我曾经在恋情和实际的人生里，奋不顾身地追求一种实，实际的"实"，事实的"实"，充实的"实"，粮仓满满果实累累的"实"的那种实，追求一种唯一的"实"，最后落入苍，落入井，落入一种空里，落在这种空无的有里。

其实挤进大学教师职位里，对她来说是完全没有考虑过的事情，但博士毕业那年，连着应聘了几个杂志社的编辑工作，还有管理岗位，都不要她，甚至还去北京专门考了一次，也没有考上。北京那次几乎算是妥妥的，毕竟进入复试了，而且她看过，别人的成绩都没有她高，但最后还是被刷了，原因无非有二：做编辑，博士实在太老了，此其一；另一方面，进京的那个岗位可以解决户口问题，很多有背景的人都在争取这个名额，她自然是不可能的。可是眼看着毕业了，于是就去应聘了现在就教的这所大学，瞎猫碰上死耗子，他们看她还写过一点儿东西，事关民俗的，就把她留在了人类学的教研室，美其名曰新的学科需要人，实际上是因为她真正要进的社会学专业已经人满为患，岗位倒是有，争的人更多。她自己呢，找不到工作，这又是家乡的一所学校，名气上还是不错的，就进来了。当然还有过别的瓜葛，比如让她去先修师资博士后，她那时候都已经准备去中小学当老师了，但是好在后来这事托导师的面子，解决了。

挤进大学里面当老师，外在看起来有面子，实际是博士毕业走投无路的选择，算不上是感情用事，但难免是平衡之后做出的，未必算心仪。因此，当了教师之后，她常常生出那样的抱歉，感觉对不住学生。就拿谈恋爱来说，她都谈得那么失败，有何能教得了学生？让她带田野调查的写作课，她更是觉得难胜任，写作又不是能教的，定性分析不比定量分析，虽然可以乱说，但说不出新意就是糟蹋。她教了一年，觉得别的老师也不过如此，大多将文学和写作降低到庸俗的理论分析了，降低到自己一知半解的认识水平。她时时感觉罪过，认为自己是把学生从田野推开，而不是引领他们进入田野。因为自己爱情的残疾,她觉得自己在精神和生活上也是残疾的,而自己置身于教学行业,国家的教育行业也是残疾的。有教材总是好的,那么,就照着教材讲。虽然,对于雅典来说,她最喜欢的,其实就是杂七杂八从生活中来,到生活中去,讲点日常的,比如,看到苍井空,就想讲苍井空,既然苍井空太有颜色了,考虑到教学禁区,那么,就把观世音请出来,这样看起来就有点慷慨激昂理直气壮了,然后就可以像个传声筒一样一股脑儿说两三个小时。毕竟,无论苍井空姐姐还是观世音奶奶,实在太有话可说了。雅典守寡二十多年的妈妈,也对雅典感叹过:"这回是国家的人了,登记在册,好好工作,一辈子吃国家饭。"对,就是这样,国家工作人员,吃着国家饲料,活着如此,死了,就是国家死人。在雅典入职不到一年的时候,单位就死了两个职工,他们作为国家死人由单位出资办理了一切,从棺材到骨灰盒,再到一团云烟。这虽然说起来是残酷的,但同时也未必没有美好。我们的一辈子需要如此,需要一个国家单位,才显得更有依靠,国家比个人强大,进入私人单位,老板连他自己都保不住,能给员工什么样的待遇呢?

雅典没有想过,即使被抛弃三年了,旧日恋人一来,还是见色忘友,但见面的时候,他却指责雅典,他说自己一直在一条崎岖不平的路上走,眼看已经到头了,雅典却不给他自信。他说如果她但凡坚持一点儿,两个人也不会如此。雅典心里想:"坚持等到你老婆死掉?"他说自己一直生活在恐惧和思念之中,实在受不了了,所以来找她。他说以前和他老婆坦白过一次了,这次不能再那么冒险,毕竟他不想有人死掉。他还责怪她:"我观察了你很久,你喜欢新鲜的东西,喜欢多样选择,喜欢短期任务带来的不断刺激……而我冒不起这个险。"她在心里回味他的话,却不敢回嘴,也不正脸去看他,她怕自己哭出声,那太为难了。一个人抛弃了一个人还如此照顾她面子,她似乎该感激。她的心里只有低吼:"几年过去了你对我还是这样?"连继续爱着都不忍心说,这太为难了。她不想给他加压。

雅典的脑海里出现了他妻子的形象。她不明白这个女人和她有什么关系。以前不明白，现在更不明白。不过，她感激她，她甚至有点钦佩她。她从未近距离见过她本尊，如果近距离不包括迎面而过的话，她与她有三次迎面而过呢，至于远距离看到她，好多次。毕竟，她曾经住在他们家对面的楼上。她有一张她的照片，那张照片里，她并不好看，但手里抱着一束花。她名字里的一个字叫花。看得出，她要贴在所有的花上去。

曾经有一次，雅典梦见亲吻她，对，不是他，而是他的老婆。她不能清晰地回忆是自己亲吻了她还是她亲吻了自己。毕竟时间太久了，那已经是一个久远的梦。那之后她觉得她身上有自己，而她死不死，实在没有关系，她早就不再与他幻想长久。露水情缘不过如此，虽然还是伤心的，有时整晚睡不着觉，但毕竟不至于为一个男人去死。

这三年，她不是没有后悔过，觉得自己太过软弱，容易被感动，其实开始就知道不合适。她看不上的是他所骄傲的艺术，底层就像他手上的一张牌，他为名利诱惑，伪装虔诚，勾勒穷人的生活。在文学方面，他一直都是如此，经常开讲座，也无非一副说教的面孔，用他多年前当中学语文老师训练出来的煽情能力，对那些寻访名人而来的听众进行眼泪授课。他的文笔一塌糊涂，甚至连起码的通顺都达不到要求，但是他喜欢参考俄罗斯文学，对自然风景进行枯燥无味的描写。在底层民众成为国家文学的一个展览标签后，他对底层和乡村的凋敝现实的描写，自然就在这个国家红火了起来。至于这种文学状况好不好，天知道。他拜托尔斯泰为精神上的父亲，拜一位海派作家为精神上的母亲，他的作品就是对他们俩的复制和盗版。——即使别人不知道，这时代没有人读书，但是那样的文字，伪装成乡土文学、底层文学的作品，每一行都是从苏俄翻译文学那里得来的，他这样做，无非为了出人头地，满足发表欲和明星欲。——很多次，雅典为自己出现在人群里感觉恶心，完全是因为想到这个人。她觉得自己也仿佛是虚假的市场或群众需要所以被社会生产出来的蠢货，被他的光芒欺骗了。他立志要进文学史的,让文学评论家和撰写文学史的人,把他编进教科书,照片挂进当代文学馆。

她在这方面一直看不上他,感觉他描写的大自然无一例外都带着农民的那种面纱,对,是农民,而不是农人。他那没有艺术天赋的笔将大地山川写得毫不形象,他不会描写树木,也根本描摹不了鸟声,居然还为山村声音做列传,将大江大河写入他的史记,一切罩上小农民的面纱,让他们充满贫瘠哀伤的面容。他不是不想描写光泽和滋润,但对于他来说,实在太难了。他模仿托尔斯泰而没有自己的语言,却因为不懂得俄文,而落入一种翻译风格里面去,自己却觉得伟大。踩着底层文学的巨轮,他算是莫名其妙名声大振起来,出了那么十几本书,国家网络和国家媒体都在宣扬他的作品。实际水平太过平庸,学院派那些人并不买账,虽然学院派的人也同样并不高明,多是学历堆砌出来的渣子,可还没有堕落到这种地步。山芋固然有营养,但谈珍品佳肴实在充不了数。雅典从来没有想过伟大,眼里也自然没有伟人,人类也不过草木一生,这后来成为他认为她无法识别他的不朽所以被抛弃的一个借口。

然而,看见邮件的时候,雅典还是动心了,她恨不得立即去找他。他来了她的城,要见她,难道是要在一起?难道是因为终究觉得过不下去,还是爱雅典?失恋三年,还抱着这样的希望,爱一个人爱得这么卑微。

不走高速确实很慢,雪雪对路也不太熟,虽然开了导航,可是她说这是第一次去机场接人。路两边开始是田野和村庄,接着是高楼和商铺。雅典说:"权当旅游济南市了。"这是她第二次观赏济南的街景。前一次来还是博士的时候,前面说了,在雪雪的婚礼上当伴娘,在济南来去过了两夜,中间去的雪雪的老家临沂,那时候是秋天,栾树满城红果,济南城的柳树看过是再也忘不了的,比美人都美。到底是济南,空气里含着浓重的湿气,直往人脸上扑,还散发着一股海水的咸味,似乎从青岛那边的海湾过来的。他曾经和雅典说起过济南，好几次呢。还说起两个人要一起去。他最常说起的，是两个人一起去俄罗斯，看得出，认俄罗斯的托尔斯泰为精神上的父亲，他要去寻文化的根。雅典到底是现实的，当时心里想着要花两三万元吧，需要攒多久，还是必须四五万元才够？她没有花男人钱的习惯，而且，这么一笔钱，花他的？他向来哭穷得厉害。两个人吃面条，三个人在一起还是吃面条，加的是他的一个老年朋友。面条是小事，但可以看出一个人的花钱态度。他立即责怪雅典没有和他长久在一起的心，所以不想去俄罗斯。——工作之后，也无人惜从教坠，不谈恋爱不逛街，一切都贡献给了工作，也兼职、讲座和写东西，出外去打工，一个月少说挣一万五，多则两万多。雅典对钱从不贪，给家人，还有还买房子的钱，自己卡里剩下的，从来不超过一万元。最开始的时候没有买房子，每个月看见卡里有进账超过一万元接着再超过一万元，心里只觉得疼，无法忍受，就给家人打过去。恋爱到最爱的时候，实在太穷了，买了机票火车票去看他，住的都是简易的旅馆，甚至可以说得上肮脏，最缺钱的时候，连有窗户的旅馆都住不起，住那种打折的，没有窗户钱少的，少也就少十元或二十元，可这几乎算一天的饭钱了。那么爱，也想着就这样算了吧，如果在一起，势必会让他租一段时间的房子，他怎么受得了。不会做饭，每次想到两个人吃饭，也觉得两个人生活，势必让他在饮食上艰难一段时间……连这些都是想过了，不愿意让人家为难。可是，他说他得了重病，因为雅典……她觉得害怕，想停下来为他好，又停不下来……一次次去求他，租住在他家楼对面，或者，住在他家楼下小区的宾馆里……生命里为爱情最艰难的五年……

　　——即使这样逐渐长出爱情的牙齿，还会时时忏悔，爱的时候没有钱，不能让别人过得更开心一点儿，以致后来的工资都像是仇恨。日子过得多么荒唐。

　　雪雪和丈夫暂时住在一套丈夫家的旧房子里，不大，两室一厅，已经有很多个年头的房子了,里面养了两只猫,一黑一白,盘卧着分明是古中国的阴阳太极图。这雅典是早就知道的。这次来,才知道雪雪要将黑猫送人,因为考虑备孕,加上房子是婆婆的。他们的新房子正在装修,在雪雪工作的学校附近,也是婆婆公公出了大半的钱,雪雪说第二天带她去看。看得出,雪雪家里,主事的是婆婆,而不是公公,也同样可以看得出,雪雪对婆婆又敬又怕,同样看得出,雪雪虽然在炫耀,可更多的是分享,她希望分享给雅典更多的快乐。"一大家子事情婆婆担,以后肯定是我。"雪雪这样说。雪雪的丈夫喜欢道家,虽然学的是法律,做的是律师,但其实平时无为而治,对于性事也如此,一月至多一次,难得倒是个体贴孝顺之人,喜欢厨房,喜欢猫,喜欢宅家。雪雪说他是连出轨都不可能的,因为不出门。雅典听了这话,为雪雪疼了一下。小男朋友的事情,真的全部忘记了吗?两个人在一起,日日夜夜,肯定有身体的迷恋,即使技术不太好,因着年轻的一股子渴望,总也觉得热热闹闹爱着吧。落入这样清淡的金钱堆出的健康生活,倒是悲凉了……雪雪呀。但雅典也知道,生活需要这样,现在最踏实,雪雪这样最安稳,岁月静好,一辈子有一个男人,他连出门都懒的,出轨更不可能。

雪雪和她丈夫的结合,按理说是美满姻缘,因为属于一见钟情,互相暗恋,小学六年级的时候一个班,一起读书,直到高中毕业。他那时候还没有秃头倾向(现在已秃顶),竹子一样节节长,很像流川枫,打篮球又特别好,许多女孩子都心仪。雪雪家属于县城一般双职工那种,而那时候,他家就有好亲戚,他母亲算得上县城有能力的小名人……后来也不负这名气,一气呵成发展到济南市。

雪雪与他再度联系,却是在博士马上毕业与小男朋友分手正伤心时期的一次同学会,两个人有了联系方式,彼此晚上打了电话。

他原来居然也在学生时代暗恋她,觉得她人美,又学得好,自己分数差,所以不敢说……于是,人生若只如初见,很快就见过双方父母,定下了婚约。雪雪一下子从弃妇到新妇,甚至没有任何过渡,对于旧人旧事,她是提都不要提的了。虽然,偶尔念及小男朋友爱她时的冲动,两个人在一起,车票总是改期又改签,然后退票,不得不分开才分开。一起吃半只烤鸡,为了怕冷掉,等着她回来,就装在塑料袋里外面包了报纸,团在被子里……当然还有更激荡人心的,为了他,她骗父母说身体出了问题,需要钱,母亲打了三千元,又打了两千元,接着她又要了两千元。母亲担心不过,跑到济南市,才知道她是为了爱情。大半夜里母女生着气,哭,母亲抱怨:"怎么生了你?"也曾经到人家的家里,跪着求父母,说是以后一定在一起的,虽然有年龄差,但难得两个人不觉得。已经如此时代了,爱一个男人,还愿意这样委屈……那样的爱情,有过眼泪有过痛,不像这学生时代的暗恋直奔结婚般平安。——却也只是午夜梦回的事情了。

夜里,雪雪接了一一,和雅典一起吃了饭,将雅典送到宾馆。雅典知道一一离了婚,就约一一隔日一起睡,吃饭时就决定了的。当晚一一得回去,她的单位在城郊,翌日一大早的课,来回赶不及。

一一是雪雪的朋友,已婚已育已离,也就三四年的光阴。雅典与一一认识,还是在雪雪的婚礼上,雪雪邀了七个伴娘。雪雪一直需要这样的喜庆,身上也有这样热热闹闹兴兴头头过日子的能力。大约一一也正因为如此才喜欢她。

说起来,一一也是可怜人,虽然家境好得不成样子,甚至比土豪都土豪。但若说有多快乐,则根本谈不上,从小一对姐弟,灵灵活活的,后来她独自长大了,弟弟却永远留在了七八岁的智商里。她读博士的时候,做生意的父母赚了大钱,就给她抱养了一个弟弟,那时候她还不知道。等到她回家发现的时候,已经来不及了,于是,一气之下,和男朋友未婚先孕。也正因为未婚先孕,要生,在婆家看似跌了价格,后来补办了结婚证,也已经不起作用,终至于离婚,其间狗血也是多,说来一把泪。大龄剩女与离异女,总会有太多话题,而雪雪作为已婚妇女,倒不适合很多话题,因此——与雅典,在网络世界里,比雪雪更近一些,她们已经攀爬过对方灵魂的雪山和草原,这次说好要好好说一说话。不过,还是要感谢雪雪。雪雪有个特别好的优点,自从认识了雅典,滚雪球一样的,她把自己的朋友和老师一股脑儿介绍给雅典。她喜欢的,一般情况,雅典自然不讨厌,比如——,因为开篇的介绍里,雪雪就把她夸过了,带着好感去接触一个人,总也不会太失望。

其实只要见——,——总会和雅典住一起,最开始给雪雪当伴娘,从雪雪老家回来的那晚,雅典就和——住她的博士宿舍,也就她们两个人。那时候,——正在热恋,孩子还没有生,婚还没结,谈不上离,一夜畅谈,她留给她的一个印象,性欲满足的幸福似乎要溢出来。性对女人的精神和身体,看来终究是好的,如果那个人是爱的。一别经年又经年,第二夜她们睡一起深谈,却已经是完全不同的风光了。

第二天,雅典醒得很早,一是择床,二是出门在外总容易醒,但却并不觉得累,她知道在雪雪来接自己去讲座之前,有半个上午自己度过,就觉得开心。她喜欢早晨起来半梦半醒躺在床上的蒙眬。几乎每个早上,如果不上班,她都会推迟两三个小时才起床。往往,这段时间用来清理旧的一天,计划或整理新的一天,有时也看书看手机,大多时候躺着想事情。

到九点多的时候,雅典才起来,然后到卫生间去洗澡。洗澡间的镜子里一览无余裸女的身体,她实在觉得自己已经不年轻了,乳房虽然看不出什么,肚子也没有圆起来,但是脸上的沧桑自己是明白的。想起前一天晚上还与他在一起呢。分手三年的恋人,想到他解下自己的衣衫。准确来说,这样表述是不对的,雅典自己解的衣衫,她不喜欢他太过劳累,从来如此。其实对别的男人也一样。她不喜欢那种等待或羞涩,她会主动配合。她也不喜欢男人太过羞涩或装出来羞涩,她会替他们尴尬。

二

说实话,独自在济南的宾馆睡的这一夜,她的内心被痛苦折磨得心烦意乱。其实也可以说得上是欣喜,毕竟还爱着,虽然隔了三年的长河。——这样的痛苦或彻底做出完全可以不要的决定,还需要等一年,或一些时间,那时候,绝望埋过绝望,这一次的相见,也在时间的长河里晶莹剔透起来,一清二楚,谎言或者其他。没有什么好自欺的了,她知道自己不重要,至少不是日常必需品。

大学时代总盼着到处旅行,增长见识。工作之后,这一年,虽然也出差也这样半是工作性质地开讲座,但人生第一次,也是失恋之后第一次,觉得一切都在独自补救,不是靠到远方旅行,而是自我审视,独自陪伴。

带的衣服少了,虽说是夏季,可是房间里冷飕飕的,他的短信倒是热的,让她不由自主地想着他。但这个人从来没有对她说过一句实话。让她这几年尤其感觉冷的,也是他的这种忽冷忽热的态度。

第一次见面,那时候他还四十多岁呢,脸色红润,厚眼镜片下的目光锐利,如同他的伶牙俐齿,笑容也来得很快,根本就看不出他的城府。过了很久,才知道他善于掩饰自己的野心与欲望。谈话里引雅典注意的,是他一会儿很温柔,一会儿很客套,一会儿又很嘲讽,差不多可以说算是一个自来熟的人了。两个人留了电话,断断续续发了半年短信,无非天气与寂寞。她并不急着约会,甚至毫无约会的念头。在那座城市,实在太寂寞了,所以找个人在短信上聊聊,说说话,没有其他意思的,她当时正忙着一场大考呢。大考完了也没有很快联系,都过去十多天了,他约的她见面。当然,应该是在短信里,她告诉他大考完了。有时她很庆幸呢,即使在恋爱最深的日子,想过应该早点认识他,但是一想到大考,她还是觉得考试之后更好。——后来，她觉得幸好考过试了。他约她去乡下看梨花，过梨花节，还有其他的朋友，参加梨花节活动。他的语气表明，完全把握到她不会拒绝。如果是平时，雅典肯定要找个托词，可是一切天时地利人和遇上了，大考过后不久呀，正是百事无聊等待结果的时候，有的是大把时间，所以她丝毫没有托词。她并没有将这次约见当作是一场爱情的开始，固然有那么一点儿暧昧，但绝对谈不上爱情。那时候她几乎笃定要离开那座城市了，至少可能性超过百分之五十，勉强留下也是待到毕业。

事实上梨花节活动也并没有让两个人发生什么。她已经一个人生活很久了，住在城东一间狭小临街的小房子里，至多只有二十平方米。房子太小，也就很少带朋友进去。不过隔了不久他就到了。因为梨花节之后，又有接二连三的约见。开始的几次，实话实说，既没有什么激情，也没有特别的欢乐。她二十六七岁，他四十七八岁，能有什么呢？但是一个人实在太寂寞了，日复一日月复一月，日子真是煎熬。禁不住他的约，她几乎没有客气地推过，就这样，多约了几次，虽然是在人群里，但明显是近了的，后来，也就忘记了克制和廉耻。

真正的开始是踹了他一脚，以后的爱情就像对这一脚的补偿。

约见好几次了，却也就像朋友那种。一次喝了酒，人很多，他说她玩他。她也是等得够久够急，在人群里本来就烦躁，因此一脚踹了上去，居然踹到了他裤裆，他捂着号叫了一声。当时人很多，他也算失了面子，闹着要走，而雅典只觉得闯了祸。如果他真就此走掉，倒也好，毕竟做了事情要承担，也无非失去一个交往的人。想通了就知道无足轻重，但毕竟踢了别人一脚，谁知道会有怎样的报复，她不是不怕，觉得还是尽量哄就是了。于是，就道歉，就亲吻，毫无过渡，只想平复他被踹裤裆的心情。没有想到开始了一段爱情，把自己彻底卷进去了，像是卷入了车轮。

后来，看到"搭讪艺术家"所显示在网上的泡学课程，才有所惊醒，但是那样刻骨铭心去爱一个人，那样认真，想起来真是留恋，从来没有那样爱过呀!

课程里有这样的章节:"自尊摧毁陷阱""情感虐待陷阱""极恶心态铸成术""禁术和疯狂榨取""宠物养成术""自杀鼓励术"……雅典发现自己是被套路了而苦不堪言。说起来仍然是难堪的,有几次,他甚至掐脖子掐到他需要摇一会儿她才可以醒过来,扇脸是每次相见的日常,以致她不得不经常戴着丝巾和帽子,这习惯到现在还有。恋爱最深的时候,开始有抑郁症症状显现,她以为是恋爱不畅造成的,可是该奉献的都奉献了,主动,一切,别人让做什么马上去做。

是的,她不想写出他的名字,她无法忍受不提起他,但不想为他赋名。

七楼,看着他在对面房子家里的灯火亮起,她差点跳下去。因为他说有两三个女人为他死呢,初恋女友,现任,还有以前的一个。他说她不够爱他,甚至根本不爱他……就是这样的,差一点儿了,人在没有理智为自以为是的爱情昏乱的时候,是会死掉的。

跳下去,没有人会拿他怎么样,何况根本不会找上他,他只会觉得是自己的魅力太大,和北大那个二十多年前导致女孩子自杀死去的男教师一样,他们早就无师自通,成了泡学教主。太多了,死掉的女孩子,凝滞的血。

她有两年多近三年的时间,甚至更久,处于精神崩溃的边缘。无缘无故地哭,夜里不敢睡觉,焦虑烦躁,最主要的是不敢见人,尤其是男人,即使是亲密的女性朋友的约见,也是躲了又躲。有近一年多的时间,她自己在房间里煮面条,有时没有盐了,也不敢出门,躲避着出门,下楼吃饭,太艰难了,即使会下去,也必须等到人群散尽之后。那时候最怕见人,怕开会,怕老师找……她的导师说她是躲人的鹭鸶鸟,太怪了。

怎么活下来的? 说出这些肯定有很多人不信,没有经历过的人,在阳光下走动的熠熠闪光的人,你们不信,你们一定不认为可以因为爱一个人伤若至此,而人家甚至未发一兵,你就全盘皆输了。文字是无力的,太过无力了。两年半近三年。突然间渴望活下去的意念,是毕业前半年春节的时候,家人在电话里催,希望她早点毕业,她才惊觉好久没给家人钱了;导师打来电话,问她有没有想法去编辑部……多日不联系的老师,从进校就因为自己的情感状态一直自动边缘化自己,想不到老师如此,还有人在乎自己的,希望自己可以顺利毕业,还有人在拉住自己……于是,毕业前三个月,赶制了论文,日夜书,有时一天写一万多字,不管好不好,写下去,就如此。最后,延迟了三个月,毕业,工作。像是把一切都赶上了,像是一切都没有耽误。只有她知道,曾经有怎样的绝望,可能死掉,而且还一点儿都不怨恨。到现在也无法怨恨别人。为什么当初那么傻? 年轻的女孩子,渴望爱,渴望吃,实在是太渴望了。明白之后,虽然不再痛苦,可是身体还是有记忆的。飞蛾扑火,"泡学"。被骗的人,需要骗子装出的幻象,那是她生命里缺失的鸦片。

"她早就脱离了危险期,但还是可能会复发,我必须竭尽全力让她相信,你也知道,咱们是不要人死的,但是你这么离开我,我是办不到的。"她被救活了,一次次,就像戏剧一样,他说她去了急救室,他说他为此很忙,他说她活过来了,下一次,又是这样的轮回。其实不需要他预告的,雅典并不想做人形秃鹫,即使爱一个人。

不过,他为此说的谎言太多了……即使她在旅行中,去往敦煌,或者去往阿坝,去往东部,他都能编出这样的谎言,他老婆在急救室,可能会死掉。多年前,一个大学同学每次节假日为了请假,从外婆死了外公死了,请到爷爷死了奶奶死了,直到辅导员觉得怀疑,问他:"你外婆去世下葬需要隔一年?"可是,明明是他的声音、他的号码。那个女人即使有病,其实也早就脱离危险,不需要他预告,网络上一切都是明显的。在这个网络化发达的时代,那个女人,他的妻子,热衷于在网络上晒他们的日常生活,花儿草儿,猫与天空。

跟他在一起,她从来没有踏实过,他像个消防员,总是走在扑火的路上。与所爱的人在一起,如果从来没有感觉到充实与自在,还算爱情吗?夜里她听见大街上流浪猫叫,闻着空气里传入的雨的味道,真想问一问。确实,在最后的最后,现在,甚至连是否真正爱过也不能确定。她能想象小巷里没有人迹,几只猫蜷缩成一团躲在建筑檐下的那种绝望。它们也会怀疑自己曾经是否真正经历过阳光吗?

　　然而,自从跟他好上以后,她还不是被他骗得晕头转向?傻乎乎地等了五年,才醒过来? 她连那些蠢猫都不如。

　　关于他的妻子,雅典其实并不想了解更多,也没有主动询问过什么。她是好奇心很强的女人,但对于家庭主妇并不觉得有什么好奇。他是她的天,雅典不是不理解。他却经常把话题引到妻子头上,要不就是嫌弃她总是哭,要不就说她是那种家庭妇女的狭隘,再不就说她对他的崇拜,或者说,她要死了,因为太在乎他,总发病,喘不上气来,哮喘性疾病,双向情感障碍,随时都可能……他说她对他有恩,而且出于怜悯,忍让着,不能让她枯竭。他这番话当然说得再明白不过了,加上时时强调,日久天长,让雅典觉得他简直是个男怨妇,恨着妻子。但是他也越说越难以自圆其说,毕竟,好端端的人跑到西部敦煌等地游历一番也可能有地域反应呢,何况一个快要死的病人……也正因为这些,雅典越来越戒备,对他越来越无愧疚,到最后,只要听见他又端出这一个又一个的理由,就在心里说:"你继续演吧,大爷不配合了。"她感觉跟他的交往,确实是自己在扮演男性角色,总是听一个男怨妇在诉苦。雅典的这种感觉,日渐加深,变得不容置疑,并在她心灵上造成了极大的痛苦。在她的世界,很简单的,两个人之间交往,互相愉悦,继续,互相拆台,争吵,散伙。她不喜欢这样,她觉得和他在一起毫无建设性,他的死亡理由随时会从口里说出,这真让人累。

　　前面说了,她见过那个女人,他的妻,近距离和远距离,擦肩而过也有过。她记得很清楚,蓝色牛仔裤、刘胡兰发型、白色或黑色运动鞋。脸倒忘记了,怎么也想不起,模糊朦胧。不丑,但也谈不上漂亮。一个寻常市面上皆可以见到的家庭妇女,没有什么特征。在网上博客和微博等也只会晒出花草,或者自己的一只手,有时仅仅一个遥远的背影,要不就是秀丈夫的书法、孩子的成绩,就如此了,岁月静好。但从这些里面完全可以看出,她对自己并不自信,所以她晒她认为自己拥有的,却不敢晒自己的全身照,更不敢晒自己的伤疤。这样的女人呀。微博上,就像一个演员演着一出戏,而生活中,脱掉了所演角色的那张皮,缩回了壳里。她知道她是给她看的,要她难过,猜到这份心,她都为他的妻子感到痛苦,生活不是比较。

她倒是佩服她的,因为那样的生活,她一天都不要过的。她无法容忍生活里有个叛徒。如果说,世间最深的爱情是心甘情愿为所爱的人去死,她做到了,她用这种最明确也最悲怆的形式,哀婉地向一个已经背叛她的男人,表示着自己的爱情,难道还有比这令人感动的吗?雅典不是没有感觉到自己身为女子的卑劣,甚至是浅薄,在那样的爱面前,一切都将她照得寒碜渺小。一个家庭主妇,一个甚至可以说一无是处的女子,但是,她可以为自己的爱人去死,她怕失去他,所以生着慢性病,这一切都可以让外面的人望而却步。雅典知道自己爱他还没有到要去死的地步,虽然,有很多次,可能会伤心地死掉,但不会如此,至少主观上绝对不想如此。——一个男人,不可能要她的命。

雅典记得他如何欺骗,说是两人分床分室,他在书房睡,说是老夫老妻……她对这些并不在乎,但不喜欢谎言。在后来逐渐认清这个男人之后,她还允许他陷入重重矛盾之中无法自拔过一阵子,看他不仅骗自己,也骗别人的那种辛苦和龌龊,真是为生而为人心酸。

一条短信,让雅典发现全变了。逝去的时光,像心灵上的癌,本身就在潜自扩散,往日的那种处境每时每刻都在逼迫她回首往事,但又似乎失去了魔力,她稍微有点留恋,更多则是厌倦和疲惫。现在,她把她的自由摆在第一位，尽管她顾不得掂量自由的局限性，但是她知道体内蛰伏的自己终于醒了过来，因此，整个人变得活泼诙谐，推动着她去认识新的人，追求新的事物。她知道自己需要与当前现实及周围世界建立更密切的联系，需要看得见、摸得着、闻得到的实实在在的生活，能够随心灵的冲动而调整生存范围，而不是，再做一个被动者，等着某个男人的需要或召唤。那样的日子，虽然一两年，但是她过透了，过够了，即使他真的死亡，也至多是让她有点愧疚，而不是再一次来来回回不断折腾。她不想和他沾任何边，她知道，他简直就是狗皮膏药，有各种理由粘过来，只要不是他主动消失，他就有这本事。如果当初不装死，不说他为她得了疾病，那他会有以后的深情吗？未必。五年，雅典用五年的时间看清了真相。他想让她滚，想保持自己在那座城市的安稳生活，还想要藕断丝连，于是，就编造了这样的理由。

　　她看到那条短信之前，知道他来了她的城市，是个早晨，还是大惊失色，虽然他提前发邮件通知过了。他习惯于这样。他拒绝用微信（当然那只是曾经，现在他有微信），主要使用短信和邮件。他有两个邮箱，一个邮箱由他的妻子负责打理，他的妻子早就把她拉进了黑名单；另外一个邮箱，则是他私开的。就如他的手机一样，他把她拉进了黑名单，但他告诉她，这样其实可以看到她的短信，病人看不到。他就是这样不要脸。一个人如果骗起人来，总是有理由。她早就预料到，他不会放过她，还会来纠缠她，想不到只隔了三年。当然，这三年他在邮件里也从来没有消失过，隔半年或几个月，要死要活，说钱花光了，工作没有找到，家人埋怨，也或者，说他对人生绝望，不想活了。她早就料到他不会如此轻易放过她，尽管是他抛弃的她，她顺势而去。不过，这样对他要死要活的妻，不考虑放过别的女人，也真是太无耻了。可是，他就是这样一个人，还能指望他不来这一手？他是可以下跪也可以咆哮的，没有节操，她早就领教过了。

　　"你是不是不欢迎我来？我一直在观察你，我的眼力你骗不了，我才不是外行！"他说。

"不是这样的。"她接着说,"你怎么想都是可以的。"曾经,一千次一万次,都要解释清楚的,明明是他装死要坑她,她却不断解释自己不要失去他,希望和他在一起。

　　"你变了。"他说。他就像个晴雨表,半闭着眼睛,装作无心实则边说边观察她脸上的表情、眼睛的颜色、闪躲的次数。他双臂裸露,头发是板寸,眼神里充满了自信,那肥厚的脸颊白白亮亮,很明显,他比以前胖了,有光了,没有她的日子他过得好着呢。从前,她竭力掩饰自己真正的喜怒哀乐,表现出和他在一起很开心,怕他不高兴,怕他赶她走,怕他说她和别的男人有勾搭。有几次他也这样说过,"你变了",问她心里藏着什么,不愿意对他讲。其实那时候就已经在克制了。她心里藏着那种谁也挡不住的激情,爱一个人的激情,她已经不想给他了。先是一只蟑螂,接着两只、三只,无穷的蟑螂,这就是这个男人给她的感觉。

　　"咱们得好好谈谈,对不对?"在这之前,他给她的邮件是这样的语言,"你老是发命令,不许回你一个字,我们对彼此,都有很深的怨毒,你对我的怨毒有多深,我对你的就有多深,或许更深,想想从头至尾,点点滴滴,想想某些细节,我会发抖。你能信口开河地骂我,发泄你的怨毒,却不给半个出口。我们都太有自尊心,太骄傲,也太自私。今天,我们见见,我放下,把我想说的话说出来,说了,今后再有半个字去打搅你,随你怎么骂,我都不再怨恨。我爱你,非比寻常。祝福你,永远祝福。"他脸上是万无一失的笑,和他的邮件以及话语形成完全不同的对比,时至今日,他居然还认为自己对她有万无一失的驾驭能力。

　　那时候,她被他压着,只有默默服从,脸上肌肉僵硬,喘不上气,如果这时候拍一张照片,相信大家都会认为他们是一对相爱无间的情侣,但是她突然感觉那么孤独。她也许还爱着他,但想要逃开了。她已经说了,要去济南开讲座,必须去,人家已经定了。他再过分,工作的事情总得支持吧,何况她还得给家人赚钱。他从来也是恨不得花女人钱的主,不应该挡别人赚钱的路。

"来得及,我等你。"他说。

她还是不忍心当面骂他不要脸。她心里明镜一样,他具有双重人格,一方面虚荣好面子,另一方面极度分裂,甚至是冷酷。这两方面看似不同实则又相通。她看向他,发现他表情严峻却嘴角下垂,眼睑也下垂,带着笑意。就是这样一个人,丝毫不懂得反躬自问。

对于他,雅典的表情从来没有如此生硬过。不过,时间都会在五年里硬起来,何况是一个人。感谢时间,终于感受到了她伟大的硬度,她不可能为这样的男人再想着去跳楼。

他显得有点焦躁厌烦,说自己不该来看她,却还是没有松开握着她的手。

三年不见,她领略着这个男人的专横,支配女人的一切,强迫女人服从。

"现在没有心情,我回来会和你谈。"

他开始狠狠地吸烟,甚至将烟灰弹落在她的头顶。

"你不想见我?"他继续,审问着,和几年前一样,看见她和男人说一句话,他就会闹半天,即使是他的朋友,他也并没有因此少打她多少,即使她听话。她可以感觉到他的怒不可遏,他感觉尊严受到了挑衅,不逼迫她就范,将她拉回情妇的位置,他不会善罢甘休。

以后,几个月又几年,雅典会意识到自己的思想太单纯也太单一了,但是那时候她对他又爱又怕,恐惧之情一次次让她感觉冰凉。

他早就关掉了房间的灯,一切都显得朦胧。她依偎在他身上,像是连体婴儿,好想沉沉睡一觉,抱着爱的人,但她却不由自主地反感,她从来是个性方面主动的人,这一次却想躲开了,一旦有了这想法,她感觉全身上下不自在,像长出许多荆棘和爪子,伤自己也伤别人。强烈的失落感向她袭击过来,她不由自主流泪了,而他这时候终于松开了双手。眼泪是臣服的征兆，以前就是如此，他凭着以前的经验哄她，还是那么自信。

雅典感到六神无主，真正的爱情已经离她而去，生活早就残缺不全，这一次离开之后呢？今后的日子也难以想象。这样一个男人，她明明是渴望着，却觉得很多只蟑螂在身上爬，她还想躺在他身边，但并不想碰他一碰，连他的舌头深入她，她都只让自己克制着不要去呕吐。旧日情人见面，似乎礼貌还是要表现的，她不想他太难堪。他永远也理解不了，一直以为是她的卑微造就了她的谨小慎微，实际上她只是因为不喜欢作威作福，愿意让别人高高在上。

宾馆的陈设非常简单，墙上贴着一幅简单的画，上面画着一大片干草垛，正对着床的是电视柜，左边是桌子，椅子在桌后。她讨厌睡在宾馆的床上，觉得太脏。她那时候不知道为什么语气坚定，说自己必须去往济南一趟，三天以后回来。她对他一点儿耐心都没有了，必须离开调节一下心情，以防止回到以前那种崩溃状态。不得不承认，她对他还有轻微的性冲动，可是他一碰她她就恶心。这一点，他也看出来了。

也许他就是这样想的，让她哭，让她浑身战栗，然后求饶，像以前一样。他可能只是一度迷恋过她年轻的肉体。分开三年了，准确地说，是两年零八个月又几天。就像生活里的一个巨大裂缝，两个人都被吞噬了。他告诉她走在路上看见像她的女人，那步态和腰身，隆起的胸，简直与她无两样，他都会跑过去装作问一问路，说两句，如果在会议上遇到和她一样面容的，他则会努力留了其号码，甚至，只要有一些"零件"像她，他都想去配齐一个人……他说他的那些失望，当他紧迈着步伐超过那个女人或者赶上她，那种不相似的地方让他内心突然哀号，失望如同海啸，见鬼去吧。他一次次栽着这样的跟头。

她不想对他说这样相似的场景，听见类似于他的声音她都在心里颤抖地哭泣。三年了，她不能听情歌，不能看电影，不能在街上看到别人亲吻和拥抱，连牵手和对视都会让她窒息，喘不上气来，她怕看见任何甜蜜。她把自己活成了房间里的一只蜘蛛或耗子。可是她已经不要告诉他了。刀砍下去的时候，亲爱的宝宝，你第一次将我电话拉黑的时候，就是这感觉，一切都不见了。她无法说，连这也是不屑的。她真的不想看他难过，否则会觉得愧疚，但不是爱情的那种，只想给他钱或者哄好他让他走开，就如在街上看见一个脏兮兮的断手或短脚的乞丐。就是那种感觉，一种怜悯和愧疚。

　　继续让他高高在上，觉得她低下好了。打定主意就会虚与委蛇，反正结果都是知道的。他似乎想换取什么地说，近三年不见了，却感觉几乎就像昨天才见过；还说他经常在网上查她，以前骗她的，从不关注她，实际上知道她一切的消息；接着，看似恶作剧实则表达亲昵地扭她的手臂，说不能忍受她离开他居然去那么多地方，骑马跑在高原上，和人笑着，笑得那么灿烂，幸福到了极点，他看了觉得痛苦。说到这里他简直是无名火起，低声地吼了一句："妓女。"不知道是嫉妒还是憎恨，他说毕业照里她最好看，在网上的一张照片，在有桅杆的小船上她穿着浅紫色衣服斜斜站着的那张也非常好……他往前凑了凑，看她的脸，仔细瞧着她的身子，他说很想念她的乳房，还有肩膀、腰身……他的手在那些地方动来动去。似曾相识，但有点陌生。他也许很明确地感觉到她变了，几乎可以确定。她对那些触摸没有什么反应。既不能让她享受地呻吟也不能让她感觉到痛苦，他已经激不起她的活力。他仇恨她可能存在的情人，所以接下来的时光，进入不了她的身体的那些分秒，他打击她的情人，说一定很差，所以身体才变得这么僵硬。他从来不会想象，她只是讨厌他，所以不再打开自己，根本不行，进入不了。他即使再怎样想把这个女人抓回来治得服服帖帖受他驱遣都已经是不可能了。即使他张开巴掌扇她，雅典也只是半躺半卧着，双腿弯曲，看着他又像不是看着他。

　　——后来他试图强奸她。也不能说没有一点儿成功，但最终失败了，她的眼泪和疼痛的号叫，让他停了下来。

三年不见，他留下的形象已经冲淡，失去了与眼前事物的联系，何况，她又换了一座城市。在这几年中，她一直在努力忘掉他，不过，主观上努力的效果比不上自然淡化来得快。

　　她想起离开的头一天傍晚，下班后打了出租车去宾馆找他。还没有到宾馆他订的房间，就发现他的门开着。她走过去，随着就是一声低唤。三年不见，他还能如此强烈地让她心慌意乱，这是其他人身上所没有的。两人面对面站了不到半秒，他就立即把两手放在雅典的肩头了，门随之被他关上。他喃喃地吐出一些字眼，把她搂在怀里。三年不见，重新拥抱爱的人，雅典无法克制，她能感觉到他的心跳，这让她有点短暂失去理智。他开口了，说非常非常想念她，还说了别的话。雅典没有全听明白，她觉得自己还是渴望他，但也开始排斥他了，她想拥抱他，无比强烈，但内心另有一种力量，在想把他推开，某种属于黑暗的东西从她的心底升起，让她禁不住慌乱起来。确实，随着他的拥抱在内心升起的，是热烈的情感和青春的活力，那种寡妇般的心境随之而去。她还想到了那张作废的机票，因为是特价票，退不回来了，四百多元，除过这个，还有在天津停留的新鲜，那里有一个表妹说会陪她玩，雪雪也说会去陪她。可是，机票随着这个人的到来，作废了。机票是个小事件，它让她想起这五年里，最开始的两年，她随时都在为他改变行程和计划，包括过年，去他的城市，赖在朋友的住处，只为他偶然的召唤；后来的两年多近三年，她不断给他写邮件，发短信，一百多近两百万字，多半石沉大海，他把它们做成素材，卖着和他的老婆吃掉了，甚至还编造了她如何跪着求他的性爱经历。——他说他为她生了重病，因此只要内心的愧疚升起，她就会因为放不下而去补救，想着让他开心一点儿。这些琐碎的事情，是内心的一只只黑乌鸦，升起黑雾，在他拥抱的间隙，一次次闪电一样劈开，插入，阴影瞬间布及整个天空。相爱之人需要绝对信赖，有了疑惑就不再可能，何况他像无数只蟑螂，制造了太多的裂缝。

曾经她与他心心相印，愿意倾吐一切的秘密给他听，包括所读的书，对季节和岁月的感受，甚至楼下花园一棵高大的在春天开好看花朵的树，而现在，她紧闭嘴巴，就算是十分痛苦，她也愿意把这些东西独自消化掉。此次见面，他说要谈一次，一次就够了。她也同意了这次见面，但是，谈论的东西早就从心灵和意识里扔出去了，从他将自己从手机里拉黑，打不通电话；从他将她的邮件拉黑，十天，躲避着不下楼……一切都结束了。内心的缠绵和痛苦，只是独自的。

"她的事情，你也知道，随时可能发病。她和我之间，已经平息了。我不能没有你……"他环着她的头说着。她沉默不语，似乎看到他的妻子躺在床上一动不动六神无主的样子，她在替她过一种受难的生活，因此，她对她有感激。几年以来，他们像一对坟墓里的夫妻，似乎比死去几十年还遥远。她思念他，却分明思念的是另一个人，只是他的肉体、他的样子，不是他，不是这个人了。这种感觉难以解释，但确实如此。他可能以为她在思考，接着就继续灌迷魂汤："以后还是要见面，我们不能像这样两三年不见面，我实在受不了。"他太工于心计了，步步为营，让她进入。雅典觉得时间就像停住了，她又回到了三年多前的境遇。他误解了她的沉默，以为她同意了，会回到他的怀抱，所以胸有成竹地吩咐："我明天也去办正事，你先去济南，我们回来见。"雅典一下子就醒了。他来找她，这是真的，但仍念念不忘他此来的正事。难道找她，是旁事，是顺便？这只是脑中一闪而过的看法，她早就不再计较这些，真正让她操心的事情在他这里的早就结束了。不过，她现在已经学会冷眼观察他的那套把戏，他看上去聪明，自以为是，实则只是厚颜无耻。演了这么半天戏，也亏他最终暴露了。就是这样一个人，曾经将她驯得服服帖帖，然后一脚踢到见不得人的地方。她从来没有那样绝望过，一个男人告诉他为她生病了，重病，他的妻子也生病了，因为他们的事情，他必须离开她。她在那以前从来没有想过死，没有想过自己的爱会如此伤害自己爱的人，她切身感觉，人生最大的不幸是看着心爱的人生病去世，而自己活了下来。时间一分一秒，一月一年，她感觉到自己的灵魂和肉体慢慢分离，仿佛内部干枯了。而真实是什么呢？他活着，他的妻子也活着，到处旅游。人生还有这样令人难过的事情吗？可是毕竟爱的人是活着的，听一个谎言比死一个人验证谎言的真实强，她愿意去承受。她不想告诉他，那些日子她心里暗暗发了誓，只要他可以活下来，她是愿意失去他的。她觉得是这个誓言保佑了一切。写到这里只想流泪。爱情到底是什么？

雅典是在这两年，才认识到自身的价值，才感到自己终于为了自己而活在这个世界上。

这当儿，他抬起一只胳膊。雅典闭了一下眼睛。她以为他要扇她巴掌，他也看出了她的害怕，就紧紧搂过她来吻着。他继续说："你在这里的工作不错，说不定我以后也来这里发展，现在谈的就是这方面的事情。"——全是大话，又在骗她，一个城市与另一个城市，两个省，他在给她许大饼。世事多变，难道他以为就这样还可以把她推倒在床上随心所欲享受她的肉体，就表示可以继续支配她……他难道没有感觉到，她的身体对他的厌恶？

最终，雅典的讲座是不能取消的，所以约好了讲座结束回去见，他将等她，而他对病人的说法，则是在外开会。在雅典所租住的高楼的阳台上，他就是这样明目张胆说的，用的是才与雅典接吻过的那张嘴，肆无忌惮，毫无廉耻。打电话的时候，他笑着，明显可以感觉出是一个深情的丈夫。打完电话，则对她摊开双手，说："必须这样。"接着就来搂她，抚摸她的背部、胸部和臀部，动作柔缓，无限体贴温柔，雅典甚至觉得自己的理智根本派不上用场，她在他的温情里沦陷，五年就这样过去了。一个演员，骗别人应该也是这样的，护身符、通灵宝物、吉祥物，每个女人他都会如此赞美。有那么一瞬，雅典恨自己将他又带入了自己的房间，甚至龌龊地猜测，他来这里只是办正事，找她连酒店钱都可以省了。相爱的人，几年之后，居然如此？就如后来想到他觉得一毛钱的短信都不要发一样，他已经十分不值。

然而即使如此,她还是痛苦。所以要逃到济南,要面对现实却又像隔绝于现实的生活,与这里一刀两断,得到暂时的解脱。

三

雅典早上没有吃饭,却觉得恶心,就在卫生间的洗脸盆吐了下,听见雪雪喊着敲门,就忙过去开。走在中途忽然觉得害怕,思忖是不是怀孕了。雅典觉得毫无根据,不可能这么快,但是这种担心也不是没有可能。虽然那天没有成功,但是还是进去了。可能因为厌恶,她根本不想和他有瓜葛,所以会很快有这种感觉。她让雪雪等一等,然后走到淋浴喷头下面,利用几分钟的时间把自己冲刷了一下。雪雪不知道这缘由,进来之后问她冲澡做什么,晚上难道没有洗?她向窗外望了一眼,说是习惯,她不想告诉雪雪他的事情,雪雪只知道个大概,不知道几年之后他又来了。

济南也是污染严重,即使是夏季,一样雾霾沉沉,太阳混浊如一朵锈色的大花。雪雪也躺到床上来,说说说话再走,先去看猫,再去吃饭,然后讲座,晚上见一一,有时间就去看看新房子。翌日返程的票,已经是买了的,回去工作。她还是没有告诉雪雪,那个人在她的城市等她。

雪雪说她结婚之后的哀愁,当然也不无炫耀的成分,她是个单纯明快的人,爱面子,里子也不藏着,要端出来。她说为了要备孕,都吃了好久的药了。"丈夫是独生子,压力太大。"她接着说,"又不全是我的问题,我婆婆让我吃暖宫的汤药。"雅典觉得话出有因,问:"性生活?"雪雪似乎懊恼地说:"他倒是能满足我,但一月一次,你说说,你说说能怀个孕?"明显看出她是不满足的。雅典不知道雪雪这样,她一直认为她是个主动的人。"那你可以表明需求呀?"她这样说。雪雪回答:"你让我一个女人怎样?"

出门的时候,雪雪叮嘱:"我这些问题你不要和一一说。"闺蜜的闺蜜是闺蜜,她自然懂得。一一结婚又离婚,婚姻给她留下的,是个小姑娘,好在她爸妈在经济方面支持,她的生活也还可以过得去,但毕竟心灵上的苦自己是吃过了。雅典欣赏——,是因为她的"高风亮节"。在雪雪的婚礼上,伴娘们在一间房,她们夜里说话,——告诉雅典,校园的草坪、教学楼的台阶还有路灯旁边的大树,都有过爱的痕迹。她说的时候笑嘻嘻的,一种从森林里出来的感觉,那时候雅典就喜欢上她了。她实在喜欢那种畅意活着的女子。但雪雪和——在一座城市,是闺密互助组,但隔得近,自然也是闺蜜拆台组,一些事情,是互相不想让对方知道的。

　　接着就到了雪雪家的楼下,雪雪说中午她老公有事,不回家,就在楼下吃,晚上让她老公做。看得出,雪雪满意这一点,事物的平衡就是如此,岁月已经很好地教育了她,鱼与熊掌不可兼得。一边吃饭一边聊,雪雪忧心忡忡,说:"你来的这段时间真不巧,不然可以住到新房子里,现在还没有装修好。"总之,她表示很抱歉,但她同时也知道,雅典才不在乎这些。可能出于谨慎,雪雪避免谈到雅典的爱情,这是以前她们做过的约定,她不谈起,她就不能问。雪雪谈到两年之内想搞定副教授的职务,现在是讲师,太烦了,有很多琐事要做,还得考虑生孩子,两家父母都不让养宠物,怕影响生育,而大白小黑也太能吵,只能留一个……她太焦躁了,却都是甜蜜的烦恼,似乎生活在水深火热之中,但随时有退路可走。雅典漫不经心地听着,想着下午的讲座,雪雪安排了四节课,那么至少三个多小时,从苍井空到观世音,色即是空空即是色,而人生,从来都是苍——井——空,观世音则在庙堂之中,是骗人的鸦片。可是,神奇的翻译人员,将"苍、井、空"三个字变为一个人名,让古中国的智慧藏进一个女优的身体里,一切,面对学生的时候,都可以用略带夸张的语气,发挥起来。可不是吗?最令人震惊的组合,妓女与神女的组合,无一不让人觉得震惊,想引起大学生的注意,就要涉及他们关心的话题,自由也好,解放也罢,说的无非是欲望的欲望。她想着此刻他也肯定在吃饭,和不知名的人,也许是某个女人。她已经不再关心哪些人在围着他,是否如同分享圣饼一样渴望分食他。晚上要去见一一,第一天的计划,雪雪说下午她忙着去开党会,讲座之后,将她交给一一,让一一陪她,一一有健身房的卡,她们还可以去骑马射箭,这座城市有个马场,一一经常去,那里有一个小哥喜欢着一一,他们似乎已经开始恋爱。

可是,吃饭的时候,雅典告诉雪雪,她改了机票,讲座之后拎了东西就走,要回去,单位有事。雪雪惊讶得说不出话。她不想告诉她关于他来了的事情,一个字都不要说,一个丑闻,一种灾难,无法分享,但她还想着他,她想和他谈谈,就此别过,或……

五个多小时之后,她到达机场。她无比确定,通过这几天短暂的挪移,她知道自己爱的不过是一个幻象,他的精神和智慧,尤其是才华,都不够吸引她,或者准确说,从来就没有吸引过她,他的灵魂她更毫不感兴趣。可是,这一切都不重要,她对他的爱超越了这些。最致命的,是她踹过他一脚之后,亲吻他的时候他不由自主倾过肩膀来歪着头的温柔,还有他的体温、身体的形状、他的眼神、他山里出身那种浓重的乡音,尤其是,他双手抵在她肩膀拥抱时候的窒息……从来没有过,谁都模仿不了,对于任何男人和女人,这才是最致命的,无法痊愈。

济南城无限后退,她看了下手机,又看了下手机,一分一秒,都在等待,飞机起飞后,她将又一次走向持续了五年的灾难,飞蛾扑火……

鲜花圣母

透过玻璃,往楼下望,她看见了园子里那只黄色的猫咪,长条形,比一般的猫长半个身子,尖嘴猴腮,不是通常所见的土野猫。

看到它她想到了那个女人传到邮箱的照片,里面就有这只野猫,几乎可以肯定,她清楚楼下的格局,那一排长着长长胡须的榕树,清楚那些秋日里干枯的蜡梅树,她甚至闻得见桂花的香味,通过那些照片,她认出了这只猫。

那个女人发来的挑衅照片,已经被拉进垃圾箱删除了,可是她还是记得这只游荡的黄猫,这些带胡须的榕树。

这个外面的世界,在她住医院的那些日子,一度被作为来回的背景,抛弃在身后。现在,它们又回来了。她记得在哪棵树下埋下的被视作是子女的猫咪,还记得用铁铲挖土挖了很长时间,记得将猫放进去,上面搁上的手写的经文,超度它,还记得有一句"无所住而生其心"。经文是对的,要"不执着",才可以随心所欲。可是,她无法做到。

短暂的黄猫的入侵,引起了她视觉上的不适,她对这个住了十四年的小区忽然心生厌倦。地铁就要通了,一切将变得便利,等待了那么久,可是,忽然间变了。

这里的一切不再令人流连,就如世界,然而又不能死去。

她想起了她童年的渴望,住在一条铁路旁边的渴望。从小镇搬到大都市,进入上层人的视野,进入一种悠闲自在的浪漫生活,是她给自己的社会坐标,可是现在这一切变得令她不安。如果一直在原来生活过的那个小镇的县城生活,在那两条河夹着一城的小城生活,是不是一切比现在好很多? 没有这么多诱惑,就不会有这么多疾病,这么多不安? 她问自己。

人人都说过敏是一种浪漫的病,心因性哮喘也是,这些病是天赋艺术家的特权,也是艺术家的宿命。她觉得她自己有这方面的天赋,少年时代虽然被过敏性体质纠缠,但是也骄傲过,一直暗自骄傲。现在,她却无比地怀念健康。

因为身体过敏,所以总是被很多东西排斥,也总是排斥很多东西,这是相互的。透过窗户,她第一次对那只野黄猫产生了敌意。她的手一定抚摸过它。她这样想。

她看向对面两栋楼的窗户,想象她曾经在那里住下来,想象通过那个窗口,她曾经观察过他们的生活。但只是这样,她就觉得颤抖。

她的注视是赤裸裸的,仿佛她还在对面的某个窗子里面,静静地,看着她。被一个隐藏在暗处的人观察了十多天的生活,仿佛被赤裸裸地抛在聚光灯下,她觉得自己的隐私被侵犯了。她因为愤怒,或者内心的恐惧,变得颤抖,不断地颤抖。与先前的那种颤抖不同,这次,她觉得无可支撑。

自己的身体,一次又一次地成为她注视对象的焦点,她曾经有过怎样的念头,她在猜测。

她站在窗前,时而皱眉,时而露出挑衅的神情,时而又低下头。

吊兰长得太欢实了,必须剪掉一些,她这样想。窗口的吊兰挡了她的视线,从屋顶垂下来。七楼的屋顶,是他们的花园。泥土都是从遥远的公园坐了一次又一次的公交车搬运回来的,用装丧尸的大黑塑料袋,一次次地,偷偷地挖了公园的土,运输,再一次运输。那时候两个人都满含希望,要在新房子里造出花朵。他喜欢种植,因为他来自农村;她喜欢他,也培养了种植的爱好。

她看着这些垂下来的叶子,仿佛看着自己。她觉得自己就是一盆被养在家中的植物,喜阴,不聚光,所以他才要一次次地往外跑。她觉得现在的房子,就是一块墓地,将要埋葬自己的墓地,当然,也要埋下他。她狠狠地想,同时赌气似的呷了口杯子里的水。

"不要死掉,一定要活下去,一定。"她向内心的自己喊,一遍又一遍。

他是所有小说里的女人的情人,是所有小说的男主角,是所有风度的实指,是所有场合的光源,是所有诗句里模糊的影子,是她的琥珀,是她造就了他。她坚信。

她有着传统的一切女德,除此之外,脸还秀美,乳房也还丰美,只是脸色苍白,是银白色、铅色,眼神聚不起光来,她过早地把自己过成了一株喜阴的植物,生命过早地开始散光。

窗玻璃的一角映出她的影子,她自己的视线消失在影子的瞳孔里,她看见了自己肩膀上的缩影,还有围着的黑白格子的围巾,系着绳子的长袍睡衣。

她从窗子里发现她的生活是那么的平庸。她曾经不止一次地赞美过日常生活,要从一粥一饭和每一缕炊烟里发现生活的美,要在吃饭的时候穿过屋子发现对面楼的那朵白云,要赞赏邻居做饭传过来的那股生活的味道,要从屎尿里辨析活着的美感。

她看着窗子,并没有从注视里发现她,却抓住了另一些不真实的东西,抓住了自己飘荡的影子。

头发逐渐地增白,这是自然,掉得厉害却成了恐惧,她发现自己比往年任何时候都老得快,这个秋天,这个冬天,她过的生活是圆形的监狱式的生活。

每个人都在给她画圆，她知道。自己的儿子、自己的丈夫、自己的父母、兄弟和妹妹，都在如此。

她所剩不多的黑发，经过漂染之后变得粗硬，但是白发仿佛阻挡不住，不断地生长。她的腰肢越来越细，她洁白的手指曾经得到过他的赞美，他说起过她的，说她的粗糙。她用紫色指甲锉剪了指甲，然后一个个锉过去，接着涂上护手霜，厚厚地涂了一层，再涂一层，是澳洲进口的绵羊油制作的，专门从当空姐的妹妹那里拿来的。她的眼圈非常黑，深浓，熊猫一样被打了一拳。她每晚每晚都无法安眠。对，就是要这样折磨他，让他看着，让他受难。

结婚前后的好一段日子，他喜欢梳理她的头发。那时候她的头发还是长及肩膀的，不似现在，短短的学生头，像是大约百年前五四运动上街的学生，却已经分明是一个中年妇女。

为了他，而又不想让他发现，她没完没了地往自己的身上涂香水，一种法国香水，她想自己是少女时的样子，她还给自己经常佩戴一些挂件，手镯、项链，也或者其他。她想引起他的注意，想他能像对待年轻时候的她那样对待她。毕竟，那个人是年轻的，他的致命一击，让她差点死亡。

现在，她赢了，要守住战果，不能每次都以身体做赌注，不能每次都跑去医院急救，震慑他。

还是要生活呀。

她注视着自己的眼睑、鼻孔，轻轻舔了舔自己的嘴巴。在住院的一段时间，她开始养成了只有吃饭时摘除医用口罩的习惯，她对大多来探视她的人说是医院的要求，他们笑说环境污染也厉害，这是好习惯。

那是张几乎永远闭着的仿佛生怕透露什么秘密的嘴，上唇压在下唇上，少女的姿势，她一直保持着，保持到四十六岁。

新婚之夜，他曾经夸过她的嘴唇，说那是永保秘密的嘴唇。所以，她从来没有向任何人说出这一切，为什么住院，为什么发病，就是有相关的为了治疗心因性哮喘心理治疗师的常规询问,她也没有说出。疾病的根源不能说出。只要不说出,就不存在,至少可以当作不存在,一切都还是好的。

只除了和他说过。然而,儿子还是知道了,他与她结成了同盟,向他抱怨。

她无法向儿子说出全部的事情,比如他在这场事件之后的力比多危机。这是隐秘的,就是他们之间,都无法讲出,但是彼此都明白。

中文系毕业的她,喜欢阅读,喜欢传奇与浪漫,可惜这些让她的欲望与她的现实不能很好地建立成熟的关系。所以,她生病了,病情随时可能发作,她不能受到任何刺激,否则,一种浪漫的心理疾病就会爬上她的身体,它们潜伏在她身体里面,叫心因性哮喘。

心因性疾病,是一种激情未能很好地消化所导致的疾病,她的激情不能与她对生活的浪漫相一致,在这个嵌套的过程里出了问题。他不再是那个可以承载爱情和家园憧憬对象的男人,可是这份承载还在他身上。

她感觉到了自己内在的破碎、他的破碎,她感觉到了他那浪漫的灵魂的不可靠,她也感觉到了内心的失败。

他叫她娘子,有时喊她为花朵娘子,她则称他为大郎,可是自从那个“宝宝”出现之后,这一切都变了,他们相互为对方的“宝宝”,她虽然还被叫着以前的名字,可是,她知道已经不是她了。现在,她感觉到自己在这所不能移植的房子里缺乏水分。

她把口罩拉下,裸着脸,她看了一会儿挂在玻璃上被截了腰身的自己的上半身,嘴角滑过一丝有弧度的笑,她都可以感觉出自己的样子。她觉得冷,绝望、仇恨灌满胸间,但是又强行地压下去。她不喜欢自己现在的样子。

不要这样。她对自己说。

他走过来,穿着也是泛红的天鹅绒的长袍睡衣,只是下身没有穿任何裤子,趿拉着毛拖鞋,酱色的。

她往后仰了一下头，发出一声叹息。声音发出了，她才发觉。她自己想哪能在他面前如此，就觉得愤怒。

他从背后伸出手。她颤抖着，用手捂住脸，僵了一会儿，但还是回应了他，虽然觉得他恶心。从里到外，他都沾着别人的痕迹、别人的发屑，洗多少次都洗不掉啊，可是她还是顺从了。

激情早就消退，生活变得平淡。她不是不知道。所以经常邀请他一起散步，一起竞走，要不就到花市去，带几盆植物回来。她尽量地想与他在一起，培养更多的话题，所以，她晚上给他读书，或者听他读书，把这作为临睡节目，每天固定地演练。

方程式一样的生活习惯，不能不透着阴谋，但是，只能如此，也只有如此呀。然而，还是有了漏洞，外敌打了进来。

她粗野地扯开腰间的粉色线绳，露出自己的身体，然后往下扔衣服，一件，又一件。这个冬天这座西南都市的一些房子提供了暖气，室内并不冰冷。

她赌气似的表演出兴奋的神色，热切地抱着他的身体，解他的腰带。

她不就是这样吗？年轻，激情，热烈地放荡，随时。

我不是不会，我只是不屑，我也可以。她这样想着，伸手去摸他。那带子像是一条凶险的蛇，盘在当地，蛇头向上，是黑色的幽灵。杀死他！她心里有声音在叫。

她用手摸他的眼睛，它们曾经经历她的奢华；接着是鼻孔，它们曾经吹过她的耳朵，还有那里，那温热的亚热带丛林；然后是嘴唇，上下两瓣，它们曾经撒过谎，曾经发出愉悦的呻吟，曾经激动地叫喊，曾经呜咽；她接着抓住他的手，它们曾经给过她无数快乐，她仍记得，一切。

他曾经能抱起她，天地之间，进入她。现在，他已不再矫健，中间只隔了一个人，两颗心之间，就已经人山人海。

她感觉自己正在死去，作为一具完整的尸体，被他抱在怀里。各个部分都存在,但是各个部分的感觉却不再相通,只是一具尸体。

他的睡衣从她的胸前往下掉,直到膝盖那里,他顶着,包着她,然后又上升,接着下落,再次上升,又下落。

他几乎已经变得无能,却还在努力着。

她充满欲望的身体在经历着死亡,羞耻的死亡,一个一起生活了二十几年的男人,正在努力地调整他的尴尬,她不能点破他,不能指出,但是两个人却都明白。一些东西,无法再像以前那样继续下去,随着排练,可以步入演练,车子可以修好,但是,一切已经被修过了,一些配件是换过了的,开车的人知道。

她觉得如果自己死了,也许自己的弟弟作为公安机关的办案人员,会有所怀疑,会查看自己最隐秘的地方,会像解剖尸体一样,看似关爱这对父子,实则对房间里的一切进行剖解。到时候,这块地板,这个姿势,也一定会被弟弟窥出。

她感觉到他的努力,想到通奸的淫荡给他的这具身体带来的得意,就觉得愤怒。可是,要修复关系,就不能停下来,不能拒绝。

墙上是一幅静态的风景画,一动不动的碧绿,全部都是邀请;另外,毕加索的画册顶在他的身后,被放在书架的一端,画风是难以捉摸的印象派,一段时间,有好多年,因为他喜欢,所以她也跟着喜欢。现在,她开始厌弃,可是,还是没有从书架上取走。那是他的。不同的女人,各种扭曲的肢体,被肢解的肉身,在闭合的画册里,躺着。

她想到高更。作为艺术家的女人,大约只有原谅,原谅艺术家不断找女人的疯狂,原谅他们为艺术的牺牲。

浓郁的黑从大地上升起,盖过了窗户,对面人家的灯火一盏又一盏灭了又亮,有租房子的、有常住客,飞机在屋顶的天空一架架飞过。窗帘早就被他拉上了,浓郁的黑却还是马不停蹄地向内入侵。

她告诉自己要享受,一会儿就完了。她忽然感觉到了对面楼的一双眼睛,她透过窗帘也能想到那双眼睛。她想,就是要你看的,就是要你得不到,想的时候,她的下体忽然就汹涌起来。

一阵子。他们抱着相互哭泣。神仙各自修,姻缘也是。泪水也无法彼此交融。

西风从北方的西伯利亚一路往下,穿过秦岭,天气预报说冬至之后会下雪。雪后会有春天,那时候也许就好了。她注视着他从开始就龟缩的身体,这样想着。

流 浪 记

一

两年来她结了三次婚,现在跟第三个男人在一起,她妈妈并不知道。

她一直都想独自生活,最好的情况,就是把妈妈接出来与她一起生活,故乡是可怕的,所以她选择忘记,忘记故乡的亲人、荒坟以及那些猥琐的老男人的脸孔。她的户籍从她开始出门读书时就在外面了,至今还是空白。大龄女青年是可怕的,因此妈妈每次给她的信件里,总是说结婚吧,结婚吧。

她妈妈是怕她结不了婚,再往大就没有人要了。当远亲们在她的记忆里早就模糊不清的时候,妈妈一再来信,要她回去找个煤老板的儿子,要不找个她自己的同学也行,妈妈就是这样考虑的。

在故乡,她只有妈妈一人,故乡是阴险狡诈的,她小的时候他们欺压她;她大了,他们用好色的眼睛看她,她能感觉到那眼里狼的猩红,所以她才要逃走。

可是妈妈经常给她写信呀,总是教训她这个不听话的女儿,说恐怕这辈子靠不上她了。妈妈用上手机的日子是屈指可数的,家里的电话线也被拔掉了,为了多说点,妈妈还是用写信的形式。当信件辗转到她手里的时候,已经是几个月了,可是妈妈仍旧是这样。薄薄的信纸是她离家之后的长线,但是妈妈的样子已经模糊了。

妈妈的信件差不多总是一样的,无论想念,还是要她正经谈个对象,或者说求她回乡嫁个人,口气都是一样的。下面是妈妈的信,括号里是她的话。

女儿呀:(妈妈当着她面是很少叫她女儿的。)

你说你在妈妈眼里还是个孩子,可你已经老大不小了,跟你同级的丽丽和艳艳都生两个孩子了,虽然人家比你大一岁,可是人家几年前就已经有孩子了,而且嫁的人也不错,每个月都能贴补家里一些钱。你的远房那个大你两岁的堂姐,也是跟你一级的,你也知道你叔为了还钱把她抵了一坡羊,那男人尽管有个儿子,但是他们并不养,你堂姐现在也有孩子了。每次你堂姐来,都给你婶子带好多东西,那大汽车一往村子里开,全村人都出来瞭呢。

门门前前地住着,别人嘲笑妈妈呀,放着你这么大的女儿不嫁出去,妈丢人呀。

你上次的信这回来得快,跟上上次的一起到达的。怎么你男人换了两个名字?你信里的男人总是不断换名字,你叫妈妈怎么放心?两年来这已经不知道是第几个了。妈妈看报纸上洛阳发生的那个案子,你想来也看了,好几个女孩子被关在地下室呢,做性奴。最大的也就你这么大,你让妈妈怎么放得下心?

你口口声声说老家的人不好,还打电话告诉我说有五十多岁的老男人骚扰你,就咱们老家这边的,可是你让妈妈怎么说,这虽然是可能的事情，可是老家的总是亲一点儿呀。

妈妈也希望你好不希望你出事呀，但愿你能跟现在的好下去，要不行你就回这里找一个。外地人都往咱们这里跑，咱们这里都成了中国的科威特了。

科威特妈妈虽然不知道是什么，可是咱们这里有煤矿呀。咱家没有，附近的煤老板那么多呀，你但凡嫁一个，妈妈也不用这么受罪了。

妈妈今年种的地不多，你知道没有牛，别人家都出去打工了，几乎没有人喂牛了，妈妈种不下去，所以收得也不多。你说要八百元交房租，来应急，妈妈没有办法，只给你寄三百元好了，这还是卖了些绿豆给你的。你要省着花。

你给妈妈的钱妈妈今年看病早花了，上了年纪总是病，妈妈越来越感觉走路都吃力了，前几天到你二娘家去坐着，临走腿关节疼得都下不了地。人家有儿有女的，妈妈看着凄惶，你又不在身边。妈妈什么时候能靠得上你呢？

妈妈一整年都没有吃肉了，城市人兴减肥，你可别减。妈妈没有能力，自己也赚不了钱，还得靠你。妈妈在院子里种了些菜蔬，很多，这个夏天妈妈一直吃，还做了很多柿子酱。本来想喂个猪，但妈妈看病走了也没有人喂，所以你过年若回来是没有猪肉的。

你要是过不下去就回来吧，回来准备着嫁个人，要不就带着你现在的男人回来也行呀，总得让妈妈见见吧。

妈妈

收到母亲的这封信时她正在被房主赶着搬家，所以趴在行李上哭了又哭。她紧攥着拳头说她不要回去，不要回去。年前也并不是没有回去。那时，她到那个县城政府的文秘单位去看有没有职务，发现里面已经有三十多个人了。这个县城的财政发达，文化却落后。政府看见貂蝉县出了本《貂蝉文库》，觉得自己县的文化没有上去，因此拨发两百万元，要整个《富贾文库》，因为她学的是中文专业，看到招聘条件里一条是"有一定的文字表达能力和鉴赏能力"她才去应聘的。去了之后才发现有很多人了，他们来自不同的专业，都等着干完一年之后转为正式工呢。她还没有开口，人家就拒绝了她，说是来迟了，别人都是一毕业拿了档案就被分配来这里的，而她，不管能力行不行，没有经过程序，不能要。她拿出她出版的几本书和发她文章的报纸杂志，有省级有国家级的，还有外国的，可是没有人承认，她的那些都只是废纸。

"在老家我连个饭碗都没有，我回去做什么？"可是妈妈的信还是让她泪水涟涟，她老人家说她好久没有吃肉了，农村当然没有那么多肉，到城市里买，妈妈哪儿舍得。

她在外面六年了，离过去的生活还不算遥远。她小时候甚至连米和白面都缺，一整个冬天都是靠大白菜和山药度过，早上是黄米山药粥，中午是山药大白菜，晚上她和妈妈就用温壶里的水对开了一人喝一碗山药大白菜汤，当然是中午剩下的，兑了水来喝，也算一顿饭了。

那时候每年妈妈喂个猪，冬天了把猪杀掉，油熬在坛子里来年吃。肉呢，除了自己吃掉脖子那里的，其他全部卖掉，每年都是，卖了用来给她交学费。

她多希望能让妈妈吃上顿饱肉，能像城市里一样，让妈妈吃到对肉厌倦。

毕业两年了，两年来她当过三个人的老婆。一个是毕业的时候谈的；一个是离婚之后又谈的，结果在一起都快结婚了才发现人家有老婆、孩子；另一个就是现在的，都是以老婆老公相称，是以结过三次婚。现在的丈夫和她不一样，是个急性子，他们没有钱租住在原来那十八平方米的房子里了，只能换到更小的远离市区的地方，那里的房子抗过地震，就那场伟大的地震，房子虽然开裂了，但价格便宜，适合住进去。因此他们选择租住的那里,尽管房子只有十平方米左右。搬的时候,本来她要面子的,跟房东说是现在搬去的房子好,没有想到她的丈夫直接说:"住不起了,才搬走的。"房东嘲笑地看她,让她一整个下午没有话说。

来来去去,为了节省搬家的费用,他们坐了五六趟公交车,其实也没有什么,只是一些衣服、箱子,还有书。他们在一起并没有多久,因此并不熟,两个人之间还有客气的虚假,但是这个人比她直接,说什么都向扔砖头似的扔出来了,不过他让她觉得不累,什么都说出来了,也就不藏着掖着了,她也就不用防备着了。

在过去的两年里,她曾经的两个男人,他们像万里长城至今在那里树立着呢,是再也不能回避的路标,是裹在精美玻璃制品里面的标本,是泡在水银棺材里的阴尸,她将长久地怀念他们,以提醒她不再重蹈覆辙。他们一个没有本事每次没有钱了就打她,把她当作取款机;另一个则只是把她当作性的资源,她厌恶了争吵,也厌恶了欺骗。

二

在她离开第二个男人之后,她告诉自己一个人也可以活得很好,因此她想长久地一个人过着,可是上天还是没有让她抵抗住孤独,她跟她现在的丈夫走在了一起。

她的第一个男人是农村的,他说过:"我的祖先可能是匈奴人,我们身上流动着暴力的血液,我们吃夹生的动物尸体,然后继续往前走,走到了今天的土耳其。"他的祖先行,可他自己不行,无论哪一方面。他自己不行,躺在那里还骂她,揪她的头发,要做出各种动作,仿着他买回来的碟片里面的样子做。后来的一段时间,每天打,打,把她绑在椅子上,然后放日本的 AV 片给她看,再然后用各种仪器,各种仪器呀……他嫌弃她总是用白菜煮米,他说她没有能力做好,可是并没有那么多钱呀,一切的工资都拿来付房租付水电了，哪个月月底都没有剩余。可是他嫌弃她做的饭不好。——她感觉他主要是对自己缺乏自信。

他实在太差了，她穿高跟鞋的话他还得仰视她，而且总是戴着副一千多度的镜子，走路小心翼翼，好像总是怕一脚踩空。而且他太瘦了，身体全是骨头没有肉，大半个夜晚，他掐她的身体，觉得她太丰满。——他就是这样畸形。这个人不要她穿高跟鞋，甚至她连脱袖的衣服都不敢穿，也不能露脖子，即便这样，他还是一边用皮带抽打她一边骂："你生来就是妓女样，露脖子想勾引哪个？"因此她一整个夏天都把脖子包起来，可是这样并不能使他满意。她做饭不对，做爱不对，什么都不对。

她和这个人一起生活了近一年的样子，最后在过年之后分手跑掉了。跑掉之后她还是经常给他发短信，每次他停机了都是她在网上续费给他，然后给他发短信，她说你不打不骂我了我就回去，可是他照旧。他说你连你的男人都不要了你还有脸说这些。他唾弃她，认为她喜欢玩暧昧，跟人不清不白，认为她每天把自己打扮得像个妓女，露着大半个脖子。

在这个喧闹的世界，有那么一个男人租住在城市的一个单间里，每天靠着骂她为生，还咒骂这个世界把良家女子都调教成了妓女……她实在不想回复他的信息，可之前在一起还是有快乐的，不打她不骂她的时候，这个男人很温存。没有办法，知道回去之后他还是会毒打她，所以她不回去。

后来就离婚了，糊里糊涂地离婚了，结的时候也一样。离婚之后回家过了个年，再来就单个租房子住，然后遇上了第二个男人，他并没有追她很久，只是初次见就给她说了很多甜言蜜语。

第二个男人是个高明的骗子，事后想起，也许是太寂寞了，才信了他，毕竟人心都是喜欢向着好的方面想。——可是他骗了她。

第一次见就紧握她的手。她跨越大半个城市去找他，为了工作，他却因为别人介绍用词太过，以为她非常不错，动了心思，不管不顾，去握她的手。看似是一个曼妙的开场，实质算不上爱情，一场粗俗的偶遇，再加上不道德的性事件，就成了一次丑恶的游戏。但也不该有什么后悔。只是总觉得有点不甘心，像是被骗了一般。

开始的时候，大家都明白。越缠越糊涂。想要很多，最后什么都没有，感情也没有。她不是没有付出真心过。

三

"你以前肯定被打得凶？"一次夜里他揉醒她说，是她第三个男人。

她愕然，难道梦里喊了别人的名字？不过她可不要接受他的毒打，这世界再也不能有人打她了，谁打她她就跑掉，她跟他说过了的。穷也好富也好，打她的话，她就会跑掉。

在褐色的夜下看着这个人，忽然有点恐惧，可是他是从背后揽着她的腰身说的。

"没有啊，你怎么问这个？"

"看了你的日记！"

瞬间她有点恼怒，可是并不想多说什么。这个人她总感觉有那么点不忍，因为他从来不把想法藏在肚子里。

"被打过，门牙都断了一个？你门牙就是如此断的吗？"

"是！"那恐惧又上来了。

"打的时候还骂你家人？"

"是。"

"你为什么不反抗？"

"开始没有想过，后来打不过。"

"可是，你在梦里还是喊着他的名字。"

"那是因为梦见他打我，绝对不是因为还想着这个人。"

"没有怪你的想法，只是觉得心疼。"

忽然心就暖了,她抵着他的额头。

"因为钱吗？"

"大多是因为钱。"

"你……爱哪一个？"

"开始都爱的,可是——"

"我没有多少钱,但是我想我们可以做到不吵架,不欺骗。"

…………

真的像说的就好了。

"鲫鱼做成汤吗？"第二个男人总是煲这样的汤给她喝,说是补身体。

第二个男人什么都好,但就是缺少了某种居家过日子的感觉。两个人倒是也在一起了,但很少一起过夜。算起来,几乎一次都没有。可是她并没有怀疑。

他来了,也只是坐坐,说说话,两个人偎贴一番。当然,做饭,他做饭。

带了木耳来,她不认识。这个人他撒了盐泡着,说是洗干净了撕成小块,可以煮面吃。那就如此,后来那木耳吃了很多次。

也没有花过什么钱,两个人甚至不到外面去吃饭。一次他来了,说要吃米饭,可是只有一把米了,怎么办？她向来是恍惚,也厌恶很精细的人,于是就说拿绿豆和这一把大米熬成稀饭凑合,他不肯。那就去买。

她转身至卧室,取包里的钱。

鲜少地,他拿钱给她,抽出一张一百元的,要她去买米。她忽然间感到喉咙被堵住了一般,急切地推开他那递过来的手。她心里居然有感动。

少年时代过去之后,就再也没有人给钱了,除了过年的时候妈妈给一千元压岁钱,再什么都没有了。长那么大,男人直接伸手递过来名不正言不顺的钱给她花,向来没有过。

第一个男人,总是不断地打她,自己不去好好工作,还嫌她做得不好,一切。偶尔顺心的时候,也无非是因为她做了他开心的事情。可是勉勉强强还过了那么长时间。内心里她早就厌恶，一开始就厌恶，但是她总觉得自己跟人交往有问题，自己性格不好，所以才会被人怪。

可以说，在第一个男人那里，她磨掉了一切棱角。经历了那个又打又骂的人，之后别人如何待她，都是可以忍受得了。

她推，他的手伸着。她就说扔桌子上嘛。好像那不是钱。可是她就是如此说的。

出去买米了。一关上客厅的门，就觉得心跳得怦怦响，他在里头，正在烧鲫鱼汤，这是她喜欢的，他也喜欢，说是以前的女人教的。

她对钱没有什么具体的概念，只是觉得有时非常急，急，也不是没有借钱过日子，可是还是确立不了钱的概念。账呢，开始时还记，后来知道坚持不下来，索性就那样了。她并不是物质女孩，最基本的生活，需要记账吗？完全没有必要。

可是这个人居然给她一百元。难道是看她缺钱，还是给她的——身体——费用？不得不这样想。

于是她发短信问他，在他走了后。

"你留下的一百元是为了什么？"

"让你买米。"回复就如此简单。

烦琐。一百元可以买多少粒米，一粒粒都成了心事，对于密集恐惧者来说，这是一场折磨。

于是，那一夜，她开始给妈妈写信：

妈妈好：

女儿并不是没有男人运，上一个分掉之后现在又换了一个，居然给女儿钱花，而且准备商量着在一起了，妈妈这回总该高兴点了吧？

这是个值得信赖的男子，会做鲫鱼汤。妈妈什么时候如果有空闲，可以来看一下我，到时我附上车费，要不过一段时间吧。

近来过得开心,吃胖了几公斤,他也说我因为有了爱情的滋润,脸色好看了很多。妈妈总是提起我小时候多么惹人厌,意思是我没有男人运,可是这并不能算运气,不过我也不知道怎么说,这回算是碰上了。

…………

女儿

信还没有发出去,妈妈那里的祝福还没有要到,这个男人就逐渐冷淡起来了,后来渐渐连影子都捉不住了。

四

"你常常想起他们吗?"第三个男人总是一边吃饭一边问,"你想念那个打你的呢,还是鲫鱼男?"他把那个做鲫鱼汤的男人叫成鲫鱼男。

"也不常常想起。"当然骗他的。她在很多个夜晚算账一样地回忆以前,总觉得一切都是因为自己的得过且过,才变得糟透透的。

"你想起就说出来,这没有什么,过去有阴影要正确面对然后才能解决。"

"如果说想起他们也只是因为那些伤害。"她听了这话有些感动,所以这样说。

"你不需要对我隐瞒什么,感情的事情谁也勉强不得,我能保证的是不让你受气。"

这个男人的话总是让她想流泪,想靠着他哭。

第二个男人,也让她有过这欲望。有一次他带着她千里而行,无目的地开着车在夜里飞奔,那时候她也想过认认真真靠这个人。

只是墙倒了,树还在那里生长着,四野变得无遮拦。

"我也不会跑掉的,都告诉你。"

不跑掉就好。感情受过伤，电线杆在那里，每次都不忘记绕过去，虽然疤痕好了起来。

"钱不够了你告诉我，密码是你的生日。"说着他递给她一张银行卡，"这是我的工资卡，钱不多，但两个人加上你的凑合着也差不多，只想你不要委屈自己，有什么难处跟我说。"

那泪水又要上来了，来得汹涌，她在洗大白菜，湿着手去抹脸，不想让他看见她的泪。这种幸福感就像是幻觉。经历了三个男人，终于有个人把自己当作亲人了，疼着信着。

五

妈妈来了信，说是要她寄一千多元回去，要去看妇科病，那是生她时带下的。

她不敢告诉他，因为后三个月的房租刚付过，卡上的钱并不多。因此还是瞒着他，给妈妈打了一千五百元回去。他们这次只留下五百元了。

月底的日子，照旧是水煮白菜，尽量还放些豆子进去。他一次次吃这个，似乎腻烦了。她怕他像第一个男人那样揪住她的头发打，因此还是说了："妈妈来信说生病了，我打了你卡上的一千五百元回去，我的还没有下来。"

"哦，你妈妈生病了。那是应该的，要不要我打个电话问问？这些事情你直接说嘛，咱们省着点，以后日子好些了，接你妈妈来。"

临了，附着一句："你快过生日了，有什么想法呢？"

这个人总是让她哭呀。如果日子开始就这样，多么好，何必要走那么多弯路。

她抱着被子抖抖着身子，哽哽咽咽了半天。泪水涟涟，想起了第二个男人，柔情似水虽然没有过，可总也觉得有种未偿的心理，其实并不欠他什么。

经历的人多了，是不是总会比较？

第一个男人送礼物，每次都是："要不我们五五分？"他所说的五五分指一切。即便是到他朋友的婚宴上去，出的钱也是要她拿出一半来。给她买礼物，本不是她求的，可是也要她拿一半，一切，包括后来说到买房子，拿不出来，他逼着她，打她，嫌弃她不光不负担房子的首付还煮白菜给他吃，于是就跑掉了。而他后来还并不住自己的这个房子，租住在小阁子空间里，日里夜里地诅咒她。

她想了他很长时间，在最初跑掉的一段岁月里，日里夜里想起他，泪水涟涟，可是从没有想过回去。

她并不是很爱那个人，也可以说，只是习惯了，在最寂寞的时候，但凡有个人走近，不管是什么样子的，都可以接受。

第二个男人何尝不是如此。他走近她，用一种父辈式的关怀，哄骗她，那美好的感觉仍然在，只是无法持续，一切戛然而止。

最后一个黄昏，直到晚上，他们一起坐了很久。删除了短信，整整删除了几个小时。一条条删过去。

现代人的那点爱都用尽了，可是还努力用点心，想说点什么出来。

坐在河边，他说，你就不说点什么吗？

"你是用来做爱的，又不是用来说话的，跟你没有什么可说。"

如此直接，对白简单。

他皱下眉头。大半晌。时光停在了那里。

又何苦要这样。

他说："给你说个事你别生气。"

"我生什么气呢？你说吧。"她看他嗫嚅着，也为自己语气的过分觉得抱歉。

"你生日我说在凤凰给你买个礼物，可是也没有什么可买的，就只能给你——"

说着他递过钱,几百元吧,卷起来。

她不收,他还是递过。

最后他把那钱放到了她包里。

两岸坐着的都是人,夜色昏黄,天暗得像一场背叛。其实她很想握他的手,拥抱或者接吻,天气太冷,让人想找个动物取暖,何况,寂寞时有人陪,也是一种福分。可是不知道为什么,她忽然觉得两个人只有断了好,那意念来得强烈。

于是:"你删除我的短信吧。我们这样不大合适,你并不是单身一个人,我知道了。"

那时他已经在删了,因为她说了不喜欢保留短信的话。

"删除了以后就彻底不联系,这是我每次跟人分手都做的。"其实她哪儿跟几个人分手过。

可是他立即拿起了手机。难道因为爱?他说过的,没事的时候喜欢看着短信想念。只是那短信里藏着的关爱太多了,不只她。

现代人的真心都用尽了。无论多么想爱,一旦有了间隙,便会开裂,成为鸿沟,中间建不起桥来。

那夜之后就算是告别了。

她回去看,四张一百元的,簇新的,从来没有人给过四位数的钱,"四"这个数字通"事",是谐音,妈妈不可能,别人更是不可能。而他,大概不明白。

那钱放在包里,像是一把剑。他难道真知道她的拮据?她只想干干净净爱一个人,不附带什么。钱这样的东西,也没有必要太分明。年轻的时候,十多岁吧,总觉得爱一个人得拿钱来衡量,经过了第一场情变,想着能生存就可以了,不图那么多。可是他给她钱花,第二次,照旧如同第一次,揣测了很久。

给钱花有两种，一种是爱，一种是用来补偿，因为给不了爱情。她在想是哪一种。这可以搁过。她替他为难，他想了多久找这样的理由，第一次，是买米；第二次，过生日。怎么能让别人这样？

那心事密密麻麻的，好像只有用爱情来回报了，可是没有了以后，不想有以后。

那之后他断断续续打过几个电话，后来彻底断了，他对她意兴阑珊吧。他属于那种人前得志的人，而她只是习惯于安静，那还是断开好，反正他有自己的世界。

到后来，他再也没有找过她。

这是遥远的从前了。

六

其实无论哪个人，处久了，总会有一点儿情谊，她就如同那飞蛾，只贴着玻璃去靠那对面的灯火，总把自己弄得一身伤。也是因为情多的缘故吧。

"你说说他们的不好嘛。"第三个人，总是这样说，她只敢说第一个人打她，第二个人骗她，其他都没有了。温存起来，大家都是一样的。暖暖的拥抱，还有潮湿的亲吻。

"我只是觉得你好。"

——一次她情到深处地说。又是在水洗大白菜，他过来帮着择除外面的叶子。

"连这点你也感动？"他接着说，"两个人在一起，这些都是正常的，拜托你不要总是好像一副我有恩于你的样子。我们是相爱才在一起，你大可不必像个小奴仆。"

他说了这话之后就沉默了。她盈盈地笑，脸上小溪流一般的明快，只祈愿这一次的爱是最后一次。

夜里她给妈妈写信：

妈妈：

上次的病不知道你好了没有，打你电话你也总是不接。

女儿近期可能回家去看你一次，当然还带着莫友，他是个很不错的男孩子，主要是对我也好。

这一次回去如果留下来的话，就是永远地不走了，只是户口问题还是很烦琐，这里的档案也调不回去，若那样，只能继续待在这个大都市过小乞丐的生活了。不过妈妈别担心，最近的日子还不错。

妈妈你总是骂我没有男人运，让我心里也没有一点儿希望，但七处起火八处冒烟也还是希望在先的。

我们总得相信点什么吧，如果不选择相信，这个社会还有存在的必要吗？妈妈对我的爱情总是抱有悲观的态度，这个世界哪一样东西没有斑点，即使阳光都可能被浓荫完全遮蔽，可我们可以从阴影里出来呀。

我还是希望妈妈来我在的城市住一段时间，虽然房子小小的，可是我们母女倒也住得下，那时你也看看莫友。妈妈许是会反对，因为他确实说话很直接，不懂得委婉，可正因为这样女儿才不会被欺骗。

从我小的时候爸爸就不断地打你，我仍然记得那斧头放在枕头边放射出的寒光，那时候我真怕爸爸把我们杀了。你总说男人是可怕的，可是莫友不可怕，他不会把斧头放在枕头边，也根本不会打我们。

妈妈总是说找一个靠得住的人，这一次我感觉找到了。

要妈妈和女儿一起开心。

女儿

这封信写出去没有多久，就来了妈妈的回信，除了日常的那些烦琐，就只有一句话了："你又换了一个男人的名字，莫友吧，你是给妈妈虚构的还是真有这个人？妈妈自然希望你好，可是这是个做什么的人呢？有个固定的职业吗？"

妈妈带着商议的口吻。也确实，交往这么久了，居然不知道莫友是做什么的，晚上回来得好好问一问。

七

"妈妈问你是做什么的？"过了一会儿她说，"我也想问一问。"

她总是笨笨的，认识了很久的人，也总是说不上人家的单位来，只除了电话号码。就连第一个也还是这样。他虽然带她见了一些自己的朋友，却不曾具体告诉她是做什么的；第二个也是，夜里来夜里走的，像不能见太阳的鬼魂，只是说忙，忙，一整天地都在举办活动。而莫友，经常出去好几天不回来，问起来也总是说单位里有事，那到底是些什么事情呢？

"我们这个行业你不懂。"

"那总得说说在做什么吧？"

"这说多了你也不懂得，反正没有什么难度。"

可是他总是很疲倦。

"除了不能生孩子我都可以。"他看着她笑。确实，之前就告诉过她，不能生孩子的，他受过伤。

她也接受了，那就不生孩子吧，可是工作总有名称吧。但他不告诉她。

他从来没有具体的休息日，总是在上班。半夜里还在那里玩电脑，起来看，原来在整理报告，不是这个地方有哪些矿产，就是一大堆数据。他知道全国哪里有油田，哪里有天然气，他甚至能具体地报出一堆数字来。

她自己呢，每天对着一批密密麻麻的文字看，那是些小资生活的女孩子写的，还有一些，她需要打出来，是些上了年纪的老头子们写的。

看那些文字,她总会想到一句话,妈妈说的一句话:"女儿呀,你再不着急的话,你的男人就会被人拿着项圈圈走。"妈妈并不是幽默的人,只是她以前给她看了柯南的《沉默的十五分钟》才总是这样。现在看来,她的男人并没有被别人圈去,难道被自己圈了?

读书的时候,一个大学老师上课总坐得一本正经,每次他讲课都像是把每个汉字五花大绑然后一个个撑在木棍上硬邦邦地拉出来示众,莫友给她的感觉就是如此,一个棱角分明一切都要说清楚的人,刀切下去一般,干净利落的分明,爱就是爱了。她开始喜欢这种一本正经的感觉。

"妈妈说想来看看咱们。"

"那就让她来嘛。你给她寄上车费。"过了一会儿接着说,"是不是不够?我就不给你买生日礼物了,你寄回去,看够不够?"

"不用你的积蓄也是够的,我带的学生们又多了一个,今天交了两千元。"

"你有了多余的钱就收起来,我总是不要花你的,这样也好有动力。"

他又说这话了,一直都是,不要她花钱,钱倒是没有什么,难得的是这份心,在这个什么都要称起来计算的社会,他却不要她拿钱来养两个人。

她一直没有告诉妈妈,莫友父母双亡。莫友小时候失去了父亲,后来在十八岁失去了母亲,只有一个姐姐,还被人贩子不知道带到了哪里。她知道,如果告诉妈妈妈妈肯定有很多担心的。妈妈总认为缺爱的家庭长出来的孩子不健康,就如她。可是有些事情并不能说清楚,第一个男人倒是父母双全,结果呢?

她有时很心疼莫友的,因此那感情来得更浓烈,可是莫友从来不觉得有点过,照旧经常拿她的过去开涮,然后哄她。其实她知道,他只是心疼她,好几次夜里醒来翻她的左手臂呢,怕压着,那手曾经被人打得骨折过。

"要不我也给你妈妈写一封信?"莫友好多天后如此说。

"你妈妈会不会不同意?"这是莫友第一次问。

"不会吧！"接着就各自分开上班去了。

"到底会还是不会呢？反正这是我们两个人的事情，不过没有老人家的同意，我把你拐走又怎么忍心？"莫友在单位里发短信来。

"总归会同意的。"

"我们要不商量着年底结婚吧？这样的话我才放心些，妈妈也放心些。你也知道，现在的房价攀升，我们根本不可能买得起，只是两个人在一起，比什么都好。以后就是到小县城去发展，比如到你们那边，这样的形势也是买不起，可是两个人一起努力过日子，总该比什么都好。你总是不说想我，每次短信里也不提起，我把你的短信都藏下来，总希望多找点温情。存得越多，只觉得对你越爱，怎么都不够。"

莫友的这条短信老长，发在冬至节那天。她已经下班了回了家，正在给临时从别人那里接过来的几个孩子上家教课，带六个孩子。其中一个孩子那天真的眼抬起来："老师，是你老公发的吧？"其他五个孩子跟着大笑，只觉得脸就那样红了下去，落日的余晖在这当儿也彻底隐藏了起来。

放浪记

    九月十八日那天,她在街头发了一天传单,是关于一个大火锅店的传单,叫作御城老妈的火锅店。其实这些火锅店几年前就因为油的原因榜上有名了,轰轰烈烈的地沟油事件至今甚嚣尘上,可是这对火锅店的生意其实并没有什么影响。这个火锅店近些日来又重新布置一番,然后宣传,招徕客人,以种种优惠,送多余的菜或者配料,总之,点得越多,免费的点心或者折扣就越多,不过大家都知道:羊毛出在羊身上。然而总是有人甘愿上这样的当。现代人就是这样,一边吃着地沟油,一边骂着,一边心里还想着自己的胃也许足够强大,不会吃出什么病来。

    她拖着疲惫的身子回到出租屋的时候,发现合租的女孩也在。这个女孩子有自己固定的男朋友,住在一起很长时间了,在这里只是每天带六七个小孩的家教。学生补课事件闹得沸沸扬扬,可是几乎所有城市的孩子在下课后都会被派往某个出租屋,因为家长和老师们都是急不可耐的,他们心里明白得很,才不会真正相信什么减负。

    "我买了几双鞋子,你要不要看看?"她正在自己的卧室摆弄着,于是,她就在客厅边站着,看向那个女孩,做着等着欣赏状。女孩子间就是这样,她已经习惯了做羡慕状了。这个女孩是重庆人士,父母都是工薪阶层,因此从小也自然是个小市民,听她说起农村生活,以及个人的奋斗史,总会说:"我从小就在爸爸妈妈身边待着,上大学了也是,所以根本没你们这么艰难,家里管得很严,我就像公主一样。"是的,她见她第一眼就觉得是公主,说话娇滴滴的,一看就是温室里的花朵。人们都倾向于跟同类交往,但实际欣赏的绝对是异类,从同类身上能看到自己的影子,因此容易揣摩,交往起来没有压力,而异类呢,有更多的新鲜感。她对她就是如此。她甚至羡慕她的优越。

她坐在客厅的沙发上,浓重的青春气息扑向她,她想这才是真正的青春,可是并没有说出来。她细细地拆鞋底的白色标签,那样子就像个古时候的小姐坐在灯前绣花一样——专心致志、心无旁骛,不能不说她是美丽的,那漂亮的脸庞因为没有生活的重磨还保持着孩童时代的奶色,瓷娃娃似的皮肤,黑色睫毛涂得长长的,特别惹人怜爱。

她说她新买了鞋子,她为了配合她,也说自己新买了一件,说着晃了晃身上的衣服:"一百八。在洗面桥买的,因为今天冷。"她看她,不经意,说了句:"还值。"其实她心里知道并不值,一百八在地摊上买了件衣服,就是如此,一百八于她来说已经算贵了,本来计划这一整个秋天和冬天她都不要买衣服呢。银行卡里眼看着又得马上减一笔了,交过房租,几乎就没有什么剩余了,要不断地添、添,可是她同时也知道,也在不断地花掉,总是有花费,除了房租、水电,就几乎都在为吃穿奔命了,女孩子的化妆品之类,几近于奢侈。她总是在想,若能有吃的、有穿的,若能好好的完全什么都不用想地生活一段时间,多好哇,这就像梦一样,失去童年之后这样的生活就再也没有过了。每当这个时候她就会想到父母的艰辛,进而体恤那些穷苦的父母,可是并不觉得做父母的有什么高尚之处。

她总是习惯向她抱怨教师的辛苦,但又带着某种骄傲,因为她偷偷带着六七个孩子的家教,而且还有即将嫁的未婚夫贴补。

"我还给他买了一双。很便宜的,六百多,没有我的贵。"说着,她的嘴角微笑着扯了一下,只有年轻女子才有这种狡黠。她想到学生年代曾经有个叫作阿喜的女孩子,跟自己很要好,那个女孩子不断地换男朋友,她一直羡慕那个女孩的勇气。那个女孩的父亲很早就去世了,女孩跟着寡母过活,养成了细细计较的习惯,特别聪明,可是爱情上并不顺。苦苦爱着的男孩是个花心人,后来那女孩索性就随波逐流,跟每个男孩子交往,都是本着"给我花钱,给我交话费,给我买礼物"之类去的,可后来也并不大顺畅。有一次跟她说起来:"我嘛,也给他买,哄他嘛,这次就给他买了六七双袜子,让他觉得我很贴心,其实是见鬼的贴心。男人的钱,不花白不花。"现在想来心惊,她虽然结过一次婚,却从来不曾花过男人的什么钱,倒也不全是这样,只是吃吃喝喝一起的时候花一点儿而已,就这些了。也许这也是后来很快离婚的原因,男人没有了感觉,自己虽然纠缠了一段时间,但退得彻底,以后想起来都觉得非常庆幸,跟一个人结了回婚居然还被当成外人,不如离了。

"你们那边的人好像总是不大打扮,土土的,来我们这里应聘,经常被嘲笑。上次来了一个男的,你不知道,穿着西装打着领带,那西装和领带不配不说,衣服就像几辈子之前的样式了,上下全部都是兜。"

也许她本意是想说连女的也都很土的,但考虑到她是女的。

接着这个重庆女孩说:"你都不知道呀,我们这边的小学女教师,出去游玩简直就像道风景,穿得多么的多姿多彩。"也确实,她说得对,她自己就是明媚耀眼,像一朵向日葵,所以她才搬来这里,那么,还是不辩解为好。因此她并不恼,而且还认为她说得极其有理,自己是从小地方来的,确实丑丑的,土包子似的,自己何尝不是一个样。

"结婚了就不一样了。我其实很不想结呢。但考虑到房子,这样结了婚房子是我的,还能让他帮着还贷,也蛮好的,再说这个年龄不赶紧生孩子以后就来不及了。"

这个女孩一字一顿地说，想来是全盘考虑了好多次的，炫耀幸福一般，她当然希望她幸福。不过她仍旧为她的离婚庆幸，很多人分析起来也说她离对了。

那么多年就认真谈了那么一个。学生时代那个人追她，其实开始就没有看上眼，但就那么凑合了，因为这个男孩总是哭啊哭，为她。不间断地给她写信，每天早晨守候在门口，有时带着早餐，有时拿着炽热的信，她总是从前门接过来，然后撕碎扔进后门的垃圾桶里。可是这个男孩子固执且坚定，因此后来就在一起了。

大学毕业，这个男孩买了房子，当然是用来结婚的。那就结吧。买房子的时候就说过："你家贷几万来付首付如何？"她很清楚自己的家境，那时候刚毕业，在一个小印刷厂上着班，每天还得看领导的脸色行事，经常得陪酒。她的父母并不是有钱人，父亲因为酗酒早成了个废人，母亲辛苦地守着几亩农田，能有什么呢？"贷款，贷款也得看人呀。"她并不想贷，因为房子的首付已经付过了，她贷款，也只是还他家为付首付借的钱，而且那些钱也许并没有借，只是不想让她不花钱住房子吧。当然，这是离婚后慢慢想的。

就是因为那套房子呀，婚离了。那套房子就像坟墓一样，搁在她心上呢。

她后来想了无数次，是不是贷款给了丈夫还了钱就不必离婚，也许说不定，但并不总是这样想。因为贷款了也不会签上她的名字，她知道他是这样的人，两个人在一起，就连避孕套、卫生纸花的钱，都记在账上，写在她的名字下，说是为她花费的。他们为这没少吵过架，但也很快就好了，因为在一起时租房子的钱毕竟是他出的大半，这已经不错了。

还是房子呀，那新装修的房子就像是坟墓，彻彻底底的坟墓。完全是按照他的心意，他母亲的心意，她是没有说话余地的，每一插嘴："你懂得什么呀，首付你不付，装修你也说没有钱，现在让你每个月还房贷你也不还,你还想怎样,我们是娶媳妇,又不是娶债主。"这是他妈妈的话,一米五二的个子,一边对着工人指手画脚一边还揶揄着她。她跑回到房间哭,枕头都湿了,可是他理都不理,还说大半夜的又没有死了爹娘。

那段日子并不好过。她并不是不想一起还房贷,只是压力很大。在单位里那点工资实在太少了,而且又不是正式工,每次老板行动,都得跟着,花瓶一样地往桌子前一坐,喝得半死,还得承受那些语言调戏。一个不小心,领导就会说:"都已经是少妇了,还害羞些什么?"这感觉就像卖春一样,还不能害羞,只是卖的是青春吧。她后来辞了职,刚开始还靠着前几个月的那点积蓄过活,后来家简直不成样子,结婚,结婚,一切都归结到了钱上。学生时代不断地打工,做家教,发传单,每个学期卖手机卡,到串串店里做串串,倒是比现在稍微累一点儿,因为并没有好的住处,但至少不用受气。现在里外都得受气,做丈夫的说压力大,娶了媳妇如同债主,别的女人娶回来带金山银山,独独他倒霉,娶了回来还得倒贴些。她很想问他你当初又不是不知道。她知道他会说:"现在后悔了,后悔了不行吗?你要受不了你爱哪哪去。娶媳妇就是烧火、做饭、洗衣服,你看你哪一样过得去?"吵,吵,吵,因为他的冷,索性她什么都不做,这样就更冷了。其实开始她就寒了心的。从新婚夜他要求她至少每个月交三分之一的房贷就已经寒了心。"这不是付房租吗?"她说。"不是呀,总不能我一个人付出你享受吧,你现在赚得少,付三分之一,到时多了继续补上去,这样夫妻间公平,外国还是一对一呢。"

当然,他开始不是很严厉,因为他也知道她并没有多少钱,主要是没有正式工作。然而当他有一天知道她给她妈妈寄了五百块钱的时候,大发雷霆,说是结婚了还心向着娘家。那次就因为这五百块钱,他还打了她一个巴掌,夜里睡到客厅去了,裹了个毯子。

她后悔了,后悔得要死。

其实并不如此,因为怎么说,钱的方面她总觉得对不起他。另外,性生活过得并不顺。他就像个太监,有一次她很想这样对他说。

她以前就知道,可是并没有现在这么折腾。那时候她还庆幸,反正自己这方面也不想太折腾,可是有些欲望,说唤起就唤起了,燃烧起来一般,大半夜的扑不灭。他自己不行,还总是把那个细细软软的东西弄来弄去,一个绵绵的虫子一般在抖动,他并不为自己羞报。每一次,都是那样。

这个瘦瘦的人,才一百来斤。后来离婚了她想起,也只是一条虫子的模样,还有那像是在博物馆里看到的人体骨骼,就这些了,他整个的人似乎从来没有在她生活里具体存在的,当然,并没有仇恨,所以也忘记得快,很快就随遇而安,有了一个又一个的情人,但也都只是短暂的。每个情人都是吝啬的,要她来负担他们,要么就是极其冷淡,而且有妻子,不过她并不计较,经过这些事,什么都看开了。

她也不是没有欲望,半夜里,那感觉就忽然袭上来,有时在梦里,可是梦见的并不是她的前夫。离婚之后她常常哭泣,为自己没有刻骨铭心地爱过那么一次。经常在夜晚审视那段婚姻,越想越觉得悲凉,一点儿都没有爱过。毕业了,只是为了不租住房子,所以两个人结了婚,所以一起想着努力怎么还钱,还贷,一切都没有什么"爱"字。虽然刚开始恋爱的那几年,他总是哭,哭,有时把自己的手攥成拳头,捣向厚厚的墙壁,为她,计较和吃醋,说她不陪他,说她为了打工把自己的爱人都忘记了。对,就那几年,有过轻微的感动,有时简简单单,开始他哭,后来两个人一起哭,再后来就是做爱,对,这是永远行之有效的方法。——可是这行之有效的方法,也是会失效的。婚姻并不是两个人的生活,而是一大群人。他的后面站着他的父母,以及一群七姑八姨,商量着要她拿钱、拿钱,甚至他的父母还要他们签订了欠条,十万元的,意思是他们借给儿子儿媳的。其实她心里明白,一旦离婚,自己房子没有着落不说,还得倒贴五万元。不过后来很快就离婚了,他也并没有拿出那张纸。

感情断裂也许在结婚之前就开始了,而完全割舍则在他出差到国外的七八个月。这个叫作子寒的前夫,也许内心里跟她一样冷漠无情。

回来之后的当晚,哭泣,咆哮,甚至,打斗。做了一次爱之后还是吵,吵。

第二天一早的时候她是被手机闹钟吵醒的,子寒定的闹钟。钟响,她跳起来,他也爬起。他关了闹钟,继续睡。她把手自然地搭他身上去,他忽然说:"梦见你跟人同居了一年,也不告诉我。"语气里满是责备,她先是惊异,继而有声音在五脏六腑里低吼:"总共算起来也不过三月。"这话忍了又忍,终于没有说出来。好一会儿之后,她说了这样的话:"分开也不过七个月,怎么跟人同居一年?"是话撒谎,其实这些方面她是不善于骗人的,只要他问,她就会如实说了,等都等不及的。他没有继续问,抱了下她。那时候她刚跟一个人认识三个多月,倒也不算好上,两个人经常坐坐,聊聊天说说话,这个新人,总说她身上有股小孩子的恬静气息。

她洗脸,刷牙,以前的牙刷可能被他扔掉了,于是就用他的。那杯子是买牙膏时带的瓷杯子,乳白色的,她喜欢,他也喜欢,就选了这个。以前一个杯子里放两把牙刷,记起来的时候,两三个月就换一次,她用紫的,他用蓝的。他不在的时候,她也照旧放两把牙刷在杯子里,虽然看着难受,但总觉得把两把牙刷放一起,是相亲相爱的。她有时离家出差,走的时候,甚至也不把自己的牙刷藏起来,就那么放着,要他想。她也和他说过一次的,觉得两把牙刷摆在那里,相亲相爱,并蒂花开一般。这次,她勉强刷了两下,用他的,泡沫都没有起,就算完了,有一种类似呕吐的感觉涌上来。以前并不是没有一起用过牙刷的。他嫌她脏。对,她有这疑心,吵架的时候,直接就说了出来:"墙上以及被单上的血,也不知道怎么弄上的?"他怨她。墙上的是蚊子!她这样解释。以前就是这样的,蚊子被打在墙上,血就在那里了。然而他却说:"谁知道是什么。"她不说话了,被噎了回来,哽哽的,他怀疑那是月经,可能做过种种猜想,是甩上去的。

被单已经换了,除了被芯在墙角里,被套之类的却不见了,换成了横道的，蓝色横道的，一条黄一条墨蓝的那种，是让人受不了的沉闷色。他回来的那天，她正在出差，居然连个电话都没有给她打。她不是不要洗的，上次月经来的时候，太过汹涌，她好几天不敢沾冷水，肚子痛，一整晚换好多次卫生巾，心里都快以为要死了，好不容易撑了过去。后来的几天，看着那留下的痕迹就觉得害怕，赶走，也洗了单子的，可能洗得不彻底，不然不会被那么说，至于被子，那上面不可能有，可是，不见了，只留下被芯了，是被扔了，还是哪儿去了，一点儿都不知道。

她只知道他嫌她。这些是解释不了的。每个女人都会有这个过程的。他厌恶。他从来不曾抚摸过她冰冷的肚子。每次月经来的提前一两天她都会郁闷，于是吵，她无理取闹，后来逐渐也感觉是身体的原因，于是说，带着点委屈的讨好的希望和解的口气，要他那几天宽容些，然而等到的是这样的话："我跟你一样大，我又没有这方面经验。"于是，继续吵，吵。

这一次，这么明显。

这一次他从国外回来，她在外地，赶回来的头天吵架了，提到了分手。

手机，原来国外的号一回国就不用了，但这次回来，居然全部都开通了，以他的习惯，是不会停机不用的，至少得保号。他就是这样的人，生怕别人联系不到他，对自己的东西恋旧，什么都带着，连小学一年级女同学写的一个纸条，也带着，倒不是因为对那女孩多么喜欢，只是有这习惯。这不能不说是一种担心，在他回来之前，她就担心了。房间小小的，连搁了三年的月饼盒子都放着，月饼早就扔了，那些盒子都是精致的，于是一个个什么东西都不摆就放在那里，空盒子拢起来，在柜子顶上拢着，都快到屋顶了，她想扔掉，又觉得不能，怕他回来责怪，他是会责怪的，并不是没有这先例。

就这样两个人不冷不淡地还凑合了几个月，然后就彻底分开了，那冷淡一日日积聚起来，成了冰山，再融化已经没有意义，不过她并不仇恨。直到发现他出去找小姐，也不仇恨，只是厌恶和看不起，一再问自己，怎么看上了这个侏儒？他们就没有爱过，只是身体作祟罢了。这社会那么多年轻男女，真爱的有几对，哪个不是为身体找个理由，感情只是慢慢培养，跟哪个人也可以培养呀。真正的爱，若存在，也许在那些离婚再娶的人之间，在那些小三之间，为一个人离婚离家，无论在哪一方面，都还是有点真心的。这次离婚后，她反倒看清楚了点爱情的本质。

结了次婚，就像买了张通往成熟的捷径票，她觉得自己很快就把人生给看透了。

离了婚，仍旧在这座大学毕业的城市生活，照旧过着一日三餐不济的生活。唯一的变化，就是把自己的书本和冬夏衣服以及在校时的被褥拿了出来。两个人的记忆，该烧的都烧了，她是从来不留旧日记忆的。在那个沉沉的午后，他在桌子边又辛辛苦苦地整理了半天，说是替她收拾，其实是看她带走了他的东西没有，后来发现她把三本花皮子的书放进包里了，看了半天，说了句："这是我给你买的吧？"其实一本是她过生日时同学送的。她没有说什么，全部拿出来，一一又在他面前摆放了一遍，监测似的，总算过关了。不过两个人平平和和，因为该吵的都吵过去了，只等着临别留背影了。

离婚其实只不过因为一句话。那夜照旧为了钱吵啊吵，他最后脱口而出："若不是以前因你为我打过两次胎，我才不会跟你结婚。我现在甚至怀疑你能不能生育。"他怒目而视，终于把这话说了出来。她是怎么也没有想到的。她想这该是他妈妈的想法，因为他妈妈总是说结婚都快一年了怎么还没有怀孕。

那夜彻底分开了。其实她心里在冷笑，谁的问题还说不清楚呢。

那些年他们在学校就住一起了，学生同居的很正常，他们也只是出去过下生活。当然，是他提出的，她开始还拒绝，后来索性半推半就。离婚后她回想自己二十多年的人生，好像都是这样的，在半推半就里活着，活得拖泥带水。

有过两次怀孕，都是他在外地实习，她怀孕了，事情就这么简单。（做爱难吗？）她的身体本来就不好，因此看起来也像，加上又是极其文静的一个人，因此很容易做出是病恹恹的样子。

当然，每次都不是他陪她去医院，他总是忙，有着各种理由，因此，孩子都打掉了。在那个夜晚她冷笑，一次次地冷笑，难道这个男人知道自己并不能怀孕，因此觉得那两次不是自己的孩子，也或者这个男人真的怀疑她生不了孩子了？真是一场黑色笑话。她当初压根就没有怀过，所谓怀孕了，只是骗他，看他如何解决。——真正的不满意，应该就是从那时开始，因为两个都是无情的人，并不在乎肚子里的小孩，打掉，打掉。——然而肚子空空的。——女人总是拿子宫说话，子宫好像是安全的通行证，简直可悲。不过一想到这里，就有抑制不住的快感在从下到上从里到外溢出来，她想自己也并不是善良之辈，以前还觉得自己善良，一心一意地对待一个男人，可是她发现并不是，她不爱他，只是随遇而安罢了。那个夜晚她把一切伤害都想通了。其实爱情这种事情，谈着谈着就有了，若说怎样的刻骨铭心，那只是骗人骗己，有时候只是为了身体找个合理的借口。

后来，他怕她分财产，还拿着刀子逼她赶快签字呢！那场景其实并不可怕，只是这个侏儒似的男人，一下子彻底把一切用白色的刀光划断了。

这就是毕业闪婚的后果。当她自己看到一些同学大着肚子走在街上，或者逗弄着在学校就已经怀上的孩子时，总觉得一切恍惚似个梦，别人的一切运气都比自己好。然而怎么说呢，她唯一庆幸的是她的身子其实并没有损伤，她才不会给任何一个男人伤害自己子宫的机会。

就快离婚了，她故意找了个机会让他陪她去医院，说是检查妇科病。他还请了半天假，算是做临终告别吧。

检查一切正常，一个老女人检查的，还测试了尿液，很和蔼的，叫着两人说了很多话，意思无非就是她没有问题，叫她自己不要吓自己。

当时她正在月经期，躺在那高低不平的检查床上时就知道自己没事，可是当医生戴着塑料薄膜把手一点一点探进去,还是有撕裂的痛苦,后来医生拿了块棉花,直接插入,没有什么过渡,出来就是一个红球了。放在聚焦的灯下看,她永远记得那句话:"你的身体非常好,让许多女人羡慕呢。"她明白她的所指,就是说她的丰乳肥臀,不但可以拿来用,而且还可以拿来生孩子,是块沃土。少年时代她为这些突出的女性特征一直自卑着,直到进入成人阶段,才知道这并不是什么缺陷。

后来的情人,怎么说呢,不是不爱,包括对这个世界,只是热度从来不够。她租住在自己的房子里,也不介意有时带回个人来,但玩过就走了,几乎没什么情谊。

再后来搬到现在这个房子,跟这个重庆女孩子住在一起。她忙或者玩的时候,帮她带带那几个孩子,做作业什么的。只是照旧为生活奔忙。

白拉图的爱情

一　女孩儿

　　点起烟,开始这个故事,关于他,我能说什么呢? 年轻女孩子,二十岁,最开始的时候, 太想拥有轰轰烈烈的爱情了, 这种渴望说不定会带来灾难。不过,如果我此刻和他在一起,还会那样低下头吧。就在这个时刻,该回学校宿舍了,晚上十二点前宿管阿姨是要关楼门的,因为他,我迟到过那么几次,她们的脸色并不好。不过,离开之前,会有最后一次缠绵的亲吻,甚至,来一次那样的游泳练习,匆匆。我不喜欢他伤害身体,熬夜太多了,我看不下去。我只想抚弄他,然后让他在我离开之后,尽快回到那间学校对面地铁口边的小区里,入睡。那里我也不是没有去过,小书房的架子床,像极了宿舍的床,只是没有上下铺。神明在上,卧室里他还有禁忌,我们都试过,一张女人的照片,穿着婚纱照,在俯视着我们,他觉得在那双眼睛的天地里施展不开,他说爱情是绝望的,和婚姻有太多的冲突,而他的婚姻,则有点……他用的这样的句子,第一次的生活都像是演练,包括婚姻,那些有勇气私奔的,才显出了一种真切,比如《查泰来夫人的情人》,或那个安娜·卡列尼娜,他还说《纯真年代》里的男主角,终究是怯懦的,没有和喜欢的人私奔,他也提到了渡边淳一,这个写出《失乐园》的男人,那时候还活着,他来过中国,在一次会议上,他还与他见过。他也说起过渡边淳一的《紫阳花日记》,夫妻之间那种有所挪移的隔阂,简直是人世的磨难。他低低地俯着身子,说:"你懂得,你什么都懂,你太敏感了。"大我十八岁的男人,太聪明了,抖一抖羽毛,我就被收拢了,我的身子就软了,不断软下去。学习仰泳、蝶泳,最开始,当时只是蛙刨,姿势太难看了,而且并不舒服,有溺毙的危险,但难看有难看的生涩和美,每一步都是进步,天长日久,他在逐渐调教,我在逐渐摸索。他帮助我,我的白老师,亲爱的白拉图,我怎么舍得让他太辛苦。太多次了,我喊着他:"我来帮你,亲亲。"然后我低头下去……最开始就是那样的,他说他喜欢这样的温情,一个男人这样说,还是你渴望的男人,你也会这样吧,山有木兮木有枝。在那间还没有装修但有电有水有床他作为躲避孩子吵闹临时办公休息的地方,我们如此相见,一次次。

可是后来,我居然成了他的灾难,他求我放过他,说马上升教授,接着是博导,他说他前途远大,不能因为人到中年的桃色事件毁了,他不想……他说这事本不该发生。他的意思就是这样,他在他的世界前程远大,我在他的世界没有未来,甚至,我在我自己的世界也没有未来。

最后的结局就是这样,一切被摆平了,甚至没有任何交代。

为了尽量忠实于记忆,我找出了他的照片,就一张,其他不要看了,一张就够了。对着他的照片,我可以更准确地说出他,就像与他对谈。这是他不久前参会的照片,胖了,也横了,寸头,大约为了遮住白发,从这张照片里,绝对看不出他在往下颓。但是很明显,他的喉结不再突出,脖子也像要缩进衣领里,明显在老下去。他的眼神,和那个诱奸学生导致学生自杀被

245

翻出来大肆报道的台湾学者一样,他们这号人,眼神无辜而清澈,戴着眼镜,用眼镜后面缩小了的眼睛仔细地窥人。而我被他吸引,难道这副眼镜没有加分?我并不能肯定。我不知道,我是被他最初的沉默和克制吸引了,表现出了我的不耐烦,还是我自己在课堂上的"挑衅",迟到早退、吃零食,或和同学搭话,直到他不得不找上我,我们展开了深交。

最开始,很简单的,我第一次注意上他的时候,没有想到他已经注意我了。他绕过我的学号,前前后后,一次又一次提问,忽略了我。对,就如此。这太令人生气了。

我受伤了,也就一次次挑衅,要不晚一周交他布置的作业,要不就像前面一样,吃零食、迟到早退。我很恼火,甚至痛苦,整整半个学期。我是以后才知道,他说的,他对我的美不知所措,他不想和我正面冲突……那时候我觉得他很脆弱,他觉得我们是"不打不相识"。

开始我十九岁,接着才是二十岁,美好又伤感的二十岁,眼看就过完了,却被截断了。确实是这样,我们的美好日子,甚至还没有两年,我就已经感觉到了无法忍受的酸涩,仿佛自己被碾碎了。

现在想起来,我似乎从来没有拥有过真实存在的他,我只是拥有我拔下的几片羽毛,不过,也有那么几年,那些间隙,在羞耻和迷茫里,骇然地希望升起,他是爱我的,我简直可以确定,在回忆里向自己巩固,我需要这种安慰。

他说他对我的美不知所措,我就开始帮助他了。我全是为了他好,小心翼翼兢兢业业,我遵循古老的传统,不断地靠近他,治愈他面对漂亮女生的自卑。而后来,我成了婊子,他做了被勾引的无辜者。——说出这些我应该羞怯吗?

我应该说出这些,不该感到羞耻。我是个坦诚的人,也是个善良的人,但我也成了诱惑他的人,曾经想通过诱惑他而拯救他。很遗憾,他仍然甘之如饴地活在他所厌倦的婚姻里,而我,却成了罪人……

不得不这样说,他运气不好,师母看到了一切,看见了我与他交缠的生命,开始迟迟不动,后来火速扑灭。

那时候,我不再是他口中鼓励着引领他上升的伟大女性,而是,他恐惧的灾难。

高傲像是我的财富,那是在我们没有近距离交往之前。我不是不知道,一头打卷的头发,铺开来,会有怎样的光芒。在高中年代我就无师自通,学会甩头发了。而他,在大学的课堂里,居然以为是我主动。我只是迟到早退,洗个头发,可能我一向游手好闲的懒散气质,让他以为我在挑衅。但在这件事上肯定是他错了。然而,他留意到我了,专门针对我。他绕过我,不点我的名,后来才引起我的挑衅。真的,开始并不是我挑起祸端。我只是习惯于迟到早退,尤其赶上他的课,星期一,正是洗头好时节;下午一二节,中午睡一会儿,洗个头,但明显就迟了。其实也不过几分钟,而且我也说过对不起。

不,真的,我迟到并不是为了激怒老师,我只是用来洗个头发。我的成长缺乏优雅,当然也缺乏家教,像是计算出错的结果,在我出生之后几年之内弟弟出生,然后我就成了一个次品。我长大成人但不知何去何从,大学简直是家庭灾难的逃避所,我刚好考上了,就来了。不然,很可能是在一个工厂。我没有良好的家庭教养,却也谈不上是个坏女孩,我只是没有那么循规蹈矩。

白拉图后来告诉我:"你野性而温柔,尤其是打卷的刘海,一双眼睛几乎穿过我的身体。"他将我们之间的一切归结于我的眼睛。"太不安分了。"他一再强调,"你出门之后我真恨不得给你的眼睛戴上套子,或者就像毛驴一样蒙住眼睛牵着你。"我的眼睛是始作俑者,我却不知道。我冒险学习一门艺术,靠近他,才觉得安全,我的眼睛才有所安放(很遗憾,他没有机会再看到现在的我)。那时候,趁着同学们忙着去上下午的课,我去洗澡,然后迟到几分钟。我忘记说了，星期一的上午三四节是体育课。南方海边城市，太黏了，我必须将身上的泥鱼洗掉，所以才会下午迟到那么一会儿。我十九岁，接着是二十岁，干干净净的，洗过澡了，头发甚至还流着水，走进教室，一切整齐有序美丽绽放，就是这感觉。他居然觉得我这是挑衅。一个干干净净的女孩子，去上一个自己尊敬的老师的课，真的没有那么多挑衅。

后来，他知道这些之后，不再觉得我是个挑衅的姑娘，而觉得我是个体面的大姑娘，懂得不要一身汗味走进教室。他把我跟那些脏兮兮的女孩子区分开了，那些还没有从上午的汗水里获得拯救的姑娘，不再获得他的青睐。他开始提问我，接着要了我的邮箱，加了我的QQ，我也趁机留了他的电话号码，以及微信。对，就是那几年，微信最初开始流行的几年。

说起来我并不无辜。这就是故事的开始，在那之前我们早就过眼穿云打过仗了。

让我回到当时的时光，讲出混杂着他的记忆的一切。虽然这是个已经剧终的故事，可是，感觉就像他当年让我交到他住处的一份被遗留的作业，我还在等待进入那间房子。

忘记前面是否说了，我读的是哲学专业，被滑档的，其实我报的是汉语言文学，那时候我有一个渺茫的文学梦。不过，哲学也很好，我们的课程主要有：哲学概论，中马和西马，反正一堆马，还有中哲和西哲，分古代和现代，另外，科哲、伦理学、逻辑学、心理学也是我们关注的，白拉图老师，主要教我们美学，你们知道，很多人会迷恋哲学，尤其是哲学中的美学。白拉图教我们美学，但他主攻方向是现象学，他是文学硕士、西哲博士。那时候，他已经写了一些小诗，也经常参加一些文学活动，对我们这些还没有走出社会的人，他抖一抖羽毛，就够了，就有一堆的粉丝，女孩子，年轻的柔弱的好做梦的女孩子，如我，动心了。诗人，一个大学里面的副教授，而且还懂得尼采,居然还懂得海德格尔,对胡塞尔有时嗤之以鼻,康德的哲学也是要说一说的,审美与判断,多么闪光的词汇,又因为姓白,名字叫白拉图,获得过多少人的憧憬,那镜像,浮现出来都是美的、轻盈的,但又深沉。

如你们所猜的那样,就是如此,我崇拜他,很快就崇拜了,所以不能带着才从体育课和食堂出来的一身汗味去见他,我得洗个澡,哪怕是迟到。尽管我已经很小心了,有时甚至不吃饭,只为赶着洗个澡,临时啃几口面包。星期一下午,白老师,你的课,总是如此的。你看到那个女孩子披着湿漉漉的头发走进教室,你只觉得她真是挑衅。

然后,我们就开始了。我去他家给他交作业,他说要和我聊聊。

在这之前的课堂上,他说:"上了这么多节课,你们自由写一篇论文,不行,文学创作也行,用你们自己的话来写。完全随意,但要有上课的观点。"我玩着铅笔听着,表达着自己的鄙夷,仿佛要告诉他,这样随意应付学生是骗不了我的。那时候我自认为了解他。他讲着,看都不看我。在笨拙的爱恋里,我挑衅着他,同学们都看出来了,他们觉得他是很酷又很理性的,因为他对我的不回应,或者,做出无辜又无奈的样子,看我两眼。

我用目光追踪他,不论他说什么,我始终是直直地追着他。这样的目光令一切澄澈,同学们都知道我在挑衅,这太好玩了。他有时会犯结巴(吻过我的那张嘴无法流畅,最开始的几节课,但很快就不一样了,他调整了自己)。

你们肯定已经猜到,在那篇"自由写一篇"里,我写下了湿漉漉的相思,从学校那破烂不堪的洗澡间出来,通往他课堂的林荫路上的阳光都显得摇曳多态,我踩着碎步走,去上属于我的十九岁的美学课,每一节都是新的,每一个他喉咙发出的音节都在我心里的钢琴琴键上跳舞,用他在课堂上教的那样,我让世俗的道德感隐退,没有进行任何判断,写下了对他的相思。我自认为很有美学蕴藉地写了五张纸,一些话我简直是读了又读,为的就是如何让自己强大到刺激到这个男人,毕竟,美学课的作用不在于卷面上被打几分,而是实际生活中如何发挥它的功效。在文字里,我也写了肮脏拥挤的宿舍、同学们半夜的鼾声、大学课程的无聊、精英知识分子们那种愚蠢的自以为是、名校培养出的学生的平庸的精致……

他站在讲台上看着,已经是下一节课了,就是我走路去他在学校的房子之后的下一周的星期一。我走路去他在校园的房子,在星期天的下午。星期天的下午,神休息的日子。

他站在讲台上,明显的魂不守舍,在我又迟到了几分钟走向教室,门开着,他和我互相对望。我几乎不知道如何再眨眼,实在太费力。我是溺水的鱼,幸福的溺水者。幸福的鱼儿回到它的水里,一下子不知道如何呼吸。

这是我们第一次在课堂上如此坦诚地相望,我的勇气实在应该钦佩。我笑了一下,然后就低下了头。不知道是汗珠还是刚洗过的头发上的水珠流下来,滴在地上。他看着我,那眼神像一种抚摸。我完全动不了,从来没有的感受。我用他在课堂上教的美学方法不带任何道德评判地写了那篇自由的文章,我觉得我没有错。那滴水滴似乎在将我切成两半,他目光里的情绪也如此,只是看我,像看我肉身之外的另一个我。

我从来没有发现教室那么空旷,我忘记了自己是怎样从教室门坐到教室靠门边的第一张桌子旁的,但那水滴反正已经滴下来了,还有第二滴,第三滴,一滴跟着另一滴。太过漫长了。我只有躲到年龄的稚涩里寻求庇护,或者性别的稚涩里寻求安慰,我就笑着,笑着,湿漉漉地笑着。

我的微笑似乎让教室都凝固了,可是我知道自己在冒险,在唤醒沉睡的世界,唤醒一个人来回应我年轻的恶作剧的相思和爱。

这时候一点儿也不苦,真的,只是不安和冒险。白拉图,你知道吗?就是这样。我的内心充满了挑逗,脸却是红的。

我只是有点恶作剧。

我感觉到全身干燥,尤其是嘴唇,已经快要夏天了。我低下头,再不敢抬起,抑制住自己从教室里跑出去的冲动。在你叫我名字问我为什么又迟到的时候,教室恢复了原样。而答案你已经是知道了的,为了上我喜欢的一个老师的美学课,我必须在体育课结束之后洗掉我身上的泥鱼……我指了指头发。就如此。

我开始慢慢看老师,捕捉他的眼神。我生命里的第一个男人,巨大而崭新。这样的感觉以后还会有很多,我陷入自己的梦境,觉得自己渺小而孤独,年轻的心容易哭泣,年轻的心会死于干渴。

他非常平静,至少表面如此。可这是真相吗?

无论我怎样叙述,他是一座宁静的山峦或是饱含愤怒的岩浆,对于我的过去都已经于事无补。所以,不如我将一切写成是我自己走过去的。这样更好,被动是一种迫害,实则含有弱者不得不接受的内涵,我希望我是主动的,尽管这样看起来无知。

我的父亲在开大车,我的母亲在家里面毫无地位,我的弟弟是他们的天,仅此而已。我不知道很多事我在一人承担,没有人保护我,我是我自己的火焰。这时候我还仅仅在恶作剧,并不知道会发生什么。

第二次去找他,是他发了短信。在学校那间分发给他的公寓里,他摘下眼镜,用裸眼看着我,像一座湖,像毛茸茸的兔子的两只红眼睛,他熬夜了,我知道。他说他经常如此,大学老师,是有科研考核的,论文要写很多。他睥睨着,说:"废话论文。"他看着我,这样一个男人。我敲门之后他就将我迎进去了。我假装不知道看什么,也确实不知道看什么,绞着衣襟。他说:"到我这边来。"让我走到他身边去。要多么近?白老师。他说他中文系出身,我这样子让他想到那忘记了许久的《诗经》:"青青子衿,悠悠我心。"他接着说:"我能读懂你的文字,以及文字背后的心。"

寂静之中,我们互相看着。

"啊,宝——"

我尽管不明白，但还是催促着自己说话，像是对他承认一个错误。但我并没有说这是文学虚构，我只是进入了美学修辞的场域，没有别的意思。

　　但很显然，这个男人疯了，我寻思。他叫我"宝——"，我很茫然，一点儿也不想去想这意味着什么，然而确实感觉到有点危险，像是引诱，而我得接着，不然，分数……毕竟是我主动发出的，近乎一份情书的作业。"肯定是成绩要出问题。"我心里想。我很虚荣，难道会挂掉这门课？我挑衅了，确实，该以论文的形式写一篇学期总结，我却以文学的方式写成了相思作文。尽管我已经很小心了，但安全是否倏然而逝？如果要挂科，这可真一点儿也不好玩。

　　他已经走过来抚着我起伏波浪般的卷发，一绺绺套在手上，说："想什么呢？"

　　我还以为他会生气，想不到是这样。他的目光在我身上，全然没有离开，我得承受住。我不是没有惊讶，高中也有过似是而非的男朋友，男孩子们鲁莽的拥抱，偶尔的碰撞……这是第一次，我惊讶地看着他。

　　他会对我做什么呢？

　　我被缩紧。

　　他没有发火让我心烦，这种结果超过了我的期待，我又自卑又恐惧，以不断缩小的方法缩到墙壁，直到退无可退。很快，我就嵌在墙上了。

　　我不知道怎么形容。

　　我有一点点好奇一点点坏，但似乎知道不该这样，至少我以前没有这样实践过。现在我已经完全想不起来发生过什么了。

　　他和我在课堂上看到的完全不一样。他用他的臂膀锁定了我，而房间里，散发着小孩子喝过奶的奶粉气，我知道这不该。我看见他在微笑，如迟钝的学生弯下头。我不知道是否接受他危险的拥抱和作为男人的重量，毕竟，我还只是一个学生。

"你写得很好,包括对洗过澡湿漉漉头发的描绘,当然也包括你走进教室手甩甩头发的细节。"他继续温柔地探究我,同时说,"你真是个聪明的姑娘。"

我感觉到羞愧,低下头,我还接受不了这么近距离的赞美。

我宁愿他经常像在教室里那样挑衅训斥我,也不愿意他这样。那样我会对抗他,觉得好玩又愤怒,而现在我却不知道如何回应他。我觉得自己配不上他所说的"聪明"二字,因为我被逼到了旮旯。

我看着他,已经蒙了,像醉酒,从来没有,以前一次也没有,可是这种事情是由我自身的不负责任引起的,但我想呕吐,这是真的。

"你真聪明,你猜透了我的心。"他说。

在文章里,我提到他故意绕过我提问别人。他信任我,所以让我明白这些。他这样说,我们像是合谋。

我不得不配合。可那时候我并不觉得厚颜无耻。他把脸俯向我,然后我挣开了。我冲向门边,却不知道如何开锁。

我并没有呼救和呐喊,他走到门边,可以说,我是半推半就,甚至是配合的……

——在我的不纯真之中,我早就忏悔过了。我顺从了我的无知,加上好奇。没有别的意思的,没有爱,这我很确定。虽然我那样写了……

我知道解释不清楚的。他需要什么,我并不清楚,他叫我"宝——",他亲昵地喊我"傻瓜",叫我"小女孩",他这样说,甜腻得如同恋爱。

我没有那样的意思,真的。

我不想再想起太多。但也就是从这次开始,我的身体很快就接受了,很快一切就变成了自然的相互的约请,很快就成了我的渴望,甜甜的。爱上美好太容易,爱上邪恶的美好,则不容易,但更过瘾。这是他的原话,他说《洛丽塔》就是这样的。我理解这一切吗?那时候我已经二十岁了。我惊惧与着迷各种世界名著,各种深奥的理论观点,各种越轨……我被鼓励着,他说我有洛丽塔一样的眼神,他说我是山林里来的小兽,他说我让他充满灵光,他说我的身体就是美学……即使是如此,我依然看不到我身上有什么,但是我试图理解,我是他渴望的,是宿命送出来的礼物。我全然不去探听和理解真相,尽管,婴幼儿的味道在房间里甜甜地发散着,当然,还有屎尿气。

宝宝去上幼儿园了,师母去上班了,于是,我们约会,他给我讲美,讲尼采的死亡,讲洛丽塔对常规生活的越轨,讲他对生活的无奈,讲我是一个渴望,是他欲念里的欲念,现在居然走来了。

我把不名一文的自己奉献给他的灵感,认为这就是爱了。只要他要,我就给。我不再是满身利爪挑衅老师的女孩,我的刺变得柔软,我成了他的红眼睛兔子,每天等待他的短信(临幸)。一切都要挑时间的,对他的时间,而不是我的。带着无畏的冲动,我在迷宫般的校园里纵横,一次次通向短信指定的地方,既羞怯又无畏,开始我生命的冒险之旅。我以为是爱情了,但又觉得在玩什么有意思的游戏,而这不是什么大不了的事情。相信太多的女孩子,太多的女学生,和我一样,在想象的课堂上爱上了一个人,怀着一腔热忱,在狭窄的道路上埋头前进,隐姓埋名,却揣着巨大的喜悦,怎么掩也不想真正去掩盖住。

亲爱的白拉图,你喂大了我的欲望,然后你告诉我,我在一口一口咬死你。你说这是命中注定,我来迟了。

就是如此,也就这样,在学校这巨大的监狱里,我练习对你的爱,练习牺牲。我实在受不了了,在你说要午休的时间,给你回家做饭的妻子,发了短信……

她很快就找上门了,带着你们的孩子,那个你常常托付我去学校附属幼儿园接回来的小姑娘,将我堵在宿舍楼下,将我堵在我家,大声骂我,抓我的头发……一度让我不敢回宿舍,让我那个年都无法回去。

出事之后,你就没有影子了,一点儿消息都没有。你躲着我,你的老婆却跟着我，从食堂到宿舍……她说我勾引你，说我主动到你家里去，说还恬不知耻接你家叫作小囡囡的女儿放学，让她叫阿姨。可是，那是你让我做的，也是她默许的。

也就是这期间，我有了别的男孩子，一个又一个，堕了胎。你永远不知道。就那个月，我们最后的一次见面。

…………

我还能说出什么呢？鸡飞狗跳？接着我就被父母带回，关在了生活的门外。说什么都会成为对他魅力的补充。精神神经症——性格障碍——边缘型人格障碍——双向情感障碍——自残型行为——神经麻木——人格解体……医院开出的名词，我一个又一个写下。那时候，我的同班同学们都在忙着将梦想编织进具象的生活，他们有的要去做哲学家，有的要去做作家，有的要去考研考博，当教授，研究人类学或社会学，其他也可能，还有一个和我一样，将自己剃了光头，去做了佛教僧人，也算发挥了部分专业特长，翻译佛家经典，弘扬传统文化。事实就是这样，就连那些中规中矩认认真真看书记笔记将他供奉为男神习惯于八股考试的蠢货，那一群笨蛋，也在计划着自己的婚姻和下一代，有的去考公务员，有的做了初高中教师。我知道我的人生里不会有这些的，这些早就不是我所需。但是，难道就因为一次那样的事情（我不想说是通奸，更不想说是恋爱），就意味着我该被剥夺这一切吗？

我的状况渐渐好转，但还是定时去精神病院。我常常问我自己，我是不是疯了？我不需要问父母的。对于他们，我只有彻头彻尾的疯掉或处于间断性清醒之间。如果我一天洗了两次澡，他们就会非常注意，恐怕"又犯病了"。他们胆战心惊又小心翼翼。

一些生活，我再也跨不过去了，就像我的大学档案，断档了，大三开始，大四空白。没有我，没有梦。断档时光，我还活着，我还喘息。可是被凝固了,我的历史,我整个的生命。

　　我不想问,在我之后,你还有没有和女学生发生过什么。虽然在网上的帖子里,听说了你老婆大刀砍得哗哗响,但也只是房间里的物品,你们的婚姻还继续着,甚至校庆活动上,你们双双出席,我还看了那照片,世间伉俪,年龄相仿,容颜相仿,像一对双胞胎。我太年轻了,以致你对着镜子说想拔掉白头发以配我。我到现在也不敢问,自己是不是你刻骨铭心的一个。不过我知道,你我的名字会一直和小道消息一起,插着翅膀飞扬,直到你死亡。你们共享花圈和坟墓,我真的该祝福,但是,我们的名字居然靠得那么近,仿佛一场你要摆脱的灾难,可再也摆脱不了。然而,我亲爱的白老师,我恨不得把你烧掉,连舍利子都不剩,一堆黑粉。那样我也许就可以是洁白的了。

　　我现在站在你的年龄想当时的你,我把一切早想透了。而你,仍然慈眉善目地在各种会议和活动的照片里活着,而且会越来越慈祥,在人群里,你一直有这能力,无欲而慈悲。那时候你就已经是个中年人了,现在,你则把自己活得像个七八十岁的老人,而你告诉我,你是活不过四十八岁的,你离开我的时候,对我说,你说算命先生说了,你说你怕耽误我。那时候我那么信着你,隔几个月就看见你老婆在博客上祭祀出的大肚子,你不怕你由于要修正我的原因而生出一个少年就要亡父的孩子,你却怕耽误了我的一生。你说算命先生说了你只能活四十八岁,最多到四十八岁。我一年一年数着,我都替你心急,曾经我是那么害怕呀。我替你把恐惧都恐惧过了之后,我就不怕你死掉了,以致经常想起你的岁月。我应该感谢你吗?

二　她的想象

　　副教授白拉图约了她,在咖啡馆、在音像店、在电影院、在自己家的书房里、在客厅的沙发上、在蚂蚁塘蚂蚁山，也就是学校的小湖小山……他们无所不谈，讨论最多的是书籍和电影，纳博科夫和亨利米勒、海德格尔和阿伦特，年轻的十九岁，年轻的阿伦特，还有山间的小路……一切都是文化密码，出生理科的师母是听不出来的。她只知道有个年轻的女孩儿来看着孩子，自己可以去放心地上班；有年轻的女孩儿去学校里接孩子，自己可以努力做科研，写论文，专心去考正在考的在职博士，甚至，去逛逛街。反正她是他的学生，反正她是小山村里来的，不必留她吃饭，不必怎样表示客气，随手给一点儿好处就得了，反正她的老师会感谢她的……她甚至感激这样的福利，觉得丈夫做老师真是骄傲。

简直是梦呀，日子过得如同做梦。白拉图就这样享受着妻女的妩媚、年轻女学生的恋慕。她对他没有设防的，也很快没有了那种被包围的感觉，他和她分享他的秘密，也分享女儿的小秘密。那个人精小女孩，甜甜地去拉她的手，糯软地叫着，她也叫着："要吃雪糕。"她也许相信生活，就如相信他制造出的生活的假象，夫妻幸福，家庭美满。他只是喜欢她，认为她是可培养的，让她随意进出他的家门。

很快她就同情起他来，因为师母并不了解洛丽塔，师母也读不下去海德格尔，师母对柏拉图更不感兴趣，老师也说过，明示或暗示："回到家里实在无话说，就是看孩子和看书。"这倒是真的，他半夜两三点有时还给她发短信呢。他当然也说了，暗示地说的，生了孩子就不再一起同床了，他指着书房的那张床，说自己平时就睡在那里。一个有着丰富内在灵魂生活的人，回到家里居然无话可说，她简直是同情。她觉得老师实在太忧伤了，老师有着书上说的四十五度的忧伤，就是那样的，微昂着头，转过身，对她说："生活就是这样。"一边摊着双手，一边让她看房间里小孩子玩过的各种狼藉，好像万念俱灰了，她听了真是替他惆怅。春天风大的那天，他还发过那样的短信："城市太荒凉了。"

没有办法，她就会劝告老师，不要那么忙，要悠着点儿，要宠着自己。

如果你都不能照顾自己,那谁还能呢?于是她鼓励他跑步,健身。于是她更体谅他了,希望进入他的灵魂,可以与他对视,分担他的忧愁。因为他说了他不是生活的忧伤,而是精神的,很长时间了,甚至童年就有了,一直那样孤单呀。他伸着懒腰将手往下压,压在她的肩膀上,一会儿,然后走开了。

她觉得自己要窒息。

这么好的老师。这么孤单的生活。

他对她说,那么多学生,不要说,我信任你才这样。是的,他指的是他信任自己才如此亲近,她怎么可能说呢。其他同学都疑心重重,但是师母是最好的挡箭牌,孩子也是。他们才看不到老师的脆弱,他们太年轻也太嫩了,只有她懂得老师,比师母更贴近老师的心;只有她才能感受到老师的痛苦,遭受的来自生活的冷遇和虐待。老师在她面前从来不戴面具,他克制得很,温和地笑着。

一定早就有人议论了,在背后说着他们。不过她并不内疚,也毫不怀疑他们的动机。她厌倦了和同学们在一起努力装出来的样子,还得面对他们层出不穷的问题,她不想对那些问题表示感兴趣。

时间久了,他们在她面前消停了下来,甚至室友们也不问了。他们只是把她当作熟人,和老师关系好的人,可以踏进老师家门的人。

她很懂得沉默,当老师讲述与师母婚后只是生育孩子而没有其他交流尤其文理科根本不可能有什么精神上的交流的时候,她保持绝对的安静,但是她看着他,倾听他,眨巴着眼睛对他表示着同情。

一定是那时候,或者在更久以前,不知不觉坠入了爱河,想象自己如果嫁给他,在师母的位置,会是如何的。她甚至还想象了他们的主卧和布局。她一定不要那样雾霾色的窗帘,厨房的格局也要改,还有,不搜他的钱包,让他有更多的买酒钱。文人嘛,要喝酒的。

她爱看一些内容乱七八糟的小说,相信里面的故事,相信忘年大叔会不由自主爱上小萝莉，就如《洛丽塔》，也知道老师爱上学生不是书本或传说里的梦。对她来说，生活才刚刚打开，她要尝试，都大学了，琼瑶小说的师生恋早过了年龄，再不发生点什么，不啻为人生一大憾事，会成为以后不开心的根源。当然，这是他教的，白拉图给她进行精神的启发，一边带着她走在卖盗版光盘的学校外面不远的小巷子，一边说。她的苦恼就像天气，一会儿懊恼一会儿晴朗，她能感觉到他的热情，嗡嗡作响的电流似乎随着他的身体到处流走，一不小心就会爆发，看着他克制着一次次约她出去而只是摸摸她的肩膀和头发，她都觉得尴尬。很多年轻女孩子，有过这样的尴尬，即使是恋爱里的人，也会想去惠及一下这些可怜的人，给他们一个动情的眼神，给他们一些似触碰却没有触碰的擦肩而过的机会，有些甚至故意装作摔倒，让他们挽一下手。她也算是给过他了，坐他车的时候，说打不开车门，他的手就伸过来穿过她去摸门把手。他的手隔着衣服贴着她的乳，还滑过她的头发……她不能不说是善解人意的，甚至有点等不及。年轻女孩子，让别人尴尬会觉得是自己的罪过，她甚至想主动去抱他。

那时候悲剧就已经发生了，只是女孩儿没有意识到。她渴望悲剧的发生——那将是一场泅渡，他已经冒险大胆和她走在校门口了，也一起大胆去吃饭和在校园外的小巷子散步。她需要悲剧，打闹也好，丢人也好，她不怕的，一个爱情中的女人有什么会让她感觉害怕呢？她怕再这样下去精神崩溃，她要他，她不能忍受他每晚回到家里。这是她人生的第一次恋爱，难道注定要失败？她可没有想过。只是她没有想到会牵连到那么多人，成了他们家人神共愤的大事，他岳母和他老婆每天到她楼下等着她，揪着她。院长和校长都知道了。很快，家长也知道了，心理医生也介入了，她用剪刀刺穿了自己的手臂，打了一夜的电话，要自杀……

女孩儿的爸爸没有时间来听大学里学工会主任和心理学老师的鬼扯，他开着包工头的大货车一路带着女孩儿的妈到了学校。但是，在看见女儿手上打着石膏一脸泪痕之后,他觉得太过丢人了,二话没有多说,他给出两个选择:一、回家,不要继续丢人现眼;二、继续待着,和老子再无关系。不过好在,他将自己的老婆留在了女儿身边。

很快就暑假了,学校特批她可以补考,劝说她回家,心理医生也给了她证明。学校保证说会在九月欢迎她归校。

学校不是慈善机构,被强奸的女孩子为了息事宁人是可以保研的,但是她呢?谁说不是主动。人人看见她往白拉图老师的家里跑,人人经常见她抱着或背着白拉图的女儿,人人都听见了小女孩叫她阿姨而不是叫她姐姐,也听见了她的答应……冰冻三尺非一日之寒。父亲都说,母狗不掉头,公狗不爬身。她真是想再去死的。母亲看着她,哭着。母亲说你好不容易考上大学何苦呢,瞎女子,人家骗你呢。她还想着他呢,她想亲耳听他的解释,难道别人自杀就比自己自杀更值钱?老婆自杀就比爱的人自杀更需要拯救?他在此之前也是说过了,假设过一些情境,说有了急事会陪着她死。难道就是这样?等待她死了他再自杀?——是在几年之后,她才觉得整个事情的肮脏。

哲学都是自毁的,比如叔本华,比如尼采,比如海德格尔,他站在悬崖边,接受自己喜欢的女学生的审判。老师就是这样对她说的。她是慢慢想清楚,男人不光要她的魂,还要她的命。她也想他死,她甚至看到了他烧成一团留下的舍利,晶莹剔透,那才是结晶。他的野心是一直以来历史上留下来的那些文人的野心,比如陆游,比如沈三白,他们是既要女人的情也要女人的命的。她怎么就不可以想象他的死呢?

她知道经过自己之后,他也并没有安分下来,甚至在自己之前,也应该有吧。他的资源在本校太有限了,甚至扩展到网上,她在网上搜出很多。名师出高徒,他在网上指点着解放那些年轻女孩儿呢。他的头像是一堆枯黄的稻草,他在朋友圈里发各式成功男人的鸡汤,说人生就是这样,你懂吧,这个忧郁地说自己在经历中年危机的老男人,兴兴头头地,有步骤有计划地,拯救那些平庸的女孩子,努力将自己挤入她们的生命。他说是"开光"。开启她们的智慧之光? 微信朋友圈并没有说。

女孩儿后来听说老师吃素了,只因为教了一段时间和尚尼姑读《佛经》。她还听说了她以后的事,一个也是哲学系的女孩子,敏感的师母终于找到了她的假想敌,她拿着·把砍刀去砍那床……

他的那套方式难道又一次用在别人身上,前仆后继的女孩子,先是诉说自己的忧伤,人生的不得意,接着换得别人的呵护,再接着,就是赞美和放纵,就是灵魂知己,然后呢,自由收割完毕,老婆来收拾烂摊子? 也许是她给了他经验,知道不好处理的时候,夫妻设置仙人跳。

这世界,有太多的白拉图、柏拉图,都是冒牌货,都在与自己的欲望做斗争。

她知道自己不能联系他了,不能再给他打电话和发短信,也不能发邮件,她知道他会在关键时刻挥舞妻子的那面大旗,红旗招展,像一种祭祀,宣扬他的家庭正确主义。她不再与他对话,却还进行着漫长的相思,隔着人山人海,穿过回忆,她看见时间燃烧的尘埃,用虚构和纪实,抚摸他,亲吻他,说出他。他还是会以为这是自己的杰作,她是自己的作品,念念不忘所以回想。一个人是可以不要脸到如此的,一个世俗成功的男人,光环会给他自信,诱捕到的女性数量不断叠加,也会给他自信,他孱弱而威武。

女孩儿有时会怀念起大学时光,三楼的自助餐厅,一楼的冒菜,开小灶就到阳光苑二楼的小食堂去。她当然也跟着他去教工餐厅吃过几次,不过,两个人都有点尴尬。她最想念也最痛恨的是卖盗版碟的那个门面破烂的音像店,她在那里知道了很多外国歌手,她听了太多被称作经典音乐的流行曲子,以致后来的很多时日,只要听到那些歌曲,她就有心脏被完整活生生掏出来摆在盘子里的感觉。他太聪明了,用这种方式切割和奸污了她,她不得不承认,那些记忆沾着幸福的甜美,这样的时刻,对他又是那样的想念。文化诱奸，古老的文化诱奸了年轻的文明，她终算认识到了他的残暴，却还满含泪水，在回忆里献祭。爱情呀！

她一直带着他送的书，精美的《洛丽塔》，还有薄薄的《金阁寺》，另外一本《人间失格》，那些碟盘都扔掉了，留着的只有一个《被嫌弃的松子的一生》。只要想起这些书名，他就觉得他像个书篓子，开始的开始，不断嘲笑她并没有读过多少书，嘲笑她贫瘠的高中。因此才抛弃她？她不是没有自问过。她把它们从一个出租屋带到另一个出租屋，从一张床带到另一张床，从一个男人带到另一个男人。她一直没有扔掉它们。一种残破的团聚，这才是柏拉图式的爱情，灰烬、骨灰、舍利子，最后的团圆。

她不要再联系他，不要再见他，不要有他任何的声响，是死也好活也好，是另外又跟一个哲学系的女孩子上床被师母捉到拿大刀砍也好，她要自己长成一个疤，长在他们的婚姻里，要成为他们生活里的一座无字碑……谁都搬不走，谁都拔不掉，跟着他们海枯石烂天长地久。

她不是没有听过，他就像北大那个出了名的教授一样指控她，那女生疯了，暗恋自己的老师，因爱生恨；他像中国台湾那个补习教师一样指责那个自杀的女学生是暗恋他不得……男人都这样，大多数的男人，他们会告诉别人一个女人疯了，他们从来不会思考她们是为什么疯掉的。时间越久，对自己也越有安慰之法，毕竟，年轻，太容易饥渴，就以为是爱情了。

他曾经拥抱她，头顶是太太的婚纱照，穿着红色的旗袍，盈盈地笑着，看着。他喜欢那感觉，他需要她看着他。她在那笑意盎然的图像下恣肆地呻吟，她觉得自己才是又妖又魔的女孩子、男性的解放者……

他老婆本来不想生二胎，但是这件事出来了，二胎政策也接着出来了，他们因祸得福，她的事件让她怀孕了，一个女人肚皮的隆起残酷地证明了另一个女人爱情的失败。他老婆聪明地以为自己掌握了世界，而他遂了再要一个孩子的心愿，居然是个儿子，简直是遂了他祖上的心愿。从那以后,婆婆、公公、媳妇,一家子齐心合力抚养乳子,家和万事兴,他过上了一直追求的成功生活。灵魂可以作假,白拉图不是柏拉图,现实生活,炊烟袅袅。还会有别的女孩儿,还会有那样的忧郁。

她呢？剃光头,出去卖。虽然被学校劝退回家一阵子,但复学回去之后,病情加重,因为太乱了,很快就又怀孕又堕胎,不得不退学,最后继续去看病。男人自私懦弱,所以会寻求婚姻庇护,她是可以牺牲的。

就是这样,他们伉俪情深,他们家庭幸福,他们婚姻美满,他们……婚外情倒像是催化剂。每个孩子都觉得自己是因爱而生的,根本不会想到自己的出生也许是修正一个错误,或者是一不小心展示的愧疚,也或者是一场博弈的赌注,先下了种子再说,至少一个孕妇没有多大的爆发力,看在孩子的分儿上,也不至于去毁灭一个男人。结果,一切都变好了,女孩儿造成的缺口被抹平了。孩子的出生像一贴创可贴一样修正了他们的裂缝,而这张创可贴让原来的深渊在世界的眼里成了一处绝妙的美景,孩子永远不知道自己是为修补而生的。甚至他们自己也忘记了。毕竟新的故事随时在发生,人们每天都在日新月异里活着,总会给自己找一个还算美满的由头活下去。旧人就像被弃置的坟茔,冢上鲜花已烂漫,年年无间断,她知道,很快她就是想不起的前世了。孩子在长大,风景在变化。一些男性经营者,很懂得这种心理,所以在一座城市又一座城市买房子,生孩子,开公司,经营者自然是各间房子里锁起来的女人。通往女人心灵的道路是她的那条管道,男人很懂得阴茎的作用,很懂得如何用这个工具制造体面而亲密的家庭生活。

三　她的爱情

这个故事像是一种虚构,她在两个夜晚写下,模仿生活的罪恶,在笔端制造悲剧,但连她自己也以为是真的了,要抹除是那么艰难。她写下这个故事,哭了又哭。故事里有恋过的人的温度,还有那亲密得要窒息的亲吻,一切都没有忘记,在字与字之间发出仍然不息的渴望,对,你与我,你与我,你与我。如今却是,也无人惜从教坠……

她想起了自己的"爱情",相似的故事,近乎相同的套路,女性的轨道总这么类似,像一种宿命,而那些走了另一条路的,则可能充满幸灾乐祸之感,觉得她们这种女生坏透了,简直坏死了。是的,时过境迁,不过一场通奸,连诱奸都不敢说,害怕招来别人的攻击,所以,最后如此,却还要冠之以爱情的名义,说出。那一年她觉得自己是永远也不会再开心起来的一年,甚至,接下来的五年时光里,她活在一种自杀情绪里。直到某个瞬间,某次转身,某天早上梦里醒来,她想清楚一切之后,才终于逃脱了那种沮丧的情绪,但阴影一直留着,以致类似的事情一发生,她就会想起自己的悲哀。那一年,她二十六岁,硕士眼看毕业了,在一所美丽的民族校园里,无忧无虑地进行最后几个月的生活,接下来就可以换一座城市读人类学的博士,导师也是有名的,学校也是有名的,大家都祝福她时来运转,好运连连。他却出现了,一场爱情,在最开始的时候至少是如此,美满又和谐,但很快就是灾难,接踵而至,将她整个博士生涯以及其后几年的时光彻底染黑。前面说她去做了一年访问学者,其实是编的,怎么说呢,那履历里想要拿掉的一年,是因为休学,办理了保留学籍退学手续,开明的导师让她这样做的,总不能直接不读吧。那时候发生了很多事情。

恋爱时期,她开始每晚骑行过半个城市去见她的"男朋友"。她清楚她爱他的方式和他爱她的方式不一样,如果无法随叫随到,满足他做爱的要求呢? 但这只是后来才想清楚的。换了一座城市,又换了一座城市,她才理解了他说的疾病,以及不断后退终至于失联的方式,充满了算计。然而当时不知道呀。她远天远地去找他,登记着房子住下来,希望可以见到他……

他们最后在一起的那一次,她搂着他的颈子不让他离开,做的时候也一再像那几个月常常重复一句话:"不要离开我。"她从来没有那样哀求过一个人,后来读了博士,找了工作,一直单身,没有再如此过。一个人哀求一个人,就像哀求一整个世界:"不要离开我。"

在此之前,她谈过一次恋爱,有过一些有益身心健康的约会,彼此干干净净清清白白堂堂正正,走在街上,会大方地介绍男女朋友,跟老师和同学,都可以如此。她是和他在一起之后,不久,才发现他的鬼祟和躲避,才发现他一只眼睛的笑意和另一只眼睛的鬼意。那时候已经来不及了,迟了。他已经宣布了他为她得的疾病,他显得那么悲伤和无助,脸上充满绝望,让她不断地感受这有人为她生了重病可能会死的爱,让她的心碎裂,然后投入全部的真心真意去爱他。

——于时光一次又一次重新相逢里,听着各种迷途故事,她独自想着这些事情,才似乎是明白了,他要死的疾病是假的,他老婆自杀也可能是假的。不过这些已经不重要了。有个为他自杀的女人做了榜样,她爱一个男人还没有爱到自杀的地步,以后也不会,所以应该被抛弃。她那么痛苦,泪水涟涟,一个人抱着枕头号了又号,想到她流着的血、可能的死,止步了。如果是真的,她怎么比一个为他自杀的女人更爱他;如果是假的,为了一种成功去追得一个说谎的男人的团聚?想开了就不再争胜负,爱情也只是她自己的了,孤独绝望,却还是要活下去。

她不喜欢住酒店。离开那座城市租住的房子之后,每一次,做完了,都感觉他像酒店房间挂着的白色睡衣,看起来是干净的,却是许多人穿过了,她甚至看见了密密麻麻蠕动的那些细菌。爱情放下也是从那时候开始的,直到五年之后,想到酒店,以及酒店里的他,还有一种控制不住的呕吐感。也许那时候结局就已经注定。可还是悲伤了五年,不是为那个人了,那种绝望感却还持续着,还有隐隐的不值。人都以为自己的爱情是纯白色,干净无菌,实则不过是一袭很多人穿过的袍子,下水洗白,自己骗自己。

在一场玩弄结束之后,她一次次写下爱的宣言,编造一个个关于爱的离散故事,企图将一个有点小社会声誉的老男人的玩弄,书写为一场凄惨的爱情故事。毕竟，对于三十多岁的人生而言，失败也是有过的，比被人既玩弄了身体又戏弄了感情强。

如果时光回到那一刻，她会如何呢？也许还会痛哭流涕。要是其他表现呢？就如以后很彻底很明白之后，让他滚，他却拖着自己的残腿来对她说："这是相思病，为你付出了一条腿。"果真当时就那样，而不是五六年之后，想通了，才自信满满从容坚定地要他滚，也许他会留下来。不过最终的结果是期待的结果，也不该留有什么遗憾。但是，即使是现在，一些时候，她还可以清晰地感觉到他的动向和行踪，仿佛她过的是他的生活。她并不是还关心他，只是习惯性地探视他过得如何，已经很好地保持着距离审视他，如同等待他的谎言不是谎言，最终的死亡是因为那场疾病。她就像一个刽子手，心怀寒意地站在他世界的上方，等着最后的一场收割，以验证是爱着，而不是玩弄。实际死亡的稻草早该枯黄的，她只是等一个谎言彻底结束，寿终正寝。

现在的日子，只是劫后余生。那时候，从他楼下的历史遗址出发，笔直骑行，然后右拐，一路往西，再经过一座陵园，然后转入一条叫作吉祥的街，到自己的租处。其间，红红绿绿的灯在标着"一品天下"的两旁亮着，像是天堂，一边是银河对岸的恋人，一边是自己。——想起来，真是珠箔飘灯独自归。然而，她还常常去看他老婆的博客，作为一种生活的补充，正反面相互照应，她喜欢着她，并不是爱屋及乌，她觉得一个可以活在背叛和谎言里的女人是值得钦佩的，这需要胸襟和忍耐，他早就培养了她这样的胸襟和忍耐，背叛已经进行过了，谎言应该也得到了修改，但事实反正已经发生。她甚至可以说有点崇拜她，作为一枚硬币的另一面，她警惕这样奴隶式的女子的生存。博客里出现的东西都是祥和的，如同大多优雅的家庭主妇一样，晒晒他的毛笔字，秀秀家里养的猫，或者拍摄几只鸟几朵花的照片，也或者，说说对当下一些电影的看法，更多的则是"文化口红"，转载一些名高望重早已死去或正在死去的名人的逸闻或文字，加上几句岁月静好的评点。她觉得就像他老婆替她在过着另一种家庭生活,只要去看看,她就会心满意足,为自己当下的生活发出一点儿流年似水的感叹。那个女人像是她养在他身边的自己的后宫,尽管没有身体上的接触,但是她喜欢她,她觉得她身上有这个女人的一部分,男人嘛,倒成了催化剂。他永远也不会懂得她的这种奇特的享受,他的贫乏让他对女人的眼光永远只局限在身体和性上,以占有很多容器为乐趣,不知道自己只是个媒介。她感激他。

她知道,没有终结,一直不会有终结。她失去了他,心甘情愿。她需要一个人等待,独自走向她的未来。没有哪一个男人。她最后明白了这点。"斜晖脉脉水悠悠,肠断白蘋洲",说的就是这种,有心无力。